KB130442

중·단편 소설

구름에 달가듯이

이종희 소설

하움

차례

중편소설

단편소설

중편소설

구름에 달가듯이 01

1.

코를 찔찔 흘리는 추레한 차림의 산동네 꼬마가 겁 없이, 단 한 번도 져 본 적이 없는 우리의 용맹한 골목대장에게 원정 왔다. 꼬마의 꼴을 보고 다들 우스워 죽겠다는 듯 이 데굴데굴 굴렀다. 일단 겉모습은, 영양 상태가 부실해 보였고, 단백질 섭취량이 적어 표준보다 작을 뿐 아니라 느낌상 촌놈이 분명했다. 눈빛이 뿜어대는 독기만 남달라 보였다.

대장은 혹시나 꼬마가 괴춤에 숨겨둔 면도칼을 꺼낼지도 모른다는 우려로 당당함을 가장해 각서를 받아뒀다. 싸나이답게 무기를 들지 말고 맨주먹으로 승부를 낸다. 우는 건 돼도 지고 나서 엄마한테 이르지 않는다. 진 놈은 영원히 이 골목을 떠난다. 대장의 장광설이 채 끝나기 전에 꼬마는 "말 존나 많네!" 하면서 덤벼들었다. 허세인 줄 알았는데 막상 붙어보니 독하고 맵디 매운 조선고추였다. 웃음기 빼고 덤벼들어 펀치를 주고받자 바로 우리 편 선수는 당황하기 시작했다. 상대는 치고 빠지는 기술뿐만 아니라 펀치력도 가공할 만했다. 어떤 곳을 맞든 훗날이 걱정될 정도로 끔찍했다. 뒤늦게 한 라운드를 끝내놓고 코치에게 상대가 어떤 놈이냐고 물었다. 코치도 몰랐다. 그 허술하다고 생각한 선수의 이름은 코로나바이러스였다. 예전 사스나 메르스 친척인, 우습게 생각했던, 새벽에 갓 쓰고 상경한 어리숙한 시골 노인네가 아니었다. 스치기만 해도 골절은 각오해야 했다.

하루하루가 황당했다. 공포의 바이러스로 변신한 코로나는 생판 처음 듣는 우환이란 중국 도시에 출현했으며 예전처럼 우여곡절을 겪다가 꺾이거나 여기까지 진주한다 해도 넉넉한 시간이 있을 거라는 예상마저 깼다. 그곳의 인민을 들쑤시는 동안 우회하여 국제공항을 통해 빠져나온 코로나 특공대가 세계에 창궐했다. 고작 40일 만에 펜데믹으로 명칭이 바뀌었다.

뭐, 백 년 전에 팔도를 휩쓸던 저승사자 마마로 대접해야 할 정도는 아니었지만 적어도 대감으로 접대했어야 했다. 다행히 코로나는 가난하고 기운 없는 늙은이와 햄버거와 라면을 주식으로 삼는 비만 환자를 표적으로 삼았기 때문에, 운동이나 음악 감상이 취미인 시간이 엄청나게 쌓여 있는 돈부자들에게는 타격 감도가 미미했다. 하여간 돈으로 건강을 연마한 자는 끄떡 없었다. 그런데도 포악하고 탐욕적이기까지 한 권력은 공포의 안개를 음모로 깔아 모든 도시와 지방에 뿌려댔다. 이것이 펜데믹의 실체였다. 어떻게 트럼프란 괴물은 코로나에 걸려도 사흘이면 낫는데 같은 연령대 임에도 왜 기저질병이 있는 70대 노인은 사흘 만에 꽥하는지. 바이러스에게도 불평등은 존재했다.

하여간 막 대해도 되는 대중은 기가 막혀 공포에 질렸다. 병원은 코로나에 걸린 환자로 꽉꽉 찼고 화장장은 예약이 어려울 정도로 쟁여져 뉴스를 보는 것만으로 소름 끼쳤다. 마스크로나마 바이러스를 겁 없이 막아보겠다는 대중의 의도는 분명 전문가가 보기에 어리석은 조처였으나 감히 효과가 없다고 말하지 못했다. 그랬다간 유럽과 달리 분명히 혁명은 아니고 폭동으로 보건정책실장은 맞아 죽었을 것이다. 그다음부터 정부가 성명 발표하기 전에 언론은 코로나를 나름 고품격 바이러스로 승격시켰다. 정부가 북치고 꽹과리를 치면 대중은 상중이라도 무조건 노래해야 하는 법이다.

먼 미래는커녕 바로 열흘 앞이 불안전해졌다. 먹고 살려고만 들면 얼마든지 봐주는 나라인 대한민국의 우파 영세 음식점 주인이 이 오뉴월에 된서리를 맞았다. 식당이 코로나가 서식하기 좋은 환경이라는 보건복지부 장관이

썰을 풀자, 연관 없어 보이는 페인트상인 자영업자마저 낙엽이 되어 떨어졌다. 나 또한 코로나 이후로 후폭풍의 직격탄을 맞았다. 뒤에 설명하겠지만, 나는 그 시기에 맞춰 아내가 대장인 집에서 쫓겨났다. 그 후 갱생의 삶을 산다고 소리쳐 말하기에 남부끄러우나 정신은 차리고 산다.

삼진 아웃제에 걸려 가장 구실을 떼이고 난 뒤, 출가(?)한지 일 년 만에 아내에게 새로운 남자가 생겼다는 또렷한 소문이 들려왔다. 새로운 남자라니까 기분이 좀 그렇다. 그럼 나는 헌 남자이고 시대에 간 인물이고, 성적으로는 애맬 무지한 놈이고, 아내에게 새 남자는 새 출발을 의미하는 뜻으로 들려 열패감이 들었다. 나와 법적인 관계를 매조지지 않은 상태에서 음(陰)이 다른 양(陽)을 찾았다는 것에 섭섭함은 들었으나 주위를 둘러 곰곰이 생각해 보니 그럴 수도 있었겠다. 나 같이 주정에 대화가 안 되고, 분기별로 다가오는, 성적 매력을 찾을 수 없는 놈과 사느니, 새 남자를 만나고부터 진작 마음을 고쳐먹지 못한 점을 후회했을지도 모른다. 하긴, 시대 탓인지 노소를 막론하고 요즘 바람은 선택이 아닌 문화로 자리 잡았다.

세월이 많이도 흘렀다. 지나고 나니 칠 년이다. 공장으로 물러나기 전 당시 아내는 강력히 이혼을 원하면서도 딸이 결혼할 분위기여서 잠시 보류하자고 했다. 나는 아내의 잠정적으로 미룬 이혼 결정에 딸이 결혼할 거라는 사실을 볼모로 해서 혹시 생각이 바뀔지도 모른다는 계산을 해 마음을 탁 놓고 있었다. 일 년을 기다려도 아내의 태도는 변하지 않았다. 이제 와서 땅을 치고 후회하는 것은 아니다. 만약 반성의 기미를 보이며 빌었어도 서로의 가슴에 쌓인 사그라지지 않는 불씨는 어찌할 바를 몰랐다. 우리는 서로 방향이 다른 성격으로 이가 맞지 않았다. 뭐라고 할까? 지긋지긋하지는 않았으나 서로 잘하려는 의도가 늘 빗나갔다. 식구들과 오랜만에 고기를 먹으려고 사 오면 곧 부도날 지경에 무슨 호사냐고 따졌고, 지나가다 아내의 새 옷이 눈에 걸려 물으면 그럼 발가벗고 다니냔 말이냐며 대성통곡을 했다. 주위를 둘러

보면 다들 비슷비슷해서 우리 부부처럼 지지고 볶고 사는 줄 알았다. 가끔, 아주 가끔이지만 사는 게 화가 나고 힘들어 다 때려치우고 어깨에 진 짐을 그만 내려놓고 싶었다. 그러나 당시에는 딸이 대학을 다니고 있어 마음뿐이지 행동으로 옮기진 못했다.

괜히 웃음이 나온다. 새 출발에 들떠 있을지 모를 아내는 지금 사정에 대해 진작 서류로 매듭짓지 않은 걸 땅을 치며 후회할지도 모른다. 하지만 걱정하지 마시오. 훼방 놓을 생각은 없으니. 내 탓이다. 모든 게 내 탓이다.

가난한 사람이 백 가지 걱정이라면 부자는 천 가지 걱정이 있다고는 하지만 그 천 가지 걱정 중에 먹고살 걱정이 없으면 그 나머지는 배부른 감정이 아닐까? 내 주변 사람들은 다들 먹고사는 게 걱정이다. 누가 지금 이 시대에 먹고사는 걱정을 하는 사람이 어디 있냐고 하던데, 누가 한 달 혹은 일 년 사는 걸 말하는가? 그들은 머지않은 장래가 암담한 것이다. 개미가 부지런함의 대명사가 된 건 겨울 때문이다. 하지만 겨울이 다가오기 전 대다수 개미가 연한이 다하는 것처럼 사람 또한 비슷한 전철을 밟는다. 내 주변은 다들 대단치 않아 그러는지 몰라도 다들 사정은 개미와 비슷했다. 아내는 목표 달성에 몸서리를 앓았고 나는 술을 기름치듯 처넣어야 돌아가는 일꾼이었다.

퇴근 시간이 따로 정해져 있는 것은 아니지만 땅거미가 지면 집에 가기 싫었다. 사소한 트집이 잡히기 전에 내가 할 행동이 정해졌기 때문이다. 잘잘못을 따지자는 것이 아니다. 나는 일에 지쳤고 아내와의 다툼에 진저리가 났다. 물론 이 상황에는 서로 기억에 대한 왜곡이 있다. 그리고 어느 한 지점에 장면이 정지되어 있다. 죄를 지긴 지었다. 어떻게든 무슨 이유를 대서 365일 하루도 빼놓지 않고 매일 술을 퍼마셨고 난 항상 위험한 불발탄으로 취급됐다. 상황은 암담했다. 매일 후회하고 거의 매일 되풀이 되는 환장할 짓이었다. 난장판이 된 이런 아침에 아내가 결연한 표정으로 집을 나가라고 하니 내가 무슨 낯짝으로 변명을 하겠는가. 욱신욱신 쑤시는 허리를 만지며 그러자고 했다.

술에 깨면 항상 회개하고 반성했다. 술 마신 다음 날 아내의 단호한 언성은 일상이어서 단순하게 받아들였다. 한 며칠 공장에서 자면 지나갈 것이라고. 어리석은 자들은 복기에서 배우는 점이 없다. 같은 잘못을 같은 방식으로 저지르지. 한 자리에 계속 떨어지는 물방울조차 바위에 상흔을 냄을 모른다. 의례적인 행사라 믿고, 수긍하는 척 아내의 통고를 받아들이기로 했다.

당연히 집을 나올 때 혹시나 해서 아내 이름으로 된 아파트와 약간의 저축을 두고 나왔다. 가장으로서 일말의 책임감도 있고 그 정도는 양보해서 마지막까지 죽일 놈으로 기억되고 싶지 않았다. 다행히 아내가 모질고 악착같아서 빚은 없었다. 공장은 내가 가졌다.

사실 아내의 억지에 따른 분배에 어떻게 되겠지 하는 심정으로 막막하지 않았다. 당시 내 나이는 오십 초반이었고 말년을 비참하게 보내지 않으려면 일과 일감이 필요했다. 축적된 기술을 담보로 한 공장은 내게 남은 유일한 보루였다. 피와 땀, 역사 따위는 IMF 사태 때 진작 사라졌다. 많은 보통 사람이 천연덕스럽게 자연사하는 경우가 별로 없는 나라였다.

시간을 주무르는 일거리와 그 결과물인 돈이 구르기만 하면 내게도 성적인 매력이 없는 아내야 별 의미가 있겠는가, 라고 단순하게 생각했다. 돈이 최고인 사회에서 살면 그렇게 변태되는 모양이다. 내게 있어 아내는 아프고 힘들고 그게 생각이 나야 필요한 존재였다. 그렇다면 아내도 나와 같은 생각일 것이고, 부부로서 의미는 동물의 암컷과 수컷이나 한 우리에 사는 것과 별반 다르지 않았다. 사나 안 사나 돌이켜보면, 희한하게 아내와의 추억은 기억이 가물가물했다. 일하는 꿈은 자주 꿔도 아내는 거의 등장하지 않았다. 술 탓만은 아닌 듯하다. 그런데도 과거를 좇다 분배의 시점에 이르니 억울하기 짝이 없었다. 아, 내 젊음의 시간을 어디서 찾을 것이며, 내 탓으로 아비 취급하지 않는 자식에게 지은 죄를 어찌 씻는단 말인가.

공장으로 쫓겨나 지금 한심한 꼴에 덧칠된 처지를 곰곰이 생각해보니, 아무리 그래도 이 협상이 불공정해 속상했다. 협상 맞은 편에 아내가 가운데 있고 양옆으로 딸과 아들이 포진했다. 수적인 열세를 말하는 것이 아니다. 가족이란 혈연관계에 내가 제외되어 있었다. 오랜 계획을 실행하는 것처럼 아내가 요구하면 딸과 아들이 보완해서 토를 달았다. 정이라는 건 눈곱만큼도 없었다. 네가티브한 감정 중 절망의 부분만을 골라 담아 뒤집어쓴 기분이다. 물론 술과 폭력은 중질의 범죄이다. 내가 화가 나서 맨몸으로 나가겠다고 하자 다행히 협상 테이블의 맞은편 대표가 표정을 누그러트리며 공장은 그냥 가지라고 했다. 파이를 나눌 때는 불공정하더라도 정이 실려야 한다. 이 공장은 우리 가족의 디딤돌이었으며, 생계 수단이기 전에 한겨울 난로 같은 거였다. 그런 공장을, 이제 강을 건넜으니 쓸모가 없어진 배의 소유권을 마치 도랑 옆에 자라는 무를 뽑듯이 뽑아 던져 주었다.

새삼 말하는 거지만, 지금 하는 공장은 무려 삼 십 년 이상이나 된 곳이다. 그 세월을 버텼다는 것은 권력이 원하는 전략을 그대로 따랐기에 살아남았다. 위는 쳐다보지 않고 뼈가 닳도록 열심히 일했으며, 돈이 죽으라고 지시하면 죽는시늉을 했고, 정부의 정책은 의심하지 않고 무조건 따르면 '살려는 준다.'라는 것이다. 사는 데 별문제가 없었던 시절인 코로나 이전 시대에는 먹고 사는 게 보장됐다는 의미에서 이 공장을 아들에게 물려주고 싶었다. 언제 모가지가 추풍낙엽처럼 떨어질지도 모르는 조직과 달리, 열심히 일만 하면 먹고 사는 게 보장되는 직업이 세상에 어디 흔한가. 내가 점쟁이나 경제 강좌 전문 교수는 아니어서 확신하고 일목요연하게 짚어내지는 못하지만, 지금 이 사회가 병이 들어 있다는 것쯤은 나도 안다. 이런 상황에 죽은 노숙자의 몸에서 쏟아져 나오는 이처럼 갈 곳을 몰라 허둥대며 직장에서 쫓겨난 이들은 자신의 신세가 가장 처참하다고 생각하겠지만, 고개를 돌리면 자신과 비슷한 동류항이 이 사회에 산재하고 있음을 알아챌 것이다. 사람은 개나 고양이와 달리 희한한 동물이다. 사람은 잘나고 배운 사람에게 눈총을 받는 게 아니라 자신과 비슷한 처지의 못난 사람을 시기하는 것으로 포근함을 느끼니 앞으로의 미래가 얼마나 고단할지 짐작할 수 있다. 불행한 사람들을 섣불리 위로하면 안 된다. 이런 불행이 지속적인 사회에서 아들이 내 뒤를 이어 이 공장을 새롭게 운영하면 사는 데 어려움이 없으니 좋지 않을까. 그런 생각으로 집을 나오기 한참 전 아들에게 조심스럽게 권유했다. 네가 기술을 습득한 후 배운 놈의 새로운 전략과 경험이 더해지면 지금 내 형편보다 훨씬 나아질 거다. 그런데 아들은 나를 거울로 삼아 공장일에 진저리쳤다. 맑은 정신이었을 때 슬며시 또 물어보자 두 눈을 똑바로 뜨고,

"난 싫어. 내가 그걸 왜 해. 편의점 알바를 죽을 때까지 하더라도 쇠 때는 묻히지 않을 거야. 손가락도 막 잘리고 그러잖아! 난 선생한테도 아버지가 회사 다닌다고 했지 공돌이라 말하지 못했어."

아내는 가자미눈으로 콧방귀를 뀌었고 아들의 불평에 힘을 실어 주었다. 그럼 방구석에서 계속 게임만 할 거냐? 하니까, 아내가 허리에 손을 얹고 악을 썼다.

"당신 드디어 미쳤구나. 당신이나 그따위로 살으라구. 얘가 지금 마음 잡고 공부 열심히 하고 있잖아. 철공소가 무슨 자랑이라고 대를 물려 주려고 하는 거야. 당신이 많이 벌어서 우리가 이만큼 사는 줄 알지? 착각하지마. 알았어?"

욕은 아니지만, 철공소라니, 시대에 맞게 말해 기계 공작소이다. 당시 아내의 목소리는 망치질하듯 단호하고 간명했다. 하지만 아들이 하는 꼴은 아내의 말과 달리 게임이나 자위행위 빼고는 미래와 타진하려는 노력은 일절 하지 않았다. 나보다 아내가 잘 알 터이다. 뭐, 정을 뗐다 붙였다 할 순 없겠지만 하도 겪다 보면 무자식이 상팔자라는 속담에 동의하기 마련이다. 게다가 뒤에 붙인 말은 내가 이룬 탑을 허물고 있다. 비록 호의호식은 못 해줬으나 생계에 들어간 돈은 거의 나에게서 나왔다. 그렇다고 일일이 내 지분을

말하기에는 가장으로서 쪼잔해 보였다.

그럴 리야 없겠지만, 나는 아내의 모략 때문에 철저하게 아들과 딸에게 소외당했다고 생각했다. 원수가 아닌 부부이면서 아내의 시선에는 오뉴월에도 고드름이 열렸고, 아들은 한심해하는 비웃음을 자주 흘렸다. 딸은 중립이 아니면서 누구에게라 할 거 없이 무관심 일변도였다. 가까이 다가온 건 오직 술이었다. 지쳐 바로 쓰러질 만큼 피곤해져 집으로 돌아오면 나를 녹일 수 있는 유일한 즐거움은 술이 그만이었다. 아내도 마찬가지겠지만 우리는 서로 위로하기 싫어했다. 교차하는 감정이 삼 년 가뭄에도 웅덩이를 떠나지 않고 지키는 개구리의 상심처럼 말라버렸다. 술이 소주 한 병으로 끝나지 않는 날은 몹쓸 주정을 했다. 지나고 나서야 후회가 다가왔고, 심장을 쑤셔 사과하고 싶었지만, 그 당시는 쓸쓸함을 포함해서 그 몹쓸 짓을 돈 버는 자의 당연한 권력으로 여겼다. 내가 버는 돈으로 너희들이 살고 있다. 학비에 들어가는 돈, 미장원과 치장에 밀어 넣는 화장품은 거저 주운 것이 아니다. 허구한 날 밥상에 오르는 고기는 누가 벌어 산 것이야? 하면, 매에 면역이 없는 아내가 두 눈에 쌍불을 켜고 달려들었다.

"너만 일해? 나도 일하고 있어. 이건 내가 직접 벌어 산 반찬이야. 당신은 먹지 마." 하면서 밥상의 고기를 치웠다. 눈이 돌아가고 말이 엉켰다. 아내의 앙칼진 비명이 들렸고 게임 속 저그가 깡그리 처치돼도 열릴 것 같지 않은 문이 부서지듯 열리고 마귀할멈의 손에 목숨이 경각에 달린 공주를 구하러 온 정의의 사도인 아들이 등장했다. 결의에 찬 아들의 가냘픈 주먹이 흔들거렸다.

"아, 씨발 또 야. 내가 집에서 술 좀 마시지 말라고 얼마나 부탁해야 해. 지겨워 죽겠어. 그냥 얌전히 술만 쳐드시면 이 집구석에서 뭐라 할 인간은 아무도 없어. 제발 엄마 좀 때리지 말아요. 불쌍하지도 않냐고. 계속 이러려면 차라리 이혼해. 왜들 그렇게 어렵게 사는지 모르겠어. 어쩌면 한 집 건너 다 이런지 모르겠어. 이 아파트에는 이런 사람들만 골라 모여 사나 봐. 제발 좀 평화롭게 살든지 아예 전쟁하든지 합시다. 부끄러운지 알아야지!"

콩가루 집안도 이런 집구석이 없어, 나는 잽싸게 아내보다 만만한 아들을 향해 목표물을 옮겼다. 그건 내 계산이었고 아들은 어느새 젊음의 갑옷을 입고 있었다. 하도 게임만 해서 척추 측만증을 앓고 있는 아들은 의외로 벽이었다. 내 주먹은 아들의 탄력 있는 근육에 무력했고 힘은 이미 술에 취한 나를 넘어섰다. 아들이 손안에 정을 담지 않았다면 존속살해의 참화가 벌어졌을지도 몰랐다. 아내의 비명 덕분에 아들의 주먹질이 멈췄다. 아무리 아들이 봐줬기로서니 나는 세상의 누구보다 비참했다. 체면이 심하게 구겨진 채 패배자의 방으로 들어갔다. 가족이 사는 이 아파트에서 가장 넓고, 아내가 큰마음을 먹고 산 자개농에 포근한 이불이 깔린 곳이었지만 진작에 버려진 '황량한 터'였다. 이 방은 비어 있어도 저주받은 성터여서 아무도 들어오지 않는다. 그들에게 있어 내 방은 재수 없는 구역이었다.

당시, 아직 오십 초이니 다 쓰지 않은 힘이 남아 있었다. 수수깡처럼 비어가는 내게 남은 친구는 술이 전부였다. 보이지는 않았으나 대화할 수 있었다. 닿지는 못했지만 나를 편히 안고 있는 건 술이었다. 오늘 하루 전신을 쑤시고 다니는 피로를 술로 녹여내지 않으면 내일을 장담하지 못했다. 술은 최악의 처방이었다. 일주일에 한 번쯤은 뇌의 한 부분이 정전됐다. 깜깜한 지옥이었다. 존속살인의 불안으로 아내는 잔뜩 기미가 끼었고 우울증이라는 자가 진단을 내렸다. 지금 생각이지만, 아내는 우울증을 내세워 벽을 쌓았다. 이 벽이 굳어지고 요새화되기 전에 도리 없음을 알았다면 고질화한 술버릇은 고쳐지지 않았을까? 모르겠다. 술이 아내보다 좋았으니 무망한 일이다. 그리고 우리 가족 중 우울하지 않은 사람이 어디 있냐고?

아무리 술을 마셨어도 숱한 사람들이 신기해하는 의문처럼, 그렇게 처마시고도 눈은 정확히 출근 시간에 맞춰 떠졌다. 신기해할 일이 아니다. 죽지 못해 생긴 버릇이었다. 뇌는 검은 타르로 끓고 있었고 뱃속은 아귀의 폭동으로 나를 사납게 몰아쳤다. 가까스로 문을 열고 나오자 늘 같은 난장판이 거기 있었다. 딸은 부서지고 찢어진 무언가를 차가운 성격대로 퍼즐 조각이나 맞추듯 부서진 컵을 성형하고 있었고 아내는 엉킨 머리카락을 쥐어뜯었다. 아들은 사정없는 살의가 가득 찬 눈으로 여기저기에 시선을 쏘아댔다. 공기 중에 불길한 기운이 떠돌아다녔다. 나를 제외한 그들은 이미 협의를 끝냈고 결정문을 읽을 차례만 남았다. 아내가 무거운 납이 섞인 목소리로 내게 명령했다.

"여기 좀 앉아요!"

아내는 몹시 화가 나 있거나 불안한 조짐을 발표하기 전 존댓말을 했다. 난 집에 심상치 않은 손님이 오거나 돈 문제를 따질 때도 항상 뇌보다 가슴이 먼저 반응했다. 지시를 따를 몸 상태는 아니었지만 드러난 죄상이 눈앞에 흩어져 있으므로 아내가 시키는 대로 했다. 술이 뇌를 점유하지만 않으면 원래 고양이 앞에 얌전한 쥐새끼였다. 앉고 나서도 뭔가 예고하는 침묵이 한동안 계속됐다. 아내의 식상한 전략이다. 뱃속에 마지막까지 남아 있는 것을 꺼내려 일어서자 아내가 준엄한 양형을 선고했다.

"우리 이혼해. 더는 못 견디겠어. 당신이 여기 있으면 미르가 자살하겠데. 미르보고 자살하라고 할까 아니면 당신이 떠날래. 어떻게 할래?"

제한된 선택이 그것뿐이라면 어쩌겠는가? 나는 긍정의 표시로 고개를 끄덕여 주었다. 대부분 어리석은 죄의 결말이 그렇다. 어젯밤 일어난 난동이 어떻게 시작됐었는지 어렴풋이 기억은 나나 당시는 결말이 어떻게 될지 예측할 수 없다. 다만 시청률에 따라 주연 대사가 바뀌는 통속 드라마처럼 확실히 읽히는 비극이 지겹도록 되풀이됐다.

"아까 애들이랑 상의한 건데, 아라가 결혼을 전제로 사귀는 친구가 있나 봐. 그거 치르려면 당신이 없는 것보다는 있는 게 나으니까 서류상 이혼은 한 일 년 후에 하기로 하고 오늘부터 집에 들어오지 마. 아라가 취직했고 나도 버니까 당신의 치사한 돈은 더 필요 없어. 그놈의 가장 생색도 지겨워. 어제 당신이 미르를 죽일 뻔했고 미르도 당신을 죽이는지 알았어. 그걸 말리다 아라가 손을 다쳤어. 기억나?"

꿈속 지옥의 한 장면인지 알았다. 사는 게 조각이 나고 불안해지면 항상 꾸어지던 악몽이었다. 상투적인 변명 몇 가지가 떠올랐으나 입 밖으로 꺼내지지 않았다. 이제는 뻔뻔해질 양심도 바닥이 났다. 지은 죄가 하늘에 닿으면 변명은 저절로 닥치게 된다. 심한 편두통으로 눈물이 나오지 않았다. 빌어먹을 상황이었다.

"미친년이지. 이 꼴을 매일 보고도 지긋지긋하지 않은지 아라에게 애인이 생겼나 봐. 뭐, 어떻게 하겠어? 하늘이 시킨걸. 다행이라면 당신과는 완전히 딴판인 인간형인가 봐. 술도 안 마시고 담배도 안 피우는 데다 착하기까지 하니 혹했겠지. 좋은 학교를 나오고 큰 회사에 다니니까 능력도 있나 봐. 설명 집어치우고, 부모가 이혼한 상태에서 애가 결혼해봐. 하여간 이런 판국에 생각이 있는 년이라면 결혼이란 걸 할 생각을 하겠어? 걔 고집 알잖아. 그것만 아니면 아주 깔끔하게 당장 절차를 밟아야겠지만 어찌하겠느냐고. 좌우지간 오늘부터 집에 들어오지 마. 집만 내가 가질게. 더는 벌어오지 않아도 돼. 더럽고, 치사해서 싫어,"

이렇게까지 서로 결심이 선 이유는 해묵은 감정상의 문제도 있기는 있었지만, 근원을 더듬어보면 경제 상황이 점점 나아지고 있었기 때문이다. 아내의 결정에는 아이들 교육에 대한 의무를 거의 벗어났다는 데 있다. 우리 생활비 중 두 아이한테 들어가는 비용이 만만치 않음을 알고는 있었지만 우선 딸이 대학을 졸업하고 바로 취직을 하자마자 마치 어디서 돈다발이 굴러들어온 듯이 고이기 시작했다. 큰 여유가 생긴 것은 아니지만 새는 구멍이 막히면서 아내의 옷 가짓수와 화장품의 종류가 늘어났다. 이 이야기를 잘못 풀면 아내가 나쁜 사람이라 누명을 쓸 수도 있어 조심스러운 접근이 필요하다.

어쨌든 아이들 교육비에서 빠져나오자 서로에 어느 정도 여유가 생겼다. 그게 칠 년 전이다. 가족과 떨어지고 나서도 삶은 잔인하게 흘렀다. 노상에서 그냥 걷다가 정신병자에게 느닷없이 따귀를 맞듯이 중국의 어느 한구석에서 코로나바이러스가 터졌고 어, 어 하는 순간에 재앙으로 바뀌었다. 가정 문제는 뒤로 슬며시 물러앉았다. 뜻밖의 복병이었다. 거리가 휑 뎅그레 해지면서 가난한 데다 기저 질병에 걸린 사람부터 파랗게 겁에 질리기 시작했다. 꽃피는 봄이 왔건만 계절은 심리적으로 역행했다. 거의 백 년 만의 팬데믹이었다. 이 전염병이 어떻게 마무리될지 아무도 예측하지 못했다. 나의 되풀이되는 전(全) 과거처럼 잘못은 알고 있으나 충분한 죗값은 치르고 나서야 주춤할 것이고 그 웃음이 가시기 전에 인간은 다시 어리석음을 되풀이할 것이다. 인간이란 원래 대부분 그런 짐승이다.

2.

혼자 사는 칠 년 동안 아이 둘과 아내를 완전히 잊은 것은 아니다. 그게 어떻게 인위로 떨어져 나가겠는가? 가끔 잡초를 뽑거나 조악한 식사를 하는 일상사에 그들이 아련함으로 불쑥 튀어 올라왔다. 내 잘못은 차지하고 가족에게 받은 상처로 심한 퇴행 현상을 겪고 있었다. 추억과 상흔이 갈(葛)과 등(藤)으로 얽히고 엮여 있는데. 이번에 더불어 애들 생각이 마구 떠오르게 하는 일이 생겼다. 공과금 납부에 무슨 문제가 생겼는지 통장에서 알아서 새도록 놔둔 일이 멈춘 것이다. 전기료를 내지 않아 전기를 끊겠다는 계고장이 붙었다. 그래서 그걸 알아보러 거의 육 개월 만에 은행에 갔다가 계좌를 정리해 보니 갑자기 통장이 두툼해진 것이다.

두 달 전에 딸이 보낸 천만 원이 입금되어 있었다. 아내와 흩어지고 난 후 2년 만에 딸이 아무렇지 않게 공장을 찾아왔다. 딸은 어렸을 적 성질 그대로 용건만 불쑥 내놓았다. 딸을 안고 싶었는데 데면데면한 딸의 표정으로 기가 먼저 죽었다. 딸이 아직 나를 용서하지 않았을 거라는 생각이 들어 제대로 나오지 않는 웃음으로 때우려 했다. 딸은 무표정한 눈빛이 내 웃음을 털어냈다.

"돈이 필요해요. 천만 원이요. 반드시 갚을게요!"

'반드시'에 방점을 찍은 딸의 말에, 절박함에 찾아오긴 했으나 자신의 처지를 한탄하고 있음이 단번에 느껴졌다. 말을 좀 길게 하려 용처를 물으니 뜻밖에도 대학원 등록금이란다. 결혼을 약속하던 놈하고 뭔가 잘 안 된 모양이었다. 딸은 어렸을 때부터 모든 탈출구를 공부로 찾았다. 아라는 부모 그 누구도 닮지 않았는지 공부를 참 잘했다. 우린 딸이 두 유전자를 닮지 않아 뭐가 되도 될 거라고 믿었다. 아내 말에 의하면, 세상에, 한글을 가르치지 않았는데도 TV에 나오는 광고를 세 살 적에 읽었단다. 딸은 열심히 벌어야 할 이유였다. 어쨌든 딸은 가난하고 뒷받침이 없이는 들어가기 어려운 대학을 4년 동안 장학생으로 마쳤다. 기숙사 비용과 식비를 제외하고는 큰돈이 들어가지 않았다. 그것조차 만만한 비용은 아니었지만. 구체적인 용처를 물으니 눈썹이 사납게 모였다.

돈을 주었다. 집에 생활비를 보내지 않아도 되는 바람에 굳어진 돈이 자연스레 고였다. 아라는 돈을 받고 난 후 엄마한테 말하지 말라는 환기를 시키고, 부자연스러운 인사를 한 다음 곁을 떠났다. 딸은 뒤를 돌아보지 않았다. 딸의 점점이 사라지는 모습을 지켜보는 것만큼 그 이상의 고문이 있을까? 산 채로 가죽이 벗겨지듯 고통스러웠다. 세상의 기쁨이었고 살아가는 의욕이고 있는 놈의 멸시와 억지를 참아야 하는 이유였던 기품 있는 딸이 쓸쓸한 뒷모습은 나의 잘못을 통렬하게 나무랐다. 이번 일을 계기로 반성했다. 솔로몬의 탄식은 그대로 적용됐다. 아, 나는 죽일 놈이다.

아무리 독하고 똑똑한 딸이라 하더라도 시간을 철저히 부리는 회사에 다니며 굳이 대학원을 가야 하는 데는 여러 가지 연유가 있을 것이다. 결혼 계획이 직계 가족의 흠을 들추다 보니 이해의 범위를 넘어설 수도 있고 아니면 사랑으로 참기에는 결혼 그 후가 막막했을지도 모른다. 어느 쪽이든 내 잘못이 크다. 아니 좋은 쪽으로 생각해서, 사랑 없이 결혼해봐야 골치만 아픈 결혼보다는 고액 연봉과 관계가 있는 쪽에 관심을 둔 것인지도 모르는 일이다. 그러기 위해서 더 높은 학교 졸업장에 더 무게를 두어야겠지. 직장 생활과 학업을 병행하는 일이 쉽지만은 않을 텐데, 걱정과 원망이 떠올랐다. 바깥나라에 사는 것도 아니면서 딸에 생긴 곤경 정도는 들려주었어야 하는 거 아닌가. 아무리 헤어지면 남만도 못한 게 부부 사이라지만 괘씸하긴 했다. 더구나 딸의 결혼 가능성으로 서류정리를 못 했으면서도 지금 이 마당에서 한마디 없었다는 게 서운하기보다는 딸이 혼자 생손을 앓았다고 생각하니 면목이 없어 안타까웠다. 딸의 느닷없는 송금이 내내 마음에 걸렸다.

딸이 보내온 천만 원. 가늠해 보니, 무탈했으면 대학원을 졸업한 지 삼 년은 됐겠다. 그 후 별 소식이 없는 거 보니 잘살고 있을 것이다. 웬만한 사람만큼 사회적 배경이 없어 단숨에 상류층 계단을 밟기에는 여러 가지 제약이 따르겠지만 딸은 늦게라도 자신의 재능으로 극복하리라 믿는다.

당시, 내가 없다고 해서 가족이 불운해질 경우의 수는 없었다. 아내는 대형 마트 계산원이었고 딸은 든든한 직장을 잡아 큰 몫을 했으며 아들도 나름 알바로 생활비를 보태고 있었다. 게다가 술 처마시고 주정하는 못난 짐승이 없으니 태평성세를 구가하고 있을 것이다.

가족과 헤어졌다고는 해도 대대로 물려받은 조상의 근면한 유전적 관습이 배어있어 아들과 딸과 나와의 천륜 그리고 나와 아내와의 인륜을 끊을 수는 없는 무의식으로 마지막 끈은 놓지 않고 있었다. 다만 애써 잊힌 척 정리하면서 억지로 살았다. 그렇게 살아가고 있었는데, 통장에 쾅 박힌 천만 원은 더는 우리는 아무 관계도 아니라는 표식으로 가슴에 불도장이 찍혔다. 기분이 더러웠다. 아무 생각 없이 자는 사람한테, 태생적으로 나를 미워하는 얄궂은

이가 갑자기 돌아서 문을 활짝 연 다음 찬물을 뒤집어씌운 기분이다. 사실 어렸을 적 엄마가 그런 적이 있었다. 나의 엄마는 가난한 집 후처였다. 늘 조용조용한 성격임에도 당시 여성의 순종적인 태도를 고수하지 않았다. 그렇다고 그악스럽게 자식에게 정을 쏟는 입장도 아니었다. 그저 늘 허전해 끊임없이 일을 찾아서 했다. 닭과 소처럼 사는 부부가 그들의 일반적인 그림이었다. 점점 세월에 바래지면서, 아버지는 버는 돈 대부분을 술값으로 뿌리고, 아무 여자나 보면 침을 질질 흘리는 야수 같은 존재였다. 그런 아버지가 일거리가 떨어지면 집으로 기어들어 와 깽판을 쳤다. 문짝이 부서지고 살림살이가 날개 없이 날아다니고 그와 동시에 살림살이가 날개 없이 날아다니고 엄마의 앙칼진 비명이 차례대로 들리면 저절로 교과서 보기를 집중했다. 우환이 잦으면 못하는 공부는 왜 그리하고 싶은 것인지. 나는 그 충동을 이해 못 했다. 딸도 그런 버릇이 있어 잠재된 의문을 풀어 주었다. 가슴이 아린다.

글쎄, 내가 딸에게 돈을 준 건 죄책감에서였다. 돈을 주긴 주었지만, 딸의 요구를 따른 의도는 아버지로서 기꺼운 마음과 과거를 반성하는 순수였다. 예전의 못된 아버지는 내 선에서 끊어져야 했다. 너희는 내게 마지막 기회란다. 그걸 어리석게 치워버렸구나. 이 죄를 무슨 수가 있어 용서를 빌겠니? 애야 나는 지금 스님이나 교회 목사한테 집중 지도를 받지 않고도 깊이 반성하고 있단다. 가족의 소중함을 늦게나마 깨달았단다. 용서까진 바라지 않는다. 다만 네가 힘들고 어려울 때 내가 도움을 줄 수 있다면 아무 조건 없이 최선을 다하고 싶구나! 이렇게 말하고 싶었는데 먹을 때만 사용하던 입이 열리지 않았다.

내가 딸에게 준 돈은 거래가 아니어서 주고받을 생각은 없었다. 뭐랄까? 내 아이가 추워하면 내 옷을 벗어줘야 하고 배가 고파 보이면 입안의 것이라도 먹여야겠다는 공여자로서 당연한 그 생각을 말했어야 했다. 엄정한 표정의 딸을 보면 항상 입이 붙어 버린다. 내 딸이 맞는가 싶을 정도로 불편하고, 나와 아내에게 없는 교집합으로 항상 무언가를 계획하고 행동하는 딸에게 거리감이 있었지만 물리칠 수 없는 강력한 자장이 형성된 것만은 틀림이 없다. 생각은 막혔고 말이 목에 걸려 나오지 않았다. 반가워서 껴안고 싶었는데 성추행으로 노시인을 고발한 중년 여자의 악다구니가 떠올라 머뭇거렸다. 아라도 나의 심정을 느꼈을까?

3.

사실 나에게 적대적 감정을 품은 식구들로부터 내침을 당한 이래 많이 아팠다. 그 전부터 죽을 만큼 힘든 증세가 없던 것은 아니지만, 혼자 살게 되자 내 몸에 장치된 시한폭탄이 터졌다. 아프니 떠오르는 건 당연히 아내와 딸과 아들밖에 없었다. 아내의 사정권 아래 있었을 때 진작 참을 수 없을 정도로 아팠으면 혹시 상황이 달라지지 않았을까 하는 어리광이 없는 건 아이였다. 아내가 모질고 독한 척은 해도 딸과 달리 눈물이 많은 여자였으니까. 나는 내 몸 안에 소요를 나서서 진압하지 않았다. 죽으면 죽을 테다. 아니, 이럴 바엔 차라리 죽으리라.

일반 사람의 죽음 영역은 신의 계획안에 있는 것이 아니라고 나는 확신한다. 사주나 손금에 박혀 있는 생명선의 길고 짧음에 좌우되는 것도 아니다. 이 나라에서 사람살이는 일거리가 끊어지는 순간 죽음의 모래시계가 뒤집힌다. 부처가 말한 것처럼 태어나기 시작하면서 죽음이 시작되는 것이 아니라 그 지옥은 벌지 않으면 죽는다는 자본주의의 운명과 사랑이든 임신하고 싶어 미치는 성욕에 못 이겨 결혼이라는 사회 제도에 편입하는 순간 열린다. 가진 게 두 쪽뿐인 이들에게 직업은, 농부에게는 밭과 논이며 주린 늑대에게 가엾은 토끼이다. 그다음 자식을 낳으면 천민자본주의에서는 비로소 죽음의 시계가 서둘러 째깍째깍 본격적으로 돌기 시작하는 것이다.

반면 일한 만큼 수확량이 늘어난다는 명제는 농업 사회에만 통용되는 준칙이다. 농사는 신이 왕에게 복종만 하고 살아가기 불쌍한 인간에게 준 직업이다. 농업은 수확에 이자를 요구하지 않으면 몸은 고될지언정 삶에 감사의 기도를 드리며 살아갈 수 있는 세상에서 가장 정직한 수단이다. 적어도 비가 오거나 겨울이 닥치면 강압적으로 휴식을 취할 수 있으니 얼마나 인간적인가. 하지만 끊임없이 소비하기를 강요당하는, 하루 벌이가 하루 치 식량에 불과한 도시에 살면, 휴식이 사람을 얼마나 불안하게 하는지 모를 것이다. 휴식은 일종의 정지신호이며, 꽁무니에서 경적을 울려대는 차 소리를 듣는 불안이며 사실상 겁박에 지나지 않는다. 도시인들에게 일은 하루치의 의미이며 다행이며 삶이 욕구 자체여서 무엇이든 먹어치우는 바퀴벌레이다. 늙어서도 일하고 싶어 미치는 인간이 대한민국 말고 어디 또 있는가? 프랑스에서는 정부가 한 삼 년만 더 일하자고 하자 폭동이 일어났다.

수모를 견디며 돈을 벌어야 하는 세상의 남편은 모든 아내가 의상을 천편일률적인 단 두 벌의 교복으로 버티길 바라지만, 여자의 천성은 결혼하고 나서야 발현되는 것인지 사계절만 아니라 열두 달 내내 다른 옷을 입고 분장하기를 원한다. 아이들 교육은 마을 노인들이 가르치는 시대가 아니었으니 아내는 자신이 살아오면서 보완 편집해야 할 것들로 가득 찬 교육열은 거의 광신도급이었다. 나 또한 두 아이에게 있어 교육은 나의 아버지란 반대급부의 거울에 비추어 종교였을 지도 모른다. 내 술주정이 가정 문제로 표면화되면서부터 아내가 자신의 허영을 감추려고 했으나 그 억지 감정이 차오르면 아이 둘을 항상 앞에 내세웠다. 그다음 점령지는 내 집 마련이었다. 아내의 계획에든 내 집 마련은 내 술버릇을 지장을 줄 정도로 지상 최대의 과제였다.

큰아이가 중학교를 입학 할 당시 지금 하는 공장을 빚을 내 인수했다. 아내의 과감한 결정이었다. 운은 그 시기와 맞물려 열렸다. 사는 건, 실제로 일하다 과로로 죽는 일이 신문 사회면에 심심하면 불거질 정도로 내게도 늘 허겁지겁하였다. 조금이라도 쉬어 볼 요량으로 단가를 올리니 오히려 기술력으로 인정받았다. 골병이 들면서도 기가 막힌 시절이었다. 남들은 고공살이 할 때보다 시간의 여유가 있고 몸이 편해졌을 거라고 시기 어린 농지거리를 해댔지만, 간이 썩어들어가는 사 년 전의 병은 당시 얻어진 것이다. 어쨌든 소심한 나는 나쁜 평판이 날까 두려워 때로는 밤을 새워가며 납품일을 맞춰 갔다. 아, 이 지긋지긋한 일, 일에 시간과 돈이 끼면 즉시 고용과 피고용 사이가 된다. 그 관계에는 많은 함정이 도사리고 있다. 용서는 돈만이 한다. 이 짓이 몸에 스스럼없이 체화돼서 지금도 가끔 나를 미치게 한다.

시간이 확확 지나자 장면이 바뀌듯 시대가 변했다. 재료 비용을 마련해 가며 납품한 완성품에 대가를 받지 못하는 일이 생겼다. 상대의 부도에 아주 관계없는, 타고나길 을인 내가 휘청거렸고 간신히 마련한 집이 초기 물품 대금으로 날아갈 판이었다. 손 벌릴 수 있는 곳은 다 들려야 했다. 간과 쓸개를 이자로 내주는데도 은행의 대출은 신의 손길이나 다름이 없었다. 내가 아닌 업자의 행보에 맞추어 끌려가듯 아슬아슬한 삶이 이어졌다. 버티면, 고개를 넘어갈 때마다 팔 하나를 떼어줘야 했다. 술이 아니고선 잠이 가까이 오지 않았다. 윗돌 빼서 밑돌 고이고 밑돌 빼서 윗돌 고이는 일이 아내에게 쫓겨나가기 전까지 기억나지 않을 만큼 많았다.

나를 위로하고 하소연을 들어주는 상대는 술이 유일했다. 태풍이 부는 바다였고 맹수가 웅성거리는 숲이라는 상상의 영역에 모닥불을 피워 잠시나마 안도할 수 있었던 순간은 모지락스러운 아내의 위로가 아니라 술이었다. 너덜너덜해져 집으로 돌아오면 나머지 시간을 술에 파묻혔다. 희한한 것은 아무리 술에 취해 곯아떨어졌어도 어김없이 눈은 시계에 맞추어 일곱 시면 떠졌다. 그럼 바로 일이다. 나는 가족과 멀어지기 직전까지 하늘이 파란지 까만지 모른다. 내게 하늘은 늘 노랬다. 눈에 실핏줄이 터져 눈알이 뻑뻑해지면 그제야 저녁이다. 시간이 다 어디로 새는지 모르겠다. 만약 내게 스물다섯 살 이후의 삶을 묻는다면 기억나는 것이 없어 이근안이란 고문 기술자가 고안한 전기고문을 하더라도 꾸며댈 말을 찾지 못할 것이다. 정말 기억이 나지 않는다. 눈을 뜨면 아침이었고 뻑뻑한 눈을 진정시키면 어두운 밤이었다. 중간이 분실된 날들이었다.

내가 일 중독자였을까? 사실 그걸 확실히 모르겠다. 어쩌다 한 번 일거리가 떨어지면 불안했고 가정이란 지지대가 붕괴할까 감정을 주체하지 못했다. 그러함에도 아내는 배고픈 제비 새끼처럼 늘 입을 벌리고 울어댔다.

“아, 내 팔자야! 서방 복이 없는 년이 자식 복이 있겠어.” 아내의 이런 탄식이 들려오면 태엽은 자동으로 감겼다.

나는 늘릴 수 있는 데까지 늘린 고무줄이 끊어졌던 그 날, 딸이 스물세 살까지 우울하게 살았던 가정을 술로 박살 냈다. 아내와 두 아이에게서 탈락하면서 무기력의 수렁에 빠졌다. 그리고 간경화. 안간힘으로 허우적거리면 그럴수록 늪의 깊이는 바닥이 없었다. 이대로 죽으리라. 체념이 지금의 나를 살렸다면 그게 말이 되는가. 먹지 않아도 외양은 복수로 배가 불렀다. 치자물을 들인 것처럼 보이는 누런 얼굴로 공장에서 허둥댔다. 그 판국에도 잠은 질기게 쏟아졌다. 병든 육신이 불쌍해 죽기 전에 마음껏 자게 했다. 아니 지금까지 채워주지 못했던 잠의 빚을 치르기를 죽기 전 몸이 내게 잠을 청구했다. 나는 자고 또 잤다. 아무도 찾아오지 않았다.

악덕 대부업자가 잔인하게 재촉하는 잠에서 간신히 깨면, 다음에는 허탈이 기다리고 있었다. 앉았다 일어서는 것조차 계획하고 실행해야 했다. 가슴과 윗배 근처에 그물처럼 펼쳐져 있는 퍼런 실핏줄은 의학에 아무런 상식이 없어도 죽을병이라는 정도는 알 수 있었다. 그렇다고 아내와 자식에게 버림받은 이 상황에서 설설 기며 살려달라고 병원에 가서 의사에게 매달리고 싶지는 않았다. 예전 압연기에 찍혀 병원에 두 달을 입원한 적이 있었다. 그 사연을 기억해 달라는 것은 아니다. 내가 이렇게까지 비루먹은 개같이 취급될지 상상도 못 했다. 공짜로 치료해주는 것도 아니면서 썩은 생선 주무르듯 통증 부위를 함부로 만지는 의사의 손길에 모욕감을 느꼈다. 가난한 자는 상품이고 실험동물이니까 실험 쥐에게는 앞으로 손의 사용 연한에 관해 설명할 필요가 없다는 듯 나한테가 아닌 옆에 늘어선 새파란 인턴 앞에서 주절거리는 교육 자료에 지나지 않았다. 그럼 나는 누구인가? 너희 또한 사람은 아니다. 먼 미래에 인구가 기하급수적으로 늘어나 하루를 정해 사람을 죽여도 되는 날이 온다면 맨 처음 도살될 인간은 너희 의사일지도 모른다. 어쨌든 여기까지 나락에 떨어진 마당에 고래 심줄 같은 돈을 쏟아 부는데도 시건방진 의사의 면박을 들어가며 죽어가긴 싫었다. 똥고집이 아니다. 이건 인간으로서의 존엄함이다. 기다렸다. 시작이 있으면 끝도 있을 것이다. 죄를 지었으면 죗값을 치러야 한다. 이 정도는 당연하다. 그러면서도 더는 돈을 벌지 않아도 되는 상태가 그저 편했다. 나른한 오후가 내 인생에도 시작된 것이다. 그렇게 거미줄에 포획된 나방처럼 아팠을 때 공장 귀퉁이에 비밀스럽게 간직돼있는 허먼 멜빌의 〈백경〉을 한 줄 한 줄 새기듯 읽었다. 다리 한쪽을 제물로 바친 선장의 복수에 대한 열정과 술과 노역에 지친 선원들이 하루 치의 일당을 벌기 위해 바다에 뛰어드는 무모함은 용기가 아니라 선택이었다. 이 상황은 시대만 달랐지 오늘과 꼭 같은 입장이며 지금 현재에 벌어지는 삶의 한 장면이었다. 그들은 자신의 삶을 저주하면서도 설명되지 않는 논리에 끌리듯 살아야 했다. 그것이 대부분 우리에게 주어진 운명이다. 늙어가며 평화롭게 죽어가야 당연할 거대한 고래를 적으로 삼은 인간의 정체성이 두려웠다. 금 쪼가리를 건지기 위해 모든 강을 파헤치고, 돌아가도 그만일 굽은 길을 직선으로만 뽑는 의도가 과연 편리함을 위한 것일까. 이 지구가 거대한 고래였다.

복수가 폐를 눌러 숨이 차오를 때가 있다. 들숨과 날숨이 부자연한 고통 속에서 깊은 바닷속 환상을 본다. 신의 기도만큼 큰 고래가 우주를 유영하고 있다. 내 눈앞에 거대한 고래가, 너무 거대해서 한 눈으로 다 보이지 않는 고래가 보인다. 무섭지는 않았다. 도마 위에 오른 물고기가 뭐가 두려울 것인가. 오히려 영광이지. 손을 뻗어 고래를 만지고 싶었으나 불경죄를 짓기 싫어 감히 그러질 못했다. 당신은 심해의 고래 노래를 들어본 적이 있는가? 나는 밤마다 들었다. 그 장엄한 노래가 나를 구원했다.

이런 상태로 삼 년을 버텼다. 하느님이 도와 건강이 회복됐다고 믿는 것은 아니다. 신의 손길이 닿았든 안 거쳤든 그런 식으로 생각하는 건 맹신이다. 다만 모든 치료행위가 그렇듯 죽음으로부터 연장됐을 뿐이다. 언젠가는 죽을 것이다. 술은 덤으로 끊겼다. 술이 더는 지팡이가 아니었다. 손발이 자유로워지자 일을 찾아서 했다. 돈이 목적이 아니었고, 소비는 죄를 짓는 것 같아 최소한으로 줄였으니 많이 벌 이유가 없었다. 평화는 환희가 아니다. 부처가 말하는 적멸이 평화다. 소위 말하는 악의 도시에 살아가면서 말이다.

하루 몇 시간의 일로 벌어들이는 수입조차 지출이 적으니 약간의 돈이 먼지처럼 쌓였다. 수주 맡은 일은 시간의 여유가 있으니 일 자체가 즐거워졌다. 물론 자본주의에 역행하는 짓거리였다. 요구하는 기한 내 맞출 수 없을 거라 말하면 그들은 내게 장난하냐? 고 조롱한다. 돈은 그다지 필요 없었다. 일하기를 거부하자 그들이 매달렸다. 나는 내가 하는 일이 총리의 업무보다 위대하다고 믿는 자였다. 먼저 사회가 내게 조건을 내밀었다. 넌, 아무리 좆빠지게 일한다고 할지라도 강남 아파트에서 살지 못할 것이다. 병든 후 배추애벌레로 살기로 작정했다. 적게 먹으면 욕구가 줄어든다. 간디의 말이 다 옳은 건 아니지만 그가 한 적게 먹자는 말은 참말이다. 욕심과 과잉 성욕은 기름진 음식에서 발생한다. 아, 편하다. 나는 그 말을 종일 내뱉었다.

만족이라는 게 별거 아니다. 먹을 만큼 사냥하고 섬유질이 많은 음식으로 배가 부르면 따뜻한 봄날 정오의 볕을 한가롭게 쪼이는 소처럼 평화로워진다. 게다가 주인의 푸념과 타령에 관대해지는 버릇이 생겨난다. 세월이 편하게 흐르다 보니 삶의 질은 윤택했다. 예전처럼 일하고 돈을 못 받는 일은 드물어졌다. 허구한 날 악소문만 씹어댔던 사람들을 오히려 내가 철저히 무시하였다. 일을 주는 게 아니라 부탁하지 않으면 만들어내지 않았다. 하청에서 하청으로 흘러온 일이든 닳아 제구실을 못 하는 부품을 새로 만들어내야 하는 나의 전문분야의 일이든 정중히 부탁하지 않으면 쌀쌀맞게 거절했다. 당신은 서민의 사타구니에 기생하는 벌레이다. 불로써 세례 하지 않으면 박멸하지 못하는 갑일 뿐이다. 자기가 혼자 처먹어도 되는 일을 나나 되니까 하사한다고? 허튼소리 하지 마라. 기호식이 아닌 부스러기를 던져 주면서 진상품을 내리듯 감히 목에 힘주지 마라. 더는 너의 더러운 똥을 허겁지겁 먹는 개가 아니다. 내가 세운 새로운 규칙은 공손한 말투와 선지급이었다. 어떤 의미에서 속이는 놈보다 속아주는 사람이 악을 조장한다. 예전에 나는, 그들에게 노상 휘둘리면서도 악착같이 살아왔다. 다른 직업도 우열을 가릴 수 없지만, 이 짓은 노동이 아니라 매혈이었다. 그나마 감지덕지한 이유로는 둥지에 애처롭게 기다리는 새끼가 있었다. 결코, 생색이 아니다.

그렇게 딸로부터 암묵의 비수가 꽂힐 때까지 아무 생각 없이 살았다. 딸은 자신의 성질대로 더는 기대기 싫어 내게 천만 원을 갚았지만, 통장에 그 무게가 느껴지자 죄 닦음이 턱없이 모자랐음이 발각 난 셈이었다. 목적지라 믿고 계속 갔는데 원래 제자리로 돌아왔다. 시간이 어느 정도 지났으니 가족이 나를 용서했거나 적어도 망각은 했겠지 하는 일말의 기대를 여지없이 깨버린 딸의 경고였다. 잊고 있었던 것은 아니지만 내 가슴에도 아내의 아랫배에 있는 임신 선이 있다. 내가 내버려 둔 가족, 내가 돌보지 않아도 아내 중심으로 멀쩡하게 자전하는 가족이 있었다. 나는 너희를 지워버릴 수 없다.

보고 싶고 궁금했다. 나를 지겹게 경멸하고 미워했던 가족이 궁금했다. 화가 났다. 너희들만 나를 잊은 게 아니다. 이제 떠나보내야 한다며 발버둥 치며 나 또한 잊었다고 몸부림쳤지만 씻기지 않는 문신으로 아로새겨진 상흔은 어찌할 도리가 없었다.

4.

세월은 또 그렇게 고루한 영화의 장면처럼 가만가만히 지나갔다. 느닷없이 안방을 차지한 코로나바이러스로 삶의 지형이 바뀌기 시작했다. 그러다, 늘 같은 하루가 반복되다가, 어떤 힘이 느닷없는, 아닌 밤중의 홍두깨질로 문란한 세계를 큰 혼란에 빠트렸다. 전쟁이 아닌 전염병으로 세계 어느 나라나 할 거 없이 심리적인 공황에 허우적댔다. 건강을 돌보는데 하루 대부분을 지출하는 부자에게 코로나는 근심 정도였지만 대부분 두세 가지 대사성 질병을 혹처럼 달고 사는 보통 사람이나 기저 질병을 앓고 있는 죽지 못해 사는 늙은이와 인스턴트 음식으로 연명하는 가난한 자에게는 위협 정도로 끝날 돌림병이 아니었다. 게다가 코로나의 파고는 다른 힘을 가졌다. 그것은 단백질 공급원이 끊길 공포였다. 미국의 가난한 이들은 '내가 굶으면 다음에 부자들을 먹겠다,'라고 포고하고 즉시 폭동을 일으켰지만, 이 나라에서는 권력 옆에 기웃거리기만 했다. 우리의 바로 윗세대는 '배고파!'가 전하는 의미를 뼈에 새겼지만, 현재는 망각의 언어였기에 모든 국민은 철없는 세 살배기 아이였다. 하지만 불행이 깊어지면 재앙조차 작은 농담에 지나지 않음을 깨닫게 될 것이다.

곧 돈줄이 한 방향으로 선회하기 시작했다. 물길과 달리 아래에서 위로만 흐르는 돈 줄기는 이 나라 전체 국민 중 40% 이상 자영업에 관련된 자들을 장악했고 이내 가혹한 철퇴를 휘두르기 시작했다. 거리 속 음식점에는 배고픔을 못 참는 늙은이나 젊은 혼족만을 골라 서성였다. 이러자 의료 당국은 감염의 연결고리를 끊을 수 있다는 확신하고 국민의 입을 마스크로 막았다. 정부로서는 때아닌 횡재였다. 마스크로나마 터져 나오는 불만의 입을 합법적으로 막을 수 있었으니까. 마스크 쓰기는 공공의 이득이자 유일한 방패로 공인됐다. 마스크를 착용하지 않은 극소수의 사람은 모조리 공공의 적이 됐다. 한발 먼저 눈치 빠른 사람들은 정부의 강요에 목욕탕에서조차 마스크를 벗지 않는 태도로 수긍했다. 내가 보기에는 정신병이다. 의도적으로 마스크를 쓰지 않는 불의의 대표적이며 반사회적인 사람들로 찍히거나, 마스크 쓰기를 모욕으로 알고 있는 인간은, 괜한 대중교통 기사를 폭행했고 지하철에서 난동을 부렸다. 이런 싸움에 발을 적실 리 없는 부자들은 대중교통을 이용해 본 적이 없기에 편하고 호화스러운 차 바꾸기에 눈을 돌렸다. 번드르르하게 비싼 차는 곧 동이 났다. 더불어 명절이 아니어도 잠만 자는 식구가 집구석에만 모여 있어야 하니 보다 넓은 집을 선호하게 됐다. 이내 서울 집값이 폭등했다. 나는 코로나에 미친 국민이 벌이는 양쪽 모두의 행악을 공장에서 있는 불편한 소파에 앉아 덤덤하게 바라보았다.

언뜻 보면 이 모든 재앙이 코로나바이러스가 야기시킨 것 같지만 세세히 따지고 보면 사람들이 아무렇지 않게 저지른 과거 행위의 축적이었다. 잠깐 내린 소낙비에 허둥지둥하는 개미 집단을 바라보는 기분이었다. 어쨌든 먼 세상의 일이자 익숙해질 때까지 당해야 할 곤경이었다. 세상이 미쳐 돌아가건 그건 당하는 사람의 문제이다. 누가 나를 일으켜 세우고 도왔던가. 그들은 나의 손길을 거부했다. 사회적 거리 두기로 자연스럽게 타인과 멀어지니 얼마나 다행한 일인가. 이대로 조용히 살다 먼지처럼 사라지면 될 일이었다.

몸의 병도 다 나았고 술마저 덤으로 끊었으니 맨주먹으로 황소를 때려잡을 만큼 컨디션은 최상이었다. 소비는 최소한으로 줄였고 고기는 되도록 삼갔다. 게다가 돈벌이에 아등바등할 필요가 없으니 늘 당당했다. 세상에 대고, '다 덤벼 이 개새끼들아!'라고 소리치고 싶었으나 스스로 압력을 낮추는 지혜가 생겨 내색하지 않았다. 배부른 돼지도 아니면서 행복한 척을 하는 놈은 과녁이 되는 체제이다. 나는 여전히 스스로 정한 규칙을 바꾸지 않았다. 선입금에다 공손하게 부탁하지 않으면 아무리 돈이 되는 일이라도 단호하게 거절했다. 인류사를 통틀어 단 한 번도 지켜지지 않았지만, 갑과 을의 거래에는 품위가 있어야 한다. 일방적으로 조건을 강요하지 않았다. 대신 들어주면 단순한 상품을 만드는 것이 아니라 혼신의 힘을 기울여 만족할만한 작품을 내주었다. 독일의 너트처럼 단단하고 일본의 나사처럼 삼십 년을 바닷속에 잠겨 있어도 녹슬지 않는 부품을 만들었다. 사실 별 대단한 기술이 아니다. 우리 기술로도 부품 공급가에 가족 생계비와 여유로운 생활을 충분히 보장해 준다면 어느 철공소에서든 만들어 낼 수 있다. 하지만 갑이 주는 대가는 그야말로 손이 고생하는 정도의 비용으로 무마하려는 사기에 가까운 압박이 횡행하는 것이다. 내구성은 일단 굴러갈 정도면 충분한 것으로 합의한 셈이다. 갑의 터무니없는 생산 비용 절감 대책에 을의 생계비가 아닌 인간다운 삶의 질을 보장하는 계획이 빠져 있는 한 당신의 차는 언젠가 고속도로 한가운데에서 타이어가 빠지게 되어 있다. 나는 비로소 갑과 을의 조직에서 예외가 됐다. 값이 문제가 아니라 대우가 먼저여서 나의 기술력은 갑이 눈치를 보지 않을 수 없었다. 당당하지 않고선 굴욕적인 삶은 당연할지도 모른다.

그날도 어색한 클래식 음악을 크게 틀어 놓고 쇠를 깎고 담금질을 하고 있는데, 무슨 소리를 듣기는 들었는데 이명일 거라고 환청일 거라고 강하게 부정했다. 아니 내 몸속에 아직 남은 악한 것이 속삭였다. 아들이 찾아올 리가 없어. 기억에 간직된 소리가 세 번이나 되풀이되자 그 소리는 분명 내 몸에서 떨어져 나온 자의 음성이었다.

"아버지!"

내 심장을 뛰게 한목소리였고 분명히 옆 공장 영감이 아닌 나를 부르는 소리였다. 나와 비슷한 처지에 있으나 가끔 사람들이 찾아와 옆집 영감을 떠들썩하게 부르는 소리와는 다름을 확인했다. 마음이 저려 몸이 당황했다. 계속 반응이 없자 누군가가 소심하게 문을 두드렸다. 기절하는지 알았다. 아들이다. 아무리 취해 있었지만 내게 손찌검한 불효막심한 아들이었다. 다리에 기운이 빠졌고 약간의 현기증마저 생겼다. 눈물이 왈칵 쏟아졌다.

다 포기한 줄 알았다. 나도 사람인지라 서운한 감정마저 말끔히 씻어낸 것은 아니었다. 아무리 아내의 협잡이었다 하더라도 어떻게 가족이 힘을 모아 나를 내친단 말인가. 서운함과 그리움이 정확히 반인 아들이 미적미적 다가오자 흩어놓은 정들이 강력한 자력으로 스르륵 붙어 정신없이 아들을 안았다. 그 암흑의 시절에는 자신을 제어할 수 없었단다. 파렴치한 아비임은 틀림없지만, 너도 잘한 것은 아니다. 우리 이제 화해하자. 철천지원수였던 남과 북이 화해의 무드를 조성하는 판에 일 촌인 우리가 함께하는 일은 당연하다. 그렇게 모든 걸 나눌 준비가 되어 있다고 아들을 보는 순간 결정했는데 내가 안은 아들의 등이 뻣뻣했다. 아직 세월이 덜 지났을까. 아니면 내 죄가 하늘을 찔러 아들에게 치유하지 못한 상처가 아물지 않았을까. 그러면서 왜 왔지? 하는 의심과 동시에 좋은 일로 찾은 것은 아니라는 생각이 부리나케 들었다. 눈물이 순식간에 말라버린 건 내 용렬함 탓이다. 어쨌든 아들은 나를 잊지 않은 것이다.

어색한 자리를 부드럽게 하는 방법으로 떠오른 게 엄마의 음식이었다. 내 엄마와 할머니의 처방이 그랬고 나 또한 그것뿐이 알지 못했다. 어떤 음식이 좋을까? 내가 어렸을 적에는 남이 먹는 것을 구경만 했던 전기구이 통닭이 무척 먹고 싶었다. 전에는, 후딱후딱 자라는 아들에게 소불고기를 양껏 먹이는 게 소원이었다. 아, 이 자식이 온다고 미리 연락이라도 해주었으면 얼마나 좋았을까. 적어도 낡아 걸레로도 못 쓸 작업복 차림은 하지 않았을 거 아닌가. 핸드폰이야 성격상 한 번도 가져 본 적이 없지만, 공장 전화번호는 아내가 알고 있을 터인데. 왜 안 알려주었을까? 큰일이다. 무엇이든 해주고 먹여야 하는데 한 귀퉁이에 숙소로 지어 놓은 곳에는 먹다 남은 누룽지와 김치 그리고 눅눅한 김이 전부였다. 아들은 칠 년 전보다 훤칠하고 다국적 기업의 옷 광고에 나오는 젊은이보다 잘 생겼고 꼭 그런 차림이었다. 이목구비의 어느 부분은 나를 닮아 있었지만, 그렇다고 말하면 욕이 될까 삼갔다. 아, 이런 추레한 옷을 입고 있으면 안 되는데. 혹시나 아들이 예전의 나로 오해할까 봐 겁이 났다. 작업복에서 냄새가 나지 않을까? 예전의 내가 아님을 보여줘야 한다. 늙고 지친 황야의 이리 마냥 수상하지도 않고 더는 위험인물이 아니다. 요즘 일이 적어 공장 안과 밖을 부지런히 청소해 주위 공장으로부터 시기의 눈총을 받았다. 빨래는 매일 하고 청소 또한 예술이다. 아들에게 이것으로 아비가 변했음을 알려주고 싶었다.

주변을 둘러보고 경계하는 나를 바라보는 아들의 눈에서 저항이 느껴졌다. 시뮬레이션 게임이 주종인 사회에 젊은이는 잘 변하지 않는 법이다. 신경 쓰지 않고 어떤 식으로 회포를 풀어야 할지 고민하고 있는데 내 심정을 헤집고 용건만 불쑥 내밀었다. 결론만 말하는 건 내림이다.

5.

"엄마가 결혼한대요."

이 무슨 뚱딴지같은 소리인가? 엄마가? 아라가 아니고? 천둥 없이도 벼락에 맞기도 하는 모양이다. 태연하려고 애를 썼지만 커진 눈을 감추지 못했다. 아내 없이 칠 년을 살면서 다짐도 하고 별의별 생각을 되돌려 정리는 했었다. 칠 년간 단락으로 우리는 충분히 남이다. 행여 둘 중 누가 먼저 결혼하든, 요즘 유행하는 젊고 싱싱한 애인을 거느리든 상관할 일이 아니라고 나름 오래전부터 다독여 왔다. 그런 마음의 준비를 했음에도 아들의 선언에 가까운 보고는 나를 잠시 과거의 나로 되돌려놨다. 수전증으로 떠는 마음을 재정비하여 놀라지 않은 척을 했다. 다소 찜찜한 건 아내가 딸 결혼 전까지 법적인 이혼을 뒤로 미루자고 서로 동의한 부분이었다. 그런데 제가 먼저? 앞으로 딸이 결혼하면 딸의 손을 잡고 주례 앞에 가야 하는데, 그건 어쩌지?

그런 내 표정을 보고서도 다짜고짜 말이 터진, 화가 잔뜩 오른 아들의 간추려지지 않은 이야기는 공장 공간을 꽉 채웠다. 닥치는 대로 깨부수려는 적의는 대상이 확실하지 않았고, 이제 더는 못 참겠다고 하는데 그 말은 예전부터 나한테 한 말이다. 너는 지금, 이 나이가 되도록 무엇을 못 참겠느냐고 조리 있게 말하는 법을 모르는가? 아들의 말을 이해 가능한 범위에 들어올 때까지 되새겼다. 대충 알아듣자 선뜻 뇌리에 비친 말이, '이제 와 아버지 역할을?' 이었다. 과거로 회귀를 따지면 대화는 강 건너간다. 아, 아직 멀었다. 왜 화가 나는가?

아들에게 새로운 과녁이 생겨난 모양이다. 그러니까 아들은 엄마의 남자를 무찌르고 싶고 엄마는 아들의 적과 결혼할 계획이란 말이지. 내가 자괴로 한숨만 폭폭 쉬고 있으니 아들이 불쑥 핸드폰을 내밀어 염장을 질렀다. 아들은 의도적으로 화를 돋우기 위해 찍은 사진을 몇 장 보여주었다. 그걸 유심히 보는 나를 내가 봐도 얼마나 한심한지.

아내가 예쁘고 잘생긴 사내와 볼을 맞대고 천진한 아이의 웃는 표정을 짓고 있다. 우리가 결혼했을 당시 해보지 않은 자세다. 사내는 세상을 다 가진 듯했고 미경은 더 원하는 것이 없다는 얼굴이다. 딸 사진이라면 한 장 빼내 사진틀에 넣고 주야로 기념할만한 사진이다. 이게 최근 사진이니 아내에게 시간은 거꾸로 흐르고 있음이 틀림없다. 여기가 어딜까? 하며 나도 모르게 아내의 남자 비슷한 웃음을 흘리자 아들이 버럭댔다. 허물이 없는 건 좋은데 여과 없이 나오는 행동은 기분 나쁘다. 가족은 관계이지 소속이 아니다. 하긴 말총 같은 거웃이 솟고 팔뚝에 근육이 붙으면 싸움닭처럼 늘 화가나 싸우고 싶은 상대만 보일 것이다. 젊은이들은 그걸 자신감이라고 느끼는 모양이지만 삐끗하면 돌아올 수 없는 강을 건너는 치명적인 오산이다. 감추지 못하는 기백은 패배자의 전조 현상이지. 그걸 내가 옆에 서서 가르쳤어야 했다.

아들의 말은 거침이 없었다.

"아니, 웃음이 나와?"

웃고 있어도 웃는 건 아니다. 슬픔이 변형됐을 뿐이다. 아들의 언성이 커지자 나를 닮은 아들의 모습은 과거 내가 확대 재생산된 한정판이었다. 너 술 마셨니? 하니까, 대뜸.

"아, 그럼 누구 자식인데. 여기 오려고 술 좀 마셨어요. 나도 술 마시면 누구처럼 살림 때려 부수고 그래요! 엄마는 안 때리지만."

아들의 말은 그대로 턱을 가격하는 펀치였다. 까맣게 잊고 있었다. 내려진 형을 살았지만, 심리적으로 진 죄가 씻긴 것은 아니다. 우리가 멀어진 칠 년 동안 많은 일이 벌어진 것은 틀림없다. 거기에 뿌려 놓은 죄의 씨가 발아되어 비슷한 상황이 되풀이되려 한다. 그다음부터 아들이 하나도 반갑지 않았다. 술은 모든 행위를 악화시킨다. 가까스로 벗어난 줄 알았는데 신은 내가 심심할까 봐 패악의 상황을 연출하려 한다. 그러고 보니 신은 이쪽 편을 들었다가 불행에서 벗어난 듯싶으면 저쪽 편을 드는 자기를 닮은 종족의 불행을 즐기는 족속이다. 아들은 내 표정을 읽고는 다시 들리겠다며 인사도 없이 갔다. 고작 한 시간 정도가 지났을 뿐인데 옆집 말썽꾸러기 큰아들처럼 충격만 주고 떠났다. 하마터면 나도 김 영감처럼 '자식이 아니라 웬수여!' 할 뻔했다. 아무리 그래도 감정의 골이 채워질 밥은 먹여 보냈어야 했다.

한쪽으로 꽃이 피고 모함과 무고로 원한을 품고 죽어가는 영혼이 깃든 벚꽃잎이 바람에 실려 떨어졌다. 멀리서 몹쓸 바람에 끌려온 추레한 꽃잎이 무슨 일이 있나 궁금해하면서 아들이 열어놓고 간 공장 안으로 쓸려 들어왔다. 아들이 떠난 빈자리는 침묵의 쇳덩이가 놓였다. 소리 없이 어둠이 잠식했고 일어나 전등 스위치를 누를 힘이 없었다. 술에 대한 욕구는 강렬하고 미인의 속삭임보다 유혹적이었다. 신라 장수 김유신이 실제 그랬는지는 모르겠지만 나 또한 애꿎은 애마의 목을 자를지언정 다시 그 어둠에 발을 디딜 수는 없었다. 술 그 강렬한 유혹을 견뎌내지 못하면 다시는 그 수렁에서 헤어나지 못하리라. 하지만 이때만큼은 술이 마약보다 강렬한 충동이었고 그 반작용으로 내 마음이 긁혀졌다. 술은 집단 폭력 이상으로 미친 바람이다. 그 무모한 힘에 떠밀려 배신을 해야 하고 없는 죄도 불어야 하며 먼지를 털어 나온 이해 범위 안에 든 죄는 천하의 나쁜 놈으로 둔갑하게 된다. 나는 그 과거로 흘러 들어가고 싶지 않았다.

아들아 술의 끝을 기억하는 자로서 절실하게 충고를 하고 싶다. 술은 아니다. 술은 망각을 빙자한 독이란다. 그 독에 마비되면 현상이 볼록 거울에 비친단다. 충고는 악담이 되고, 천사는 악마로, 사랑은 증오가 된다. 파멸의 끝에서 마주한 술잔을 비워내면 누구나 괴물이 되지. 내 삶 전체를 조망하면 내가 가꿔야 할 시간의 정원을 쓰레기장으로 만들었더구나. 심약한 놈에게 술은 친구가 아니다. 나는 술로 불합격 판정을 받은 자였다.

아들이 왔다 간 이래 한치도 미망에서 벗어나지 못했다. 살다 보니 내가 영 아니었든, 주정으로 몹쓸 꼴을 하도 보여 헤어지기로 했든 양단간에 아내의 이혼 결정은 확고부동한 것을 알긴 했다. 다만, 아내와 나 사이에 딸과 아들로 이어진 끈은 쉽사리 풀 수 없다는 게 내 생각일 뿐이다. 나는 아들 말 중에 아내가 새 남자를 꾸려 재출발하겠다는 각오에 심술이 난 것은 사실이다.

아내가 예전부터 입버릇처럼 말한, '아, 사내는 지긋지긋해. 이럴 줄 알았다면 새끼도 낳지 않았고, 결혼은 절대 하지 않았을 거야!'란 주절거림에 증인을 요청하고 싶었다. 피고인 아내를 상대로 한 원인 청구 소송에, 피고의 전후 사정은 전혀 고려하지 않는 검사의 입을 빌려 '증인은 지금 거짓말을 하고 있습니다?'라 주장해서 유리한 입장에 서고 싶었다. 여기까지 생각을 하자, 아, 나는 아직 멀었구나! 란 탄식이 나왔다. 술에 취한 나를 잡아먹을 듯이 노려보며 아내의 울부짖는 외침은 변명의 여지가 없지 않냐 말이다. 버둥거리지 말자. 파탄의 원인은 내게 있는 것이다.

아내는 출발과 동시에 사랑을 하려는 것이다. 아내의 당시 심정을 이해하려 들면 지금 아내의 결정은 당연하다. 불행한 여동생 재혼 시키는 입장으로 아내의 새 출발을 도와주지는 못할망정 가만히 있기라도 해야 한다고 자꾸 주입했다. 그런데도 왜 나는 그 여자를 자꾸 아내로 떠올리는 것일까. 서류를 꾸미지 않았다고 해서 달라지는 상황은 아니다. 우리는 이미 서로 가진 것을 나누고 선 밖으로 물러났다. 나는 미경이를 마음에서 밀어냈으나 아직 형식적이나마 아내의 자리를 감정 한편에 둔 것에 화가 났다. 미경에게 새 남자가 생겼다. 그럼 난 헌 남자인가. 닳고 더러워져서 버려야 할 쓰레기인가. 이런 반복되는 질문에 몸이 심란했다.

아들의 핸드폰에 저장된 사진 속에 박힌 두 남녀에게 나란 사내는 단 한 번도 만난 적이 없을 정도로 찬란했다. 아내의 새로운 선택은 우리의 모든 추억을 부정하고 있다. 다시 사과하지만, 내 잘못이 크다. 하지만 나에 대한 반작용으로 사내를 골랐다면 음계의 도돌이표를 찍을 공산이 크다. 아니, 나의 모든 단점에 반대되는 면만 갖추고 있더라도 마찬가지 결과를 초래할 것이다. 일반적으로 성기를 앞세우는 사내야말로 출발점이 결승선으로 이어지지 않는다. 더는 상처받지 않았으면 좋겠다. 아니, 그런 바람과 달리 아내는 성격상 숙고해서 결정하지 않았을 것이다. 그저 나와 비대칭인 사람이 좋았을지도 모른다. 머나먼 기억 뒤인 삼십 년으로 돌아가 보자. 젊었을 적 나는 술을 즐기지 않았다. 그럼 나와 처음으로 결혼한 아내가 결혼 전 술에 취하지 않았던 나를 사랑하긴 했던 걸까? 아무리 생각해봐도 아닌 거 같다. 그럼 사랑하지 않았으면서 나와 결혼은 왜 한 걸까? 도피처로? 임신 적기에 대한 음과 양의 충동으로? 애초 아내가 원하는 남자는 내가 아니었다. 악담이지만, 아내에게 있어 결혼의 의미는 아무 사내나 맺어지면 되는 적시와 꽃이 피는 계절에 하필이면 내가 나비로 날아온 것일 뿐이다. 지금에서야 생각이 깊어져 말로 표현이 되지만 나는 당시도 아내의 심정을 느낌으로 알았다. 팔

자거니 운명이려니 했을 뿐이다. 그 가느다란 인연의 끈은 나의 주정과 폭력으로 끝이 났다. 술은 동인이자 직접적인 원인이므로 모든 잘못은 내게 전가된 것이다. 운명이다. 결코, 미경을 원망할 일이 아니다.

파탄의 모든 책임이 내게 있다고 결론으로 몰자 대야에 가둔 흙탕물이 가라앉은 것처럼 심정이 고요해졌다. 라마즈 호흡을 했다. 관계가 얼음장처럼 식고 사회적 계약마저 휴지가 된 마당에 새 남자와 산다고 아내를 타락이니 뻔뻔하다느니 운운할 수 있을까. 우리는 아이가 태어나면서부터 서로에게 투명인간이나 마찬가지였다. 지금 아내는 다 늙은 나이에도 불구하고 새로운 남자를 만나 행복해질 기회를 얻은 것이다. 다른 것은 다 집어치우고, 사랑은 없고 발버둥에 가까운 성의 향연이라 할지라도 아내는 누릴 권리가 있다. 엄마에게 남은 마지막 기회일지도 모르는 일인데 네가 무슨 권리로 엄마의 인생에 뛰어드는가. 네가 화낼 일이 아니다.

아들의 방문 이후로 편한 잠을 잘 수는 없었지만 그렇게까지 힘든 건 아니었다. 주변의 입들은 성장한 아들을 수년 만에 갑자기 찾아온 사실 하나만으로 나의 불행을 편집했다. 비로소 소일거리가 생긴 늙은것들이 내게 궁금증을 품었으나 예전 식으로 직접 묻지는 않았다. 뭐 어쩌겠는가. 피하다 못 피하면 고스란히 당하는 것이고 나 같은 놈이야 이래저래 죽으면 팔자 아니겠는가. 하도 나에 대해 수군덕거리길래 심술을 부렸다. 뭐가 궁금해? 아예 대놓고 말하슈. 귀가 간지러워 일할 수가 없네, 하니 그들은 화제를 천연덕스럽게 돌리며, 이웃의 먼 친척이 코로나에 걸려 말 못 할 고통을 겪고 있다며 남 이야기하듯 했다. 내가 보기에 그들은 지금 상황의 코로나보다 정서적 궁핍이 더 심각해 보였다. 주위 공장의 대부분은 나를 비롯해 개점휴업 상태였다. 동네 분위기는 험악했다. 예전 같으면 파전에 막걸리만 놓아도 파리 떼처럼 달려들었지만 때가 때인 만큼 부르지 않으면 모이기를 꺼렸다. 이제 사람들은 삼겹살을 몰래 굽지 않는다. 거리두기로 모든 이웃이 사라졌다. 혼자 고기를 먹는 것에 노골적으로 흉을 보지 못했으나 의혹만으로 소문이 만들어져 나돌았다. 아무도 나와 아들과의 대화를 듣지 못했지만, 아들의 서릿발이 도는 표정만으로 타인의 불행을 읽고 떠들었다. 다들 폭탄을 안고 살았다. 마스크만 썼을 뿐인데 뇌 기능이 제대로 작동하지 않는 것처럼, 밤이면 술꾼들이 영화 속 좀비처럼 돌아다녔다.

아, 이런 코로나 시대에 먹여 살려야 할 입이 없다는 게 얼마나 불행 중 다행인지 모른다. 아, 불행 중 다행이라니, 그럼 다행도 불행의 연속선에 있단 뜻 아닐까!

인근 동료들은 씹을 할 마누라도 없고 새끼도 없이 술까지 안 마시면서 무슨 재미로 사냐며 빈정거리기 일쑤였으나 실상은 모두 혼자 몸뚱이인 나를 부러워하고 있었다. 어쨌든 이웃 모두를 소 닭 보듯이 지내고 있지만, 예전 그들의 손가락질과 쑥덕거림으로 여러 번 죽은 적이 있었다. 가끔 친해지고 싶지 않은 사람들이 주위를 어슬렁거리며 뭔가 할 말이 있어 얼굴을 디민다. 나는 단호한 눈으로 그들을 거절했다. 술로 맺어진 인연들은 함께 살자는데는 어리숙하지만, 함께 망하거나 구렁텅이에 빠지는 일에는 일제히 권고하며 맹렬히 원하게 되어 있다. 그들은 내게 할 말이 없다.

술을 끊고 나자 주위 사람들이 청소해 놓은 듯이 없어졌다. 바짝 마른 몸에 배만 볼록 튀어나오고 얼굴이 노란 인간과는 누구도 술맛을 잃었을 것이다. 거기서 끝나지 않았다. 흉흉한 소문이 물고 늘어졌다. 내 아내가 바람이 났다느니, 아내가 주식을 해서 쫄딱 망했다는, 있지 않은 사실에 몹쓸 술 탓이라 적극적으로 해명해도 이웃들은 인과관계를 공인된 서류로 확인하지 않으면 어떻게 믿겠느냐는 투였다. 거기에 자식까지 끌고 들어가자 폭발하고 말았다. 몸이 아프고 사정이 만만했으므로 싸움은 별것 없었다. 오히려 일방적인 공매를 맞는 정도로 담을 쌓을 수 있어 좋았다. 가시철망으로 공장 둘레를 두르고 싶었다. 어쨌든 그들은 내가 앓고 있는 병이 옮을까 봐 근처에 오기를 꺼렸다. 입안의 것을 뱉어내 줄 것처럼 형제보다 깊게 지냈던 이웃들의 끊어진 발걸음이 야속했지만 고적함에 길들자 얼마나 좋았는지 모른다. 그러면서 잠깐 심심했고 외롭다는 어설픈 감정으로 힘들었던 것도 사실이다.

그렇다고 완전히 발걸음이 끊어진 것은 아니다. 돈이 식탁 가운데 있으면 적도 친구도 없는 법이다. 내가 맡은 일이 단순한 부속이 아니라 정밀함을 요구하는 기계 부품이었기에 그들은 가끔 내가 아쉬웠다. 예전부터 거래 관련이 있던 사람들이 한 달에 두어 번은 찾아왔다. 그런 와중에도 그들은 내가 만들어내야 할 기계 부품보다 내 가정사의 파국에 관심이 많았다. 아무리 술 마시고 주정을 했기로서니 마누라와 새끼들이 그럴 수 있냐고 캐물었다. 나도 처음에는 도와주는 척 떠미는 그들의 생각에 잠겨 있었다. 숨이 차고 몸이 점점 아파져 오니 모든 게 하찮아졌다. 고통이 잦아드니 분노가 터졌다. 밤에 몰래 석유통을 들고 찾아가 불을 싸지르는 환상에 희희낙락했다. 당시 그럴 힘이 남아 있었다면 이웃들의 충동으로 분명히 일을 저질렀을 것이다. 주위 사람들은 우리의 마지막을 보고 싶어 했다. 몰락에 대한 통쾌함을 서로 교감하자는 공모에 발맞추고 싶었다. 그렇다고 일과 술로 친했던 이웃들이 쌀 한 톨 가져오는 것도 아니었다. 그들은 내가 당장 죽을 지경이 아니면 제발 좀 선반에 앉아 밀링머신 작업하기를 종용했다. 계속 밀려오는 잠이 아니었다면 식구가 아닌 타인에 의해 그대로 미쳤을 것이다. 인간은 계속 지치지 않고 숨을 쉬면 살게 되어 있다. 그런 세월이 삼 년이 흐르자 내 몸은 정상으로 돌아왔다. 나는 신이 늦게나마 가끔 도왔다고 믿는다.

주위의 낯모를 불안과 험담의 진원지에 모여 있기만 해도 바이러스에 감염될지 모르는 공포가 마음에 든다. 나는 심술궂게도 바이러스가 이웃 가까이에 더 퍼지길 바랐다. 비록 코로나에 의한 타의적인 것이지만 우리는 쫓길 때가 된 것이다. 가꾸어 왔던 행복이나 사랑은 방심하는 순간 미끄러져 깨지는 얇은 유리잔과 같다. 그러나저러나 이번 재앙이 뭇사람들에게 교훈이 되기나 할까? 그저 애꿎은 가난하고 병든 늙은이나 비만으로 여러 성인병을 앓고 있는 이들이 표적이 돼서 실없이 죽어가는 경고문에 지나지 않을지 모르겠다. 어쨌든 부양의 의무에서 벗어났고 간간이 오는 일거리로 먹고살 만해서 머지않은 장래에 고독사라도 한다면 무연고자 묘에 묻히지 않을 정도는 벌었다. 참새가 갈증을 해소하려고 한강 전체의 물이 필요한 것은 아니니까!

마음은 다시 무기력한 고요를 찾았다. 내 작은 공장과 예전 가장으로 여겼던 집은 고작 한 시간 거리였으니 굳이 마음의 병을 앓고 있을 생각은 없다. 나는 그 근처에 가기로 한다. 낡고 고장이 잦은 트럭에서, 늙고 눈치 빠른 개처럼 말 잘 듣는 중고 트럭으로 바꾼 건 잘한 일이다. 보기와는 다르게 주인의 참한 손길에 길든 훈훈한 트럭이었다. 자주 타는 일은 없었지만, 이 차가 내 처지와 비슷해서 무척 마음에 든다. 하지만 이 트럭은 내가 소유한 이래 단 한 번도 도시에 진입해 본 적이 없다. 나보다 차가 주눅이 들어 더 긴장한 거 같았다. 나는 차의 엉덩이를 두들겼다.

거리는 죽음의 그늘로 한산했다. 보이는 몇몇 사람은 무료와 공포를 마스크로 감추고 생전 처음 도시를 구경하는 사람처럼 눈길을 희번덕였다. 도박에서 들고 있는 낮은 패가 발각이 나면 누구나 겁에 질리게 되어 있다. 시속 60km를 유지했는데도 거리가 생각 밖으로 줄어들었다. 이 동네는 칠 년 전 풍경 그대로였는데 엉뚱한 곳에 불시착한 것처럼 생경했다. 대낮이어서 그랬을까?

차는 천변 주차장에 세웠다. 불법 주차된 곳도 많고 누가 나서서 막을 리가 있는 것도 아니지만 그러고 싶었다. 한때 지지고 볶고 살았던 아파트에 다가서자 가슴이 들썩였다. 아내는 입주권에 당첨된 사실만으로도 눈물을 쏟았다. 그때만큼은 세상이 우리를 향해 열리지 않았던가? 소시민에게 사랑은 집으로 완성된다. 우리는 그날 밤 아이 둘을 재워놓고 감정을 털어놓는 섹스를 처음 했다. 그 생각이 떠올려지자 아내가 성과 관련이 있었다는 사실이 아랫부분에서 느껴졌다.

아내는 집을 염원했으나 주제를 확실히 파악하고 있는 나에게 집은 언감생심이었다. 조실부모하고 간신히 공고를 마친, 병아리 적부터 지겹게 맞고만 산 내가 넘볼 수 있는 꿈이 아니었다. 그런 불가능할 줄 알았던 첫 번째 고지를 우리가 점령한 것이다. 더 열심히 벌어야 했다. 나는 말이었고 아내는 타고난 기수였다.

놀이터 그네에 앉아 좋았던 시절을 되새기고 있는데 누군가가 나를 툭 쳤다. 아들이 대뜸 들어가자고 했다. 그 영역을? 허물어지고 말 것이다. 안 될 말이다. 내가 어떻게 거길 들어간단 말인가.

"왜요? 뭐가 두려워서. 아직 정식 이혼을 안 했잖아?"

그것과는 다른 논리이다. 내가 뿌린 죄가 너무 크다. 아내는 새 방향을 설정했고, 아내의 결정은 늘 옳다. 아들은 나를 거칠게 끌었다. 아들의 버르장머리가 모욕적이었다.

"당당히 들어가서 그 새끼를 끌어내자고. 내가 보기에는 충분히 반성한 거 같은데. 안 그래요?"

그럴 수 없었다. 내가 온 것은 일말의 죄책감과 나 없이도 잘 사는 것을 보고 싶었을 뿐이다. 다음에 미경이 제일 좋아하는 돈으로 약간의 도움을 주고 싶었다. 아들은 나의 굳은 표정을 보고 벤치에 앉았다. 아들은 내가 떠난 이후 대강의 이야기를 해줬다. 나중에 안 사실이지만 엄마와 아들의 이야기는 이솝의 여우와 두루미의 식성에 대한 견해차로 해석이 달랐다.

워낙 공부를 잘하고 당찬 구석이 있는 딸은 대기업에 취직해서 경제적으로 각자도생했다. 게다가 코로나의 개인 간 사회 간 거리두기의 압박으로 경영의 어려움을 겪고 있는 마트에서 엄마가 쫓겨나자 저번 달부터 약간의 생활비를 누나가 보내주고 있다. 그리고 아들은 자기도 졸업은 했으나 실력이 없어서가 아니라 부모 배경이 아예 빈 깡통이라 취직은 못 하고 이년 째 알바만 하고 있는데 그것마저 다섯 명이 할 일을 혼자서 하니 이러다 죽을 거 같아서 이번 달부터 그만두고 건강을 위해 놀고 있다고 했다. 그런 중에 엄마의 남자는 자기 허락도 없이 한 이년 전부터 같이 살게 됐는데 코로나로 경제 상황이 악화하자 사이도 나빠진 거 같다고 덧붙였다. 아마 그게 안 서서 그리된 일이 아니냐며 웃으며 혼잣말을 했다. 거슬려도 계속 아들의 말을 묵묵히 들었다. 빠듯한 엄마는 그자에게 퇴거를 명령했고, 요즘 들어 예전 아버지만큼 자주 싸운다고 했다. 뻔뻔한 사내는 위자료를 요구하며 안방에서 농성 중이다. 엄마와 엄마의 남자는 한 지붕 아래서 각방을 쓰고 있다. 누나는 불편해서 한 번도 안 온다. 아들은 그놈을 죽이고 자기도 죽겠다는 결의를 보였다.

이마에 라면 냄비를 올려놓아도 끓을 정도로 열이 오르고, 듣기만 했는데도 천근이나 되는 바위를 성질 더러운 노파의 변덕으로 수백 번 옮긴 것만큼 피곤했다. 아들의 심정과 아내의 잔소리를 피해 안방에서 농성 중인 사내를 이해하려 애썼다. 잔뜩 굳어있는 나를 두고 아들은 집으로 숨어들었다.

듣기만 했는데 무지 피곤했다. 둥둥 떠다니며 걸었다. 눈앞에 트럭이 보이자 다소 기운이 돌아왔다. 차는 스스로 알아서 움직였다. 날짜를 정확히 기억하진 못하겠지만 언젠가부터 사람들보다는 트럭에 말을 거는 횟수가 많아졌고 그것도 사랑이라면 친근함이 깊어졌다. 미친 건 아니다.

늦게 자서 늦게 일어났다. 위와 장이 야단하지 않았으면 마냥 이불 속에 있고 싶었다. 육십이 머지않은 몸은 어르고 달래야 한다. 미경은 한때 한 몸이었던 여자다. 그냥 말 수는 없다.

관계가 끝이 났다고 해서 인연마저 지울 수는 없는 일이다. 서류에 도장이 안 찍혔다고 해서, 아내가 한 결정을 불륜으로 몰아서는 안 되는 일이다. 심정적으로 아내가 나 이외의 남자와 잤다는 게 기분이 더럽기는 했으나 아내는 내가 아닌 다른 남자를 선택함으로 나와의 관계를 확실히 한 셈이다. 남편과 아내를 떠나 자연인의 자격으로 생각해보면 충분히 이해될 만한 일이다. 누구나 행복해지기를 원한다. 조상의 잘못이 한 두 가지가 아니지만, 한국의 어머니는 새경을 받지 않는 하녀나 다름이 없었다. 시대가 바뀐 지금부터 여성의 반격이 시작됐다. 간략히 줄여 말하면 모든 여성이 수컷을 고를 위치에 선 것이다. 다만 야만에 젖은 대한 남아의 습관이 바뀌지 않았을 뿐이다. 아니라고 생각하면 견해차가 아니라 당신은 이기적인 개새끼이다.

나도 사람인지라 아내의 집에 다녀온 이래 두통이 계속됐다. 마음은 괜히 불안했고 일로도 진정되지 않았다. 술의 끈질긴 유혹이 있었지만, 지독한 과거를 떠올리니 얼마든지 물리칠 수 있었다. 나는 조금만 먹고 자주 깼다. 계속 누군가가 말을 걸어왔다. 혼자 산 지 오래되면서 생긴 버릇이었다.

그 철석같았던 마음에 서로의 관계가 떠난 아주 오래전을 놓고 생각해본다. 세상에 딱 떨어지는 연분이 얼마나 있을까만은, 미경이 나를 만나지 않았어도 불행했을 거라는 가정은 세상의 모든 여성을 모독하는 행위일 거라는 생각이 들었다. 그녀는 나로 인해 인생을 낭비하는 치명적인 상처를 입었고 나는 치료해주지 못했으며 오히려 상처에 소금을 뿌렸다.

미경이 내가 아닌 남자와 섹스를 했다고 해서 그 사실이 모욕적이지는 않았다. 될 대로 되라는 식이 아닌, 다시 한 번의 기회를 움켜잡으려는 의지와 척박한 땅에서 벗어나려는 열정이 느껴져 인제 그만 놔주어도 되겠다는 안도감마저 들었다. 굽은 목을 이리저리 돌려 풀었다. 내가 주지 못했던 삶의 희열을 준 사내에게 감사해야 할 일이 아닐까? 미경의 기억에 졸렬한 사내로 남는다면 나는 끝까지 나쁜 놈으로 저주의 대상이 될 것이다. 이렇게 다지자 마음이 놓였다. 이왕 헤어지기로 마음먹었다면 좋게 헤어져야 하겠지!

등 뒤에 불붙는, 사나운 하루가 계속 지나갔다. 밀링머신을 돌리고 줄로 마무리하는 작업을 도 닦듯이 했다. 음악과 그림을 세월에 늑어도 손을 놓지 않는 노작가만 행복한 건 아니다. 평생 굽은 손가락으로 흙을 파헤치는 농부의 삶이나 나의 삶도 그들 못지않다. 내가 요즘 늙은이들에게 비참함을 느끼는 건 그 나이를 먹도록 마침표 없이 계속 노동하지 않으면 나락으로 떨어지고 마는 사정에 있다. 쉼표가 없는 최후야말로 천민자본주의의 개미지옥이 아닐까? 가정이지만, 어떤 경우이건 미경과 두 아이에게서 떨어져 나오지 않았다면 요즘 노인들과 똑같이 지독스러운 최후를 맞이해야 할지도 모른다.

두 아이를 낳기 전까지 나는 미경을 무지 사랑했다. 미경이 그윽한 표정으로 포도알을 입안에 넣어 둘 적에는 한 장면이 그대로 영화였다. 아내의 나신은 어둠 속에서도 빛이 났고 유성처럼 떨어져 나갔다. 종일 아내만 보고 싶었다. 그리고 복병처럼 아이가 생겼다. 아내의 모성은 어느 독재자보다 폭력적이었다. 여자의 본능은 산후에 드러났다. 아내는 갑자기 살아야 할 이유가 생겨난 시한부 환자처럼 삶에 악착같고 전투적인 아마존의 여전사로 변신했다. 그동안 모아 두었던 다정함은 모조리 아이들에 대한 치열함으로 교환됐다. 아무도 말려서는 안 됐다. 아니 말리면 적의의 냉혹한 눈빛으로 어금니와 날카로운 발톱을 휘둘렀다. 그리고 점점 지쳐갔다. 가장은 술에 진다. 하지만 결과로만 보면 엄마는 지난한 세월의 패배자이다.

아이를 낳은 아내는 돈 잘 버는 놈과 비교되는 나를 자주 저주했고 어쩌다 허락한 성애는 짜증만 가득했다. 아내의 성기는 점점 무료해져 갔다. 말로 콕 집지는 않았지만, 때론 말보다 몸으로 하는 언어가 정확하게 들리는데 미경은 몸에서 뿜어져 나오는 힘으로 나를 말리고 있었다. 사랑, 그거 아이를 낳자마자 진작에 물 건너간다.

다시 말하지만, 아내가 나만 아니면 되는 남자를 집 안에 들였다 하더라도 부정한 여자는 아니다. 공식적으로는 칠 년 전이었지만 우린 이미 그 전부터 마음이 떠난 상태이다. 아내에게 그 남자의 의미는, 잊고 있었던 아니 사라진 줄 알았던 정염의 샘이 복원된 셈이다. 행여 나나 그 사내가 아니더라도 성은 속박할 수 있는 게 아니다. 나도 한때 술에 취하면 매춘부를 찾아 밤거리를 헤맸다. 욕망은 어쩌지 못한다. 다만 남자의 성기는 나와 있어 항상 다급했고 여자의 성기는 들어가 있어 화가 나 있을 뿐이다. 구조상 차이가 있을 뿐인데 대체 무엇을 가지고 부정의 죄를 묻는단 말인가?

나는 낚시에 도가 튼 꾼처럼 아들이 오기를 꾸준히 기다렸다. 아들은 하소연하러 오긴 올 것이다. 제대로 설득할 자신은 없다. 분명히 알아 둘 건, 아들은 더는 아이가 아니다. 엄마도 어쩔 수 없는 여자임을 이해할 나이가 진작 지났다. 하지만 자기가 스스로 깨닫지 못한 일을 무슨 방법이 있어 가르칠 것인가. 무망한 일이다. 불길한 미래를 먼저 본 예언자처럼 불안이 몰려왔다. 못된 건 배우기 쉽다. 아들은 내가 예전에 빌렸던, 술 마시고 한 짓을 재현할지도 모른다. 아, 그러면 안 된다.

며칠간 잠을 이룰 수 없어 미치는지 알았다. 눈을 억지로 감으면 숨이 막혔고 생각은 토막이 났다. 이를 악물고 먹은 밥은 항상 탈이 났다. 오래전 죽으려고 사 모았던 수면제에서 세 알을 꺼내 먹고 잠에 떨어졌다. 누군가 거칠게 흔들어 깨웠다. 나는 눈이 떠지기 전에 상대가 누군지 알았다. 자신의 모든 불행에 나와 아내를 매개로 한 탄생과 깊은 관계가 있다고 저주하는 자는 아들뿐이었다. 낮잠을 자는 중에 아들의 목소리가 들렸다.

"참, 태평하시네. 나와 엄마를 저렇게 만들어 놓고 꿀잠을 자는군. 신색이 좋아요."

아들의 버르장머리와 야유는 내가 뿌린 씨앗이다. 누굴 탓하리오. 나는 오히려 아들로 인해 마음고생을 할 미경이 걱정됐다. 말이 먹히지 않을 줄은 알고 있지만, 선제공격이 최선이라는 생각으로 잔소리를 퍼부었다. 듣는 척도 하지 않는 아들은 공성이 불가능한 요새였다.

"아, 뭐라는 거야? 지금에 와서 그딴 소리 할 자격이 있는 거요? 지금 집이 넘어가게 생겼다니까. 해결할 능력은 하나도 없으면서 뭔 놈의 교육이요. 난 처음부터 이럴 줄 알았어. 엄마가 덩치 좋고 기생오라비처럼 생긴 젊은 놈한테 홀딱 빠져 이 씨발놈의 집구석에 데리고 왔을 때 알아봤다니까. 지금 우리한테 남아 있는 게 이 아파트 한 채뿐인데 그것마저 날아가 버리면 당장 서울역 대합실로 쫓겨날 판이라고. 아버진 이 사태가 걱정이 안 돼? 우리가 완전 남이야?”

아들은 극단적 흥분 상태였다. 그렇다 하더라도 그 집은 네 집이 아니라 엄마 집이다. 그 집이 엄마에게 어떤 의미인지 알면 그런 소리는 못 할 것이다. 엄마가 잘못된 방향으로 튼다면 조심스러운 충고는 괜찮지만, 함부로 따질 수 없는 일이다. 이런 답에 아들의 눈에 핏발이 섰다.

“아버지가 사람이야? 그리고 어떻게 그 아파트가 순전히 엄마 몫이야. 가족인 내 상속분도 있어!”

이게 내 자식인가. 도대체 무엇이 아들을 괴물로 만들었을까. 귀에 소리가 나고 어지러웠다. 학교 운동회에서 이어달리기 일등을 했다며 기뻐 난리를 치던 아이가 맞을까? 그 아이가 커서 어디로 갔을까?

아들이 자기가 하고 싶은 말만 하고 용무를 마친 바람처럼 돌아가자 한동안 숨쉬기가 곤란했다. 바닥이 쿨렁거렸다. 잊고 지냈던 천식이 발작하면 이번에는 견디기 힘들 것이다. 간에 문제가 있어도 병원에 안 갔듯이 발작해도 병원에 갈 생각이 없다. 진통제로 간신히 꼼지락거리는 건 소용없는 일이다. 죽으면 죽으리라. 남은 날을 마구간 같은 침상에 누워 종일 창문에 걸친 구름만 보다가 죽더라도 그게 마음 편할 것이다.

옷매무새를 만지고 통장 잔액을 살폈다. 딸이 보내준 돈을 합하니 꽤 됐다. 빌어먹을 도시에 영역을 확보할 정도를 말하는 것이 아니다. 절약하고 검소하게 살면 남은 생을 풀 뜯는 염소와 동등하게 보낼 수 있다. 이 중에서 삼천만 원을 덜어내도 천만 원이나 남는다. 게다가 벌어 먹고사는 데 손발이 그나마 역할을 해주고 있다.

허무맹랑한 말이 되겠지만, 나는 아내와 결혼 전의 과거로 돌아간 것처럼 아내를 한 자연인으로 느껴 본다. 미경은 얼마든지 내가 아닌 다른 멋진 사내를 만나도 된다. 만약 미경의 사내가 대가를 요구했다면 타당한 이유가 있지 않을까?

춘향이도 처음 몽룡이가 찝쩍거리기 전 받아 두었던 약속이 있었다. 절대 장난이어서도 안 되고 질린다는 이유로 버리지 말지어다. 그 당시엔 그게 유행이었다. 몽룡이 급해 계약서에 도장을 찍었지만 살다 보니 좋아져 약속을 어기지 않았다. 나는 한때 내 아내였던 미경이가 춘향이와 같은 심정으로 사내와 함부로 맺었을 거라 믿지 않는다. 절대 그럴 여자가 아니다. 아들놈 말이 사실이라 하더라도 미경은 홧김에 서방질하지 못한다. 지금까지 내게 보여준 악착같은 모정은 스스로 친 담벼락이고 서방에게는 믿을만한 담보가 된다. 그런 벽을 허문 사내이니 만만치 않을 것이며, 늦은 사랑은 또 얼마나 애틋할 것인가. 처지를 바꾸더라도 그동안 들인 공과 애착에 대한 보상은 있어야 하지 않을까. 사내가 대가를 요구했다면 그 요구는 당연하다. 사람은 준 거만 계산하지 받은 건 매입장에 기록하지 않는다. 그리고 지나고 나서야 문득 깨닫게 된다. 그때가 좋았다고. 다 너 때문에 희생됐거나 망쳤다고. 자본주의에서 사랑은 받은 것 이상으로 주어야 하는 거래이다. 완벽한 관계는 존재하지 않지.

나 또한 그랬던 사람이다. 지나고 나서 깨닫는 건 쏟아진 물이다. 내 사랑은 방향이 잘못됐다. 술로 엎은 세월을 내 가족은 보상받지 못했다. 나는 삼천만 원으로 아내 집에서 농성 중인 사내를 꺼내기로 했다. 아내는 시원섭섭할 테고 아들은 안심하고 방에 처박힐 것이다.

6.

아들에게 전화를 걸어 엄마와 함께 오기를 비굴하게 요청했다. 처음에는 시큰둥하고 부정적이었으나 내가 먼저 돈 얘기를 꺼내니 잘 말하겠다고 했다. 아들이 언제 만나고 싶냐고 물어 시간을 길게 끌 이유가 있는가 싶어 내일로 하자고 했다. 나는 공장 안을 닦고 온종일 주변을 청소했다. 노동량이 상당했음에도 전혀 피곤하지 않았다. 설렜고 윤곽이 희미하게 그려졌던 미경의 얼굴이 구름 사이에서 선명하게 떠올랐다. 하늘에 무료하게 떠 있는 덩어리진 묘한 구름을 보니 미경과 미경의 사내가 흐벅진 섹스하는 장면이 상상됐다. 아, 아직 멀었구나. 내가 누굴 탓하겠는가?

새벽 두 시가 넘어 후드득 비가 내렸다. 장마가 시작됨을 알리는 비치곤 요란했다. 괜히 심장이 쿵쾅거렸다.

이제 아주 헤어진다고 생각하니 죽음과 같은 슬픔이 뭉클뭉클 엉겼다. 오늘 만남이 끝나면 우리는 영원한 타인이 된다. 이를 갈았던 추억조차 장밋빛이었다. 서로 살아 있되 죽음과 같은 결별을 해서 다시는 그리워하지 말아야 한다고 생각하니 억장이 무너진다. 누구를 탓하겠는가? 뭇 남성에게 내 잘못에서 자신의 미래를 발견하기를 빌었다.

이빨이 다 흔들거렸다. 잤다 깼다를 반복하다 보니 창가에 뿌연 빛이 몰려들었다. 내리는 비는 여전히 사나웠다. 아들에게 전화를 걸어 다음에 오는 게 어떻냐고 물으니 아들은 통통 튀는 목소리로 벌써 공장 근처라고 했다. 막상 계획이 실행되니 근심이 사라지고 아내와 아들이 이 비를 뚫고 온다는 생각만으로 들떴다. 새벽의 불안은 말끔히 제거됐다. 여덟 시인데? 밥은 먹었을까? 뭐, 케이크는 좀 그렇지만 맛있는 걸 사다 놓아야 했는데. 그러고 보니 마실 거라곤 물밖에 없었다. 이 시간에 여는 식당은 이 근처에 없다. 오래전에 가본 의정부 시내 음식점을 골랐다.

공장 문을 활짝 열어 희망을 왕창 끌어들였다. 꾸짖듯이 쏟아붓는 빗소리는 젓가락 행진곡으로 씩씩하게 바뀌었다. 이리 치이고 저리 치이는 항상 궁색한 개처럼 주인의 눈치를 보며 살아가는 사람들에게 준비성은 당연한 무장이다. 난 그게 모자란다. 그러니 이 꼴 아닌가. 할 말을 준비해야 하는데 사고 경위를 담아야 하는 진술서를 쓸 때처럼 곤혹스럽다. 이런 삶을 사는 사람들에게 하루의 시작은 날씨에 좌우된다. 비가 오면 우울하고 바람이 불면 심란해지는 법이다. 하지만 떠난 임이 오고 품을 벗어난 자식이 찾아오면 우울한 날씨는 존재하지 않는다. 여하간 나중에야 어떻게 되든 당장은 들뜨고 기뻤다. 시야 안으로 소형차가 들어왔다. 빨간색은 딸의 색깔이다. 내 공장이 막다른 길에 있지 않았음에도 저 차라는 느낌이 들었다. 비는 앙칼지게 쏟아붓고 있었다. 미경이 문을 열고 계면쩍은 웃음을 머금은 채 들어왔다. 미경이 저 정도로 예뻤던 적이 있었던가?

지구가 자전과 공전을 이천 오백 번이 이상을 성실하게 운행했는데 미경의 모습은 더 또렷해졌으며 귀 뒤쪽을 잡아당겨 놓은 듯이 얼굴이 팽팽했다. 미경이 나보다 두 살이 적으니 오십 칠 세이고 그럼 나만큼은 아니더라도 엇비슷하게 늙고 있어야 하지 않을까. 나 없이도, 아니 내가 빠져서 잘살고 있었구나. 현재 아내의 모습은 세월을 곱해서 먹은 나와 달리 거꾸로 먹고 있다. 속은 어쩔지 모르겠지만 외양은 더 예뻐졌다. 사랑하면 예뻐진다고 했던가. 아내의 화장술이 요란하다. 처음 보는 모습이다. 애착이 가는 차를 개칠하고 광택을 낸 것처럼 말끔하기까지 하다. 아내의 나이를 모르는 사람이 보면 사십 대 중반으로 오산할 것이 분명하다. 어쨌든 건강해 보인다. 반면 부정적인 생각도 들었다. 저리 공격적으로 분장하고 요란한 색의 옷으로 치장할 필요가 있을까? 였다. 자꾸 미경의 얼굴이 아들의 핸드폰에 저장된 사진에 그대로 오버랩됐다. 아내가 내 시선을 거부했다. 목소리도 달라져 있다.

"어떻게 지내요? 식사는 했어요? 우리가 너무 일찍 왔나 보다. 내가 오후에 어디 갈 곳이 있어서."

아내의 존댓말은 오랜만에 본 서먹함보다 거리감의 표시다. 내가 어떻게 지냈을까? 지내고 나니 잘살고 있다. 나머지 생이 아니라 남의 생을 살듯이 먼눈을 하고 있으니까. 뭐랄까! 자다 깨서 바로 귀한 손님을 맞이한 것처럼 입이 떼어지지 않았다. 아내는 내 행동을 오해한 모양이다. 같이 살 때조차 엇박자가 자주 난 사이였으니 멍청해 보이는 과거의 내가 흠씬 떠오르는 모양이다.

"괜히 왔나 봐? 당신이 할 말이 있다고 해서 부랴부랴 왔는데."

절대 아니다. 우린 원래 서로 할 말이 없다. 지지고 볶고 살았지만 노상 싸우는 게 당연한 듯 이십삼 년을 그러려니 함께했다. 그런데, 어젯밤에도 찬찬히 생각해 봤는데 아내나 자식들에 대한 특별한 기억이 떠오르지 않았다. 어떻게 그럴 수 있지? 사소한 일에 토의해본 적이 없고 서로의 관심사를 알고 있지도 않았다. 역할 분담에 대해서는 충실했던 것 같다. 나는 종일 일만 했고 미경은 딸과 아들의 교육을 전횡했다. 내가 자식들을 야단치거나 귀여워하는 것을 싫어하는 게 아니라 못 견디라 했다. 자식은 신경 쓰지 말고 할 일만 제대로 하라는 거였다. 해서 그 나머지는 술과 잠으로 나누어졌다. 아내의 품에 나는 없었다. 아이 둘을 품고 있는 아내를 보면 넘어설 수 없는 선이 보였다. 반복되는 지옥이었다.

"얼굴은 좋아졌네! 밥은 잘 먹어요? 술 끊었다며. 진작 끊지."

말끝에 정이 묻어있다. 대화에 밥을 나오면 서로 할 말이 바닥났다는 뜻이다. 변한 건 크게 없다. 화장한 얼굴이 말로 여자의 본 모습이다. 미경이 나를 만나기 위해 예쁘게 화장하고 왔을까? 나는 아내의 발가벗은 몸을 타고 있는 멀쩡하게 생긴 사내놈을 상상했다. 야동을 보는 것처럼 번들거리는 사내의 성기를 직접 본 듯한 착각이 들었다. 아, 이러면 안 된다. 아내는 비로소 참 인연을 만난 지 모르는 일이다. 내가 생각해봐도 자신을 위로하고 이해해 줄 수 있는 사람을 만나 사는 게 평생을 거지 같은 놈하고 사는 것과 비교할 수 있겠나? 아들 말이 사실이라면, 지금은 그 사내와의 관계가 어려워졌을지도 모르는 일이다. 그 생각을 포함해도 나와 살 때와 다르다는 느낌이 온다. 이 나라 전체가 코로나로 뒤집혀 얼음판에 자빠진 소처럼 멀뚱멀뚱했으나 미경은 딴 세상에 살다 온 것처럼 여유작작했고, 이내 아물 거라는 확신이 미경의 얼굴에 쓰여 있다. 원래 예쁜 여자였다. 어디 가서 밥을 먹을까 물었더니 이른 식사를 하고 왔단다. 그러면서 신경성 위염으로 고생하고 있다고 덧붙였다.

비 오는 소리로 주위가 어수선했다. 아들은 멀거니 밖을 내다보고 미경은 꿔다놓은 보릿자루처럼 서 있다. 미경이 아들에게 자리를 비켜 달라고 하자 신경질을 내며 나갔다.

혹시나 간 떨어지는 얘기를 들을까 싶어 준비한 수표를 내밀고 다음에 정식 서류를 가지고 한 번 더 오라고 선수 쳤는데, 별 뜻 없이 한 말에 미경이 인상을 찌푸렸다. 이 정도 금액이면 누구처럼 펄쩍펄쩍 뛰며 좋아하진 않을지 몰라도 감동은 줄지 알았는데 미경의 표정은 예상과 전혀 딴판이었다. 하긴 칠 년이면 삼 년이 모자라서 그렇지 세상이 뿌리째 변할 수도 있는 세월이다. 미경이 수표를 확인한 후 살포시 내려놓으며 한마디 했다.

"미르를 맡아 줄 수 있어?"

이 무슨 난데없는 말인지. 다 큰 스물여섯 살 성인을 내가 무슨 수로 맡는단 말인가. 아들 나이는 반려할 시기가 지났다. 내가 짐작할 수 없는 내막이 있어 보여 대꾸하지 못했다. 그러다 문득 미경의 새 남자가 연상됐다. 방해된단 말이지. 이 생각은 말로 하지 않고, 덤덤하게 미르가 내 옆에 있겠다고 하면 그러라고 했다. 미경이 화를 벌컥 냈다.

"생각 좀 하고 말해. 당신은 항상 그런 식이지. 맞부딪치는 게 없어. 뭔 일만 벌어지면 술에 곯아떨어졌잖아. 난 더는 당신 아들하고 살지 않겠어. 나도 내 나머지 인생이 중요하다고. 정말 저놈 때문에 미치겠어. 마치 당신 젊었을 때와 똑같아."

일의 전개가 묘하게 돌아갔다. 우리 아들이 아니고 당신 아들? 아내의 물음표에 벽이 느껴진다. 미르 말에 의하면 새 남자 때문에 가정이 붕괴하여 간다고 했고 미경의 말에 따르면 아들 때문에 자신의 행복에 커다란 장애가 생겼다는 거 아닌가? 미경은 대부분 경력 있는 주부가 그렇듯이 진실을 묘하게 비트는 재주가 있어도 없는 거짓말을 하는 데는 노련하지 않다. 나는 아들의 불붙는 주장보다 미경의 말에 신빙성을 기울였다. 미경에게 걸리적거리는 것은 남자 문제가 아니라 우리가 묵시적 합의로 낳은 아들이 골치인 것이다.

미경이 두 손가락으로 바닥의 때를 밀고 있었고 나는 천정을 보다가 장마가 오기 전에 지붕을 손봐야겠다고 생각하는데 미르가 밖에서 다 듣고 있었던지 두 눈이 빨갛게 충혈돼서 소리를 질렀다. 이번에는 아들이 울고 있다. 이게 도대체 어떻게 돌아가는 판국인지.

"그게 전부 엄마 집이야? 내 지분도 있는 거잖아. 그걸 왜 엄마 마음대로 하는 건데. 그래 내가 나가 줄 테니까 그 집의 반은 나한테 줘. 나도 질렸어. 밤마다 엄마 섹쓰는 소리에 환장하겠다고. 그래서 나가서 하라는데 그게 뭐가 잘못됐느냐고. 왜 아버지한테는 콧소리도 안 내면서 그 자식한테는 왜 고양이처럼 구냐고? 그게 엄마로서 할 짓이냐고? 씨발."

눈 둘 곳을 모르는 나와 달리 아내는 치솟는 화로 어쩔 줄 몰라 했다. 생판 처음 보는 관계에 판정관이 된 기분이다. 아내에게 어떤 말을 꺼내야 할지 갈피를 못 잡았고, 먼저 아들을 밀쳐내야겠다는 생각은 드는데 다리가 움직이지 않았다. 이십 삼 년의 결혼생활과 칠 년의 간격으로 우리 사이는 신의 힘이나 엄청난 돈이 아니고서는 메꿀 수 없는 골이 파여 있었다. 내게는 그 어느 해결책 한 가지도 가지고 있지 않다. 이 상황을 보니, 나 역시 화가 나는데 어느 부분에서 터뜨려야 할지 모르겠다. 좌우지간 아들이 낳아준 엄마에게 그런 말을 하는 건 용서할 수 없는 일이다. 나는 아들을 조용히 끄집어내 밖으로 밀쳐 놓고 문을 닫았다. 암전되듯이 고요가 우리를 가두었다.

정리해 놓은 선반 귀퉁이의 손잡이 부분에 시선을 고집스레 바라보는 미경의 얼굴은 말을 가다듬는 것 같기도 하고 다른 각도로 보면 순서 없이 일하다가 낭패를 봐서 처음부터 다시 해야 하는 걸 깨달은 지친 얼굴이기도 했다. 가까이 보니 미경의 눈가에 짙은 화장에 실금이 가 있었다. 미경도 늙는 중이었다.

앓던 이였던 나만 빠지면 우리 집은 평화를 구가할 줄 믿었던 집은 어느 순간부터 허물어져 가고 있었다. 반면, 아내의 보호 없이는 이내 시들어갈 줄 알았던 나는 일단 잘 살아 있다. 나는 집의 일원에서 탈퇴한 후부터 펼쳐질 가장 비극적인 상황만 상상했었다. 굶어 죽을 줄 알았는데 아파 죽는지 알았고, 견디다 보니 최악의 상황은 일어나지 않았다. 거절이라고는 한 번도 못 해본 내가 상대가 말을 꺼내기 전에 싫다는 말부터 하는 신종 버릇도 생겼다. 지치고 힘들어서 온갖 안 되는 쪽으로만 상상하다 보니 이렇게 사는 게 편해져 겁날 게 없고 세상 부러울 것도 없다. 세상에 나만 총을 든 것처럼 겁이 없어졌고, 하늘과 땅이 확 뒤집혔으면 좋겠다는 저주가 사는 데 도움이 됐다.

약간 내 앞에 있는 돈 봉투를 미경이 앞으로 가까이 밀어 놓으며 말했다. 그 남자와 약간의 문제가 있대 며. 관여하기 싫지만 서로 원한 갖지 않게 잘 헤어졌으면 좋겠어. 미경이 철천지원수를 만난듯이 눈을 부릅떴다.

"아니, 내가 왜 그 사람하고 왜 헤어져. 우리가 어떻게 만났는데. 그럼 이게 그 돈이야. 당신 뭐 잘못 알고 있는 거 아냐? 나 그 사람하고 헤어진다고 말한 적이 없어. 뭐, 젊은 애들 모양 애절하고 마냥 행복한 것은 아니지만 당신하고 살 때보다 백 배는 좋아. 그 사람은 술 안 마셔! 내가 여기 온 것은 미르 때문이지 내 개인 사정을 당신하고 상담하고 싶어서가 아니야. 난 더 미르하고 못 살겠어. 지금 미르 나이가 우리 결혼할 때보다 많아. 걔가 꼭 당신 젊었을 때 같아. 무서워 죽겠어. 이제 나도 내 인생을 살고 당신은 당신 인생 살아. 내가 언제까지 미르를 돌봐야 해?"

아, 또 잘못 짚었다. 늘 다녔던 익숙한 길에 허방을 디딘 기분이다. 실이 엉켰는데 어느 부분에 손을 데야 할지 모르겠다. 실마리가 보여 시작은 할 수 있다. 하지만 다시 엉킬 것이고 풀어놓은 것이 막막하여 되돌리기가 지겨울 것이다. 풀면 풀수록 되돌아가야 할 일이 까마득하다. 어떻게 이리될 수가 있지. 미경에게 있어 자식은 특별한 의미를 지닌다. 특히 아들에게는 딸이 차별을 느낄 만큼 더 특별한 사랑을 퍼부었다. 미경에게 있어 나란 존재 때문에 불행했었다면 아내에게 아들과 딸은 탈출구이자 사는 이유였다.

지금 자식에 대한 의미가 바뀐 것이다. 하나를 버리고 다른 하나를 주운 것이 아닌 손절매하고 새 출발 하려는 것이다. 무엇이 아내를 그렇게 만들었을까? 아내가 말한 것을 간추리면 아들은 또 다른 나였다. 그리고 우여곡절 끝에 만난 사내는 아내에게 새로운 비상구라 말하고 있다. 모든 시작은 내게서 벌어졌다. 안다. 그 앎이 이리 무력할 수가 있나. 문제는 읽었는데 답이 요령부득이다.

하나뿐인 심장이라도 달라면 심어 줄 수 있는데 이런 식으로 되돌리자면 내가 어떻게 하겠는가? 내가 당신에게 어떤 의미인가. 남편에서 충실한 일꾼으로 바뀐 뒤 죽어도 좋다는 식으로 일만 했다. 좋은 교육과 잘난 옷을 입지 않으면 대한민국 체제에 견디지 못한다는 말은 협박이자 족쇄였다. 거기에 강한 부력을 타고 튀어 오르는 독이 있었다. 술로 무마시키지 못하면 주저앉아야 했다. 그렇게 해서라도 가족을 지켜야 했다. 그 몸부림이 우리 가족에게 치유하지 못할 상처를 준 것이다. 뭉치로 엉킨 실은 풀어지지 않는다.

결말이 어떻게 나든 지 간에, 이번에 터진 다른 문제는 나의 유전자를 그대로 물려받은 아들에서 비롯됐다. 아들은 성인이다. 다 큰 놈은 아무리 경제 사정이 어렵고 나라 꼴이 엉망이라 하더라도 제 밥벌이는 알아서 해야 한다. 그 명제만으로 아들은 벙어리가 되어야 한다. 그걸 안다면 왜 둥지를 떠나지 못하고 있는 것일까? 힘든 일을 겁내는 요즘 젊은이들의 타성을 모르는 것은 아니다. 아들은 이소할 시기가 됐는데도 둥지를 떠나지 못하고 있다. 하지만 선택의 여지가 없으면 떨어져 지상에 박힌다고 하더라도 날아야 한다. 동정으로 될 일이 아니다. 아들은 길들여진 늪에서 헤어나오지 않으려고 작정했다. 그 퇴행에 대해 나는 절망의 그림자를 본다. 가상 현실에서 죽여야 할 괴물이 산더미처럼 쌓여 있으면 이불속 관성으로 빠져나오지 못한다. 의지로 탈출을 안 하는 것이 아니라 그 세계에 최면에 걸려 주체할 수 없는 것이다. 아들아, 그 세계는 환각이다. 술만 정신을 망가뜨리는 것이 아니다. 비현실에서 주는 모든 즐거움이 그런 소굴이지. 방에 갇혀 밥 그 이상의 것을 원하는 건 집념이 아닌 병이었고 한 때 미경은 그런 아들의 투지를 재능이라 칭찬했다. 얘는 머리가 나쁜 게 아니야. 아빠 닮아 노력을 안 하는 거지. 나는 아들의 활처럼 휘어진 널찍한 등에 드리워진 그늘에서 불안과 분노를 느낀다. 출발이 늦어지면 도착지가 멀어지는 것이 아니라 목표가 사라진다.

미경은 악덕 채권업자에게 마지막 경고를 받고 신체에 두 쪽인 건 모조리 내놓아야 할 지경에 몰린 폐인처럼 세상에서 가장 애절한 얼굴로 빌면서 말했다.

“당신이 미르를 어떻게 좀 해줘. 무서워 죽겠어. 밤이면 밤마다 집구석을 헤집고 다니는 거야. 그러다 어느 순간 자는 방문을 쾅쾅 두들겨. 그 사람이 얼마나 열 받겠느냐고. 한 달 전에는 미르와 그 사람이 대판 싸웠어. 이번에는 그 사람이 미르를 죽이는지 알았어. 나도 말리다가 갈비뼈가 부러졌고.”

상상이 가는 그림이 그로테스크하지 않고 웃음이 나왔다. 막 뻗쳐 일을 시작하려고 하는데 미르가 층간 소음 때문에 못 견디겠다며 문을 신경질적으로 두들기면 대체 무슨 일이 벌어질까. 개라도 화가 나는 일이다. 미경은 무섭다고 하고 사내는 화가 났다고 했다. 당시 미르는 무슨 심정으로 문을 두드린 걸까. 두드려라. 그리하면 열릴 것이다! 하는 구원이라도 바라는 것은 아닐 것이다. 심술궂은 아이의 장난이라고 하기에는 분명한 악의가 있다.

"나, 더 당신한테 바라는 거 없어. 애도 다 키웠잖아. 그냥저냥 이 사람하고 마음 편히 살고 싶어. 정말 불편해서 못 살겠어. 지금 그 사람이 집을 나갔어. 나도 지금은 거기 있어. 어떻게 할래?"

뭘, 내가. 미르는 지금까지 당신이 다 키웠으면서. 난 미르에 대해 아는 게 없어. 미경은 내 말에 황당해하며 협상 결렬을 선언하고 벌떡 일어나 나갔다. 돈은 두고.

밖에서 미르와 잠시 소란이 들리더니 차에 시동이 걸리자마자 미경은 급하게 떠났다. 아들이 주저앉아 멍하니 하늘을 보고 있다. 아마 살면서 처음 보는 하늘일 것이다. 아들아, 동이 트기 전에 달이 떨어지는 걸 자주 보면 세상살이가 아무것도 아님을 알게 된단다.

참 난감한 상황이다. 넌 또 널 왜 낳았냐고 나의 원죄를 주장할지 모르겠지만, 그건 나나 엄마의 죄가 아니다. 의무를 부정하는 것도 아니고 네가 이 모양 이 꼴로 자란 데에 대한 책임이 없다고 할 수 없지. 그렇다고 엄마한테 재산을 내놓으라는 건 네가 아무리 철부지라 하더라도 그건 억지다. 나는 이 말을 하고 싶었다. 미르의 고개가 점점 수그러들었다.

너 혹시 몽유병 있는 건 아니니? 아들은 내가 무슨 의도를 갖고 질문을 하는지 알고 있었다. 아들이 피식 웃었다. 아들은 잘난 미국 나이로도 곧 스물여섯이다. 미국에서는 가진 게 없는 자가 살인을 시작할 나이지. 혈연관계를 부정하자는 것이 아니다. 나는 네 엄마를 더는 아내라고 생각하지 않아. 그런 관계가 사실이니까. 너 또한 엄마이기 이전에 자연인으로서의 한 여성으로 받아들여야 해. 엄마가 무슨 선택을 하든지 여자로서 사정이 있는 것이고 새로운 삶을 선택할 여지가 있는 거 아니겠니? 아니 그건 엄마의 순수한 자유 의지이고 설마 법에 저촉되는 짓을 했다손 치더라도 아들로서 할 짓이 아니지. 너 우리 옛날이야기 중 이런 설화 아니? 바람피우는 엄마가 새벽마다 돌아올 적에 시냇물에 빠지지 말고 편하게 건너오라고 다리를 놓았던 효자 이야기 말이야! 넌 이 이야기가 세상의 모든 아들이 엄마의 바람을 장려한다고 생각하는 거니? 미르가 웃었다. 그럼 됐다.

그 집은 네 엄마의 집이다. 나에게 시달리고 자식에게 받친 세월을 따지지 않더라도 누구든 손을 데지 못하는 성역이야. 나는 미경에게 주려고 마련한 봉투를 아들에게 내밀었다. 이 돈으로 고시원 한 칸을 얻거나 도시 외곽에 원룸을 계약해. 조건은 그 금액에 맞춰야 해. 이게 내가 가진 전부거든. 부자에게 돈은 하찮은 창녀에게 뿌리는 정액에 지나지 않지만 가난한 이에게 돈은 피에 가까워. 그리고 떠나기 전에 엄마하고 화해했으면 좋겠다. 우리는 뿔뿔이 흩어지는 게 아니다. 서로의 영역을 만드는 거지.

모진 비는 세상을 이분법으로 갈랐다. 더구나 아들에게는 섭섭한 출발이자 다른 지옥이 열린 것이다. 버스의 창가에 졸고 있는 그늘진 사내의 표정에서 고단한 삶을 읽었다면, 얼마 후 그런 모습이 곧 자기라는 걸 깨달아야 할 것이다. 이 거친 세상에서 제 한 몸 건사하는 것이 쉬운 일은 아니다. 아무리 열심히 살아도 모든 문을 여는 열쇠란 재화는 계속 한쪽으로만 몰릴 것이다. 코로나바이러스는 약자와 병든 자를 골라 죽이고, 길을 걷다 황당하게 압사당하는 젊은이는 이 땅에 태어난 너의 운명이자 권력의 조롱이다. 예전 같으면 죽어 편할 나이에 아직 살아 있는 늙은이는 고통을 견디다 못해 자살을 선택한다. 이 모든 현상에 대해, 먹이 사슬의 꼭대기에 자리한 극소수는 구경꾼의 위치에서 거리를 두는 것으로 시대를 넘기겠지. 그렇지 않아도 불운한 시대에 이런 개막전은 불길함을 넘어 처절한 환경이 됐다. 이전 세대를 넋 놓고 마냥 부러워하다간 심각한 영양실조로 죽어 갈 것이고 너의 죽음은 보기 좋은 본보기가 될 것이야. 아들아, 지금까지 내 대에 있어온 평화는 인류 역사상 처음이었다. 인간에게 악은 천성이다. 인간의 역사를 보면 모든 시대가 전쟁과 폭력으로 헤모글로빈 색깔로 칠해져 있단다. 산에 올라 불야성을 이룬 도시를 보아라. 네 눈에는 저 도시의 불빛이 무엇으로 보이는가. 이미 이루어졌던 것이 새로운 방식으로 허물어지는 중이란다. 그 가면을 지금 코로나가 벗겨 내고 있지.

비가 으르렁거리며 사납게 내렸다. 아들은 다음 경기에 등장할 아마추어 주자처럼 불안한 표정을 짓고 무작정 그 속에 뛰어들려 했다. 나는 아들의 팔을 잡아 살이 부러진 우산과 주머니에 있는 돈을 모두 꺼내 손에 쥐여 주었다. 아들의 등을 두드리자 보기완 다르게 앙상한 뼈가 만져 졌다.

어떻게든 살아갈 것이다. 부자와 가난한 자, 권력을 쥔 자와 빈털터리 사내 누구든 세상이 앞으로 어떻게 변할지 예측하지 못한다. 많은 내일에 함정이 도사리고 있다. 없는 놈에게는 체력이 관건이다. 견디다 보면 무뎌질 것이고 무뎌지다 보면 도가 트일 것이다. 이런 판국에 섹스가 무슨 말라비틀어진 것이란 말이냐.

평온해 보이는 세상에 일상처럼 비가 내리고 바람이 분다. 낮은 들에 지은 개미집이 먼저 허물어진다. 약한 가지에 둥지를 튼 박새 가족이 불안해한다. 박새는 사람처럼 세상을 원망하지 않는다.

이게 다 바람이 시켜서 한 짓이거늘.

월례 傳 02

1.

내 엄마는 미친년이었다.

벼 수확이 끝나는 시점을 반경으로 해서 그다음 해 칠 팔월에 집중적으로 불거진 아이들이 내 엄마 뒷 꽁무니를 졸졸 따라다니며 짓궂게 놀렸다. 예나 지금이나 가정교육은 시급한 문제였다. 유독 가장의 주정이 심한 집구석의 아이들과 모진 겨울 열 손실을 막기 위해 방을 비좁게 지은 탓으로 조기 성교육을 현장학습으로 배운 아이들의 장난은 개구졌다. 그 아이는 내 엄마의 생식기를, 비루한 암캐의 상처 부위를 쿡쿡 쑤시며 시시덕거렸고, 심하면 만져서 벌려 보기까지 했다. 멀리서 그 꼴을 본 마을 남정네들은 거리 탓인지 실실 웃기만 했다. 웃었던 사내들이 밤이면 엄마의 집을 꼭 찾았다.

다들 모르겠지만, 엄마의 지병은 아버지가 돌아가시자 잠재되었던 순진무구함이 변형되어 발현됐다고 본다. 참, 여기서 엄마의 첫 남자를 아버지라 불러도 법률적인 모순은 없는 걸까? 하여간 엄마는 아버지가 돌아가신 후 서서히 미쳐갔다. 그 후 이년이 지나 완전히 미친 다음 나를 낳았다. 그 자연의 음과 양의 섭리는 헌정 마을 재앙의 도화선이자 투표권을 획득한 후 계속 이어질 내 불행의 단초가 됐다.

엄마의 배가 느릿느릿 부풀어 오르자 늘 보던 모습인데도 감수성이 예민한 몇몇은 그다음 날부터 경악했다. 마을 아낙은 아이들에게 씨도 먹히지 않는 접근 금지 명령을 내렸고, 그것을 맨 처음 어긴 수돌이 아들 짱돌이가 제 엄마한테 심하게 맞았고, 그날 저녁밥 먹기 전에 당신 아들이 미친년 배를 콕콕 찔렀다고 고자질을 하자 수돌이는 눈깔에 불을 켜고 모자란 매를 채웠다.

뒤늦게 후회한 정읍댁이 자식 일이라면 불길에도 뛰어드는 모성본능으로 짱돌이를 감싸지 않았더라면 부자간 쌍방 참극이 분명 일어났을 것이다. 정읍댁은 수돌의 살의에 가까운 눈빛에서 그렇게까지 제재하는 사유에 묘한 느낌이 들었으나 이유를 캐묻지 못했다. 대수로운 일이 아니지 않은가? 수돌이는 원래 그런 아이이고 심지어 반 아이를 죽도록 패서 큰일 날 뻔했는데 제 아빠는 그런 아들의 관행에 가까운 짓을 오히려 기특해했다. 그런데? 왜? 고개를 흔들어 서둘러 지워냈다. 의심하면 안 된다. 그건 역사적으로 나라와 대대손손 고질화된 폭력으로 맺은 묵계(默契)이다. 뭐든지 의심하면 진실이 드러나고 진실이 드러나면, 그 비리에 누군가 맞아 죽게 되어 있다. 강과 약의 개인적인 일도 마찬가지다.

본명이 장돌이면서 부모마저 짱돌이라 불리는, 깡다구로 소문이 자자한 아들은 거의 열흘간 절뚝거렸다. 비록 공권력은 아니나, 병신이 안 된 것만 해도 하늘이 도운 것으로 생각했다. 짱돌이는 어서 커서 늙어질 아버지를 조롱하며 사는 것을 상상했다. 그 녀석은 고자질은 뭐며, 엄마가 돼서 진작에 말리지 못했던 둔함에 적의의 눈빛을 보냈다. 나중에 내가 태어나고 18년 후 출발선을 살피기 위해 헌정 마을에 왔을 적에 사십을 바라보는 장돌이와 조우했다.

그가 나한테 이랬다.

"너, 최 씨 새끼구나?"

장돌이는 내 모든 의문에 대한 답의 실마리를 주었다.

하여간 엄마는 어느 날부터 부어오르는 배를 까고 마을을 돌아다니며 구걸했다. 그게 손쉬운 구걸을 위한 전략인지 본인도 몰랐다. 효과는 있었다. 미친 엄마가 내민 밥그릇을 다른 때와 달리 아무도 거절하지 못했으니까. 이걸 측은지심이라 해야 하나? 아님 인지상정이라 할까?

엄마의 슬픈 전략의 효력은 일주일을 지속하지 못했다. 왜? 마을 사람들에게 엄마는 미친년이자 비운의 암 덩어리였다. 사람들은 엄마가 심리적으로 문둥이여서 멀리 보이기만 해도 무모한 자는 우회 길을 택했고 소심한 년은 줄행랑을 쳐, 서방에게 신고했다. 그래도 이웃이거나 이웃에 이웃인 몇몇은 대궁밥이나 개에게 주기 아까운 쉰 밥을 물에 말아 시어빠진 김치를 주어서 엄마는 대롱대롱 연명했다. 그나마도 산달이 다가오자 마을 사람들은 엄마에게 베풀기를 거부했다. 주민의 그런 태도는 정부로부터 금지령을 지시받은 듯 보였다. 마치 코로나 시대에 마스크로 입을 막지 않고 거리를 돌아다니면 무형의 폭력이라 믿는 집단의 악의적인 눈빛을 보는 것처럼 공포스러웠다. 너는 '강퇴'야!

엄마가 오뉴월 뙤약볕을 그대로 맞으며 배고픔에 졸고 있자, 정읍댁이 주변을 살피며 쭈뼛쭈뼛 다가왔다.

"여기서 굶어 죽지 말고 신작로로 어여 가! 사내들이 보면 맞아 죽응께. 어서 이 미친년아. 지금 너 땜시 동네가 아조 심난 혀. 빨랑, 내가 이런 말을 한 걸 내 서방이 알면 맞아 죽을 걸 알면서도 귀중한 정보를 주는 겨. 알았어? 이 매친년아?"

알아먹을 리가 없었다. 엄마의 듣기 평가 능력은 백 점 만점에 십 점 이하였다. 하여간 정읍댁의 장황한 말 중 엄마는 사내가 자기를 보면 잡아먹는다는 말은 얼른 알아들었다.

엄마는 사랑도 잃고 한쪽 고무신도 잃어버렸다. 넋이 빠지면 발바닥 통증 정도는 무시되는지 아무렇지 않게 자갈길을 맨발로 터덜터덜 걸어 다녔다. 엄마의 뒷모습을 더 자세히 보면 도를 깨달은 고승의 수행으로 보이기도 했다. 엄마는 그런 고고한 표정으로 태평하게 하늘을 보며 걷다가 그만 개골창에 빠졌다. 그 자리는 몇 년 전 겨울, 최 씨 집성촌 망나니인 광이가 신작로 과붓집에서 술 처마시고 취해 갈지자로 오다가 그만 빠져 죽은 곳이었다.

엄마가 개골창에 빠져 버둥거리자 누군가 빠른 속도로 달려와 엄마를 꺼내 흙먼지를 털어주었다. 가뭄으로 개울이 말라 다행이지 큰일 날 뻔했다며 중얼거렸다. 그 사내는 터나 마나 한 더러운 옷을 털어주며 엄마에게 괜찮냐고 물었다. 엄마는 짧게 '정혁 씨!'라 대답했다. 사내는 마른 개울에 수량만 풍부했었더라면 모르는 척 지나갔을 것이다. 사내는 속옷을 입지 못한 엄마를 말끔히 씻겨주고 싶었다. 엄마에게 나는 더러운 냄새는 사내들에게 있어 엄마의 유일한 결점이었다. 그리곤 뭐라 투덜대다가 굉장한 불알을 털래털래 흔들거리며 제 갈 길로 갔다. 엄마가 나직이 사내를 다시 불렀다.

"정혁 씨!"

실상 엄마의 배가 술빵처럼 서서히 부풀어 오르자 옷이 작아진 탓으로 배를 까고 다녔다. 노출에는 선정적인 의도가 없었다. 아무리 진달래가 흐드러진 춘삼월이었지만 날씨는 봄바람으로 중간중간 옷깃을 여미게 했고 이른 새벽은 옆에서 자는 애새끼를, 괜히 안았다간 큰일 날 서방 대신 부둥켜안아야 할 정도였다. 그런데도 엄마는 감각기관이 무뎌졌는지 하다못해 수건으로 배를 덮지 않고 늘 까고 다녔다. 처음 마을 사람들은 엄마의 전위 행위를 미친년답게 식탐으로 툭 튀어나온 똥배를 자랑하는 건지 오해했다. 미친년의 행동은 항상 일반인의 상상을 불허하니까.

와꾸 댁은,

"하이고, 매치면 춥지도 않은가 벼?" 했다. 비교하면, 미친년보다 와꾸 댁의 배가 더 튀어나와서 남 말을 한다며 떠들썩하게 웃고 말았다. 그런데 그 웃음 끝에 마을 아낙들은 가시지 않은 불길한 앙금이 기미로 나타난 얼굴을 서로 외면했다. 정읍댁은 간밤 수돌이가 별일도 아닌 우발사건에 과도한 매질을 한 귀기 어린 서방의 눈에 여자들 쓴웃음이 겹쳐지는 것에 고개를 흔들어 지웠다. 아낙은 서로 눈짓을 교환했다. 그건 마을 전체에 대다수를 차지하는 약자를 향한 약자의 감시이자 규율 같은 것인데, 서로 묶여있는 알 수 없는 힘으로 원격 조정을 당하는 것이어서, 자기 생각을 밖으로 드러내는 순간 확실한 따돌림의 함정에 빠지고 마는 사이비 공동체 운명이기도 했다.

이상한 일이었다. 어느 순간부터 마을 남정네들은 미친년의 행위에 대해 말을 꺼내면 서로 눈알을 부라렸다. 논평은 금기였다. 그러면서 사내들끼리도 개싸움을 하듯 시퍼런 시선을 마주치지도 않았고, 논에서 피를 뽑다가 어처구니없이 벼포기를 가려냈다. 대대로 농사를 짓는 논두렁 전문가로서 믿기지 않는 실수였는데, 실상 피 대신 벼포기를 뽑은 당사자는 그 실수마저 모르는 듯 보였다. 그의 마누라가 남편의 매우 자연스러운 행동을 보면서 '얼레? 저 니가 왜 그런다누?' 하면서 더는 탄식을 잇지 못했다. 더했다간 논바닥으로 업어치기를 해 애꿎은 벼포기만 상할 터였다.

요즘 들어 남편이 이상행동을 하긴 했다. 남편의 묘한 행동은 월례의 배가 부풀어 오르는 시기와 맞아떨어졌는데 정읍댁은 워낙 미욱한 탓으로 남편과 연관 짓지 못했다. 본능도 무지와 관련이 있는지도 모른다.

다만 든 의문은, 사흘에 한 번이나 적어도 일주일에 한 번 정도 밤일을 취미 삼아 거르지 않았는데 요사이 와서 한 달이 다 가도록 서방이 아낙의 너저분한 몸을 쳐다보지도 않는 것이다. 그의 아낙은 딸라 빚을 내더라도 보약 한 재를 지어야겠다고 생각은 했으나 그것 또한 지금 형편으론 가능한 일이 아니었다. 알게 모르게 움트는 농협 빚은 가끔 발작하는 어지럼증과 연관이 있었다. 그녀는 어제부터 마당에 풀어 놓은 중병아리를 모아 죽을 쑤어도 되는 쌀겨 한 바가지를 뿌려 주었다. 그래도 헌정 마을에 두 달에 한 번 돼지고기를 굽는 형편의 아낙들은 읍내로 가서 얄미운 서방을 위한 보약을 짓다가 만나면 서로 음흉한 싸인을 주고받았다.

박 서방의 아낙은 남편이 벼포기를 골라 뽑아 내치는 영상이 지워지지 않아 몹시 우울했다. 무슨 걱정이 있는 게 분명한데 서방의 버럭 성질 탓에 왼쪽 눈탱이를 걸지 않으면 거의 모험이나 마찬가지였다. 그런 생각으로 밭일을 마치고 돌아왔는데, 아침에 기껏 치워놓은 마당을 잔뜩 어지럽혀 놓은 원수 같은 애새끼들이 배고프다며 환장해 달려들었다. 해서 반사작용으로 빗자루를 휘둘렀는데 그만 힘 조절에 실패해 애먼 막내아들을 잡을뻔했다. 아무리 빈곤의 수렁에 휘말렸더라도 대가리를 때려선 안 되는 일이다. 그런 면에서 빈곤과 폭력은 밀접한 관련이 있다.

정읍댁은 애새끼의 숨넘어가는 비명에 빈 젖을 아이 입에 물렸다. 미친년이 까고 다니는 불길한 배가 보름달처럼 점점 커지듯 다가왔다. 얼래, 웬일이랴? 내가 지금 뭐 하는 짓인가. 세상이 다 귀찮았다.

하루하루 지날수록 동네는 백주에도 어둠의 그림자가 짙어졌다. 그러다 참으로 막걸리를 마시던 누군가가 미친년이 배를 내밀고 다니는 걸 보고 감탄사를 내뱉었다.

"아, 저리 팡팡 놀면서 배가 부르면 을매나 좋으까? 잉."

그 남정네의 말이 끝나기 전에 항상 다른 눈으로 세상을 보는 감수성이 풍부한 와꾸 댁이 깜짝 놀라 내뱉지 말아야 할 말을 얼결에 토하고 말았다.

"누구까, 잉. 언 놈의 씨를 실었을까? 잉."

2.

아무리 뇌의 용적이 후천적으로 퇴화했다 하더라도 입 밖으로 새어 나와선 안 되는 말이었다. 신체 쓰임새가 다른 사내가 보더라도 애를 밴 게 틀림없었다. 이 도령이 변 사또 잔칫날 어사 출두라도 내린 듯 남정네 대부분은 안절부절못했다. 그리곤 가뭄에 논물 줄 듯 설설 빠져나갔다.

한편 헌정 마을의 지도자이자 관청의 하수인인 이장은 심각한 고민에 빠졌다. 월례가 무성생식을 하는 것도 아니고, 무슨 수로 임신을 했을까 하는 의문이었다. 소문에 의하면 마을의 누구누구가 월례의 집을 들락인다는 소문은 있었다. 짐승이 아니고선 언감생심인 대다가, 그렇다고 쳐도 옛날 파계승이 염소한테 그 짓을 한다는 말은 들었어도 어떻게 사람의 거죽을 쓰고 불쌍한 월례한테 그런 짓을 한다느냐고 몇몇이 건성으로 떠올랐다. 짐승 같은 몇 놈이 떠오르긴 했었으나 대놓고 물어보기에는 다들 성질이 개차반이었다. 누굴까? 월례를 봐버린 건 별일이 아니나 월례의 배는 마을의 운명을 좌우할 변고였다.

이장은, 아랫마을 젊은 과부 논다니를 찝쩍거렸던 전적이 있는 발랑 까진 아들 중2를 떠올렸다가 혼비백산을 했다. 그 새끼가 아버지 빽을 믿고 동네 닭서리를 전문으로 했으나 월례 정도는 아니라고 악착같이 믿었다. 하여간 자기 아들은 평생 원수였고 아직은 그렇게까지 막 나간 짓은 한 적이 없었다. 그래도 인간이란 모르는 것이다.

사 년이 한 번씩, 못 살겠다, 갈아보자, 합창하면서도 막판에 가면 폭력 남편의 편을 드는 어리석은 마누라만 해도 그렇지 않은가. 권력을 동경하다 보면 집만 간신히 지키는 애먼 복실이만 잡는 버릇은 화석화된다. 이 사회에서 힘을 가진 놈은 무슨 짓이든 거리낌 없이 저지르게 되어 있다. 내 자식도 부모의 짓을 보배운 놈이다. 게다가 바늘 도둑이 소 도적놈이 되는 건 자명한 순서 아니던가? 모름지기 촌것들은 뇌가 쉬었으니 박정희를 종교로 삼아야 적당히라도 사는 것이다. 우리도 가정마다 북한 주민처럼 대통령 사진을 걸어야 한다.

거꾸로 매달아도 국방부 시계만 도는 것은 아니었다. 그날이 다가왔고 미친년의 배는 위태롭게 부풀어 올랐다. 만약 정의로운 사내가 있어 미친년의 배를 바늘로 콕 찌른다면 빵 터질지도 모르는 일이다. 사내들의 시름 또한 월례의 배처럼 점점 커졌고 그들의 아낙과 아이들은 가정폭력에 시달렸다.

마을 문제를 정부가 나서서 해결해 줄 것도 아니고 해결해 준다고 해도 결국은 마을 망신이어서 수를 내야 했다. 이장은 일이 건잡을 수 없이 커지기 전에 일단 마을 사람의 소집 명령을 내렸다. 좋은 일이 아니어서 동네방네 방송은 하지 않았다. 이장은 맞아야 치마를 저미는 두 딸년과 세 아들을 동원하여 금일 밤 정각 열 시에 마을 회관으로 은밀하게 모이도록 종용했다.

무슨 일인지 대충 짐작하는 마을 남정네들은 보이지 않는 고삐에 매여 끌려 나왔고, 여자들은 못된 시어미가 머리카락을 잡아끌어야 나오듯 억지 걸음으로 집 안을 빠져나왔다. 뚝은 진작 터졌고 이제라도 수습해야 한다. 조금 아까 본 바로는 자신의 산전(産前) 경험상 오늘 내일이 틀림없었다.

이장은 두셋만 모여도 의례 베풀었던 막걸리를 의도적으로 제공하지 않았다. 그것만으로 사내들은 상황이 급박하게 돌아가고 있음을 알조였다. 게다가 지금 상황에 막걸리를 마시게 했다간 수습은커녕 혈전은 불문가지였다. 마을 사람들이 이성이란 게 있을 리 없지만, 그래도 관공서 물을 먹어 동네 여자에게 껄떡거리는 거 빼고 주책이 있으니, 반드시 이성적으로다가 행동하고, 요즘 판사에게 시대착오적으로 기대하기 힘든 정의적으로다가 못 내리는 게 아니라 안 내리는 판결을 나라도 내려야 한다고 이장은 다짐했다.

이장은 예전부터 수돌이가 대낮에도 미친년 집에서 신발도 제대로 꿰지 못한 채 허겁지겁 나오는 걸 본 적이 있었다. 무턱대고 우겨보는 성질이 있어 대놓고 물어보기가 저기 해서 그만두고 말았지만, 지금은 그걸 배려할 형편이 아니다. 그리고 말이다. 비 오는 날은 애들을 학교 보내놨으니 낮거리를 하던가 그럴 기운이 모자라면 낮잠이나 자면 될 거 아니냐구. 불쌍한 월례년한테 그게 스는 것이 기특하다고 해도 어찌 인간으로 그런 짓을 하는지, 일본군 나무랄 것도 없는 몇몇 놈은 뻔뻔하게도 인두겁을 쓰고 이른 망령이 들어 감히 월례 집 주변을 어슬렁거리다니. 거기에다 한문 선생이었던 최 선생이 양반답지 않게 염생이 웃음을 지으며 남정네들의 행동이 수상하다며 관찰을 하는 이장에게 이랬다.

"에구, 이장이나 돼서리 미친년 집 근처엔 왜 또 똥 마려운 강생이 마냥 서성이는 거요? 생각이 나는 가배!" 해서 큰 싸움이 난 적도 있었다. 마음먹은 대로 한다면, 이장은 그 일로 한문 선생을 진범으로 엮고 싶었다.

3.

이장이 주최한 '월례 산후 대책 안'에 대한 마을 회의에는 남영동 고문실에 들어앉은 것처럼 기름진 침묵이 줄줄 흐르고 있었다. 가끔 터지는 기침은 오히려 불안에 무게를 더했다. 이장은 찢어진 입으로 할 말이 없냐며 남정네만 골라 째렸다. 헐 땐 좋았지!

이장의 눈빛이 조일 때마다 모든 사내가 주춤거렸고 그 중 미련하기로 소문난 최씨 문중의 외가 성(姓)인 강 씨가 이장에게 악을 쓰며 대들었다. 다들 예상한 일이었다. 강 씨는 조용하다가도 이런 자리에는 수캐 좆이 삐져나오듯이 자리를 어수선하게 만드는 재주가 있었다.

"왜 내만 보는 거유? 나는 아무 죄 없수. 그건 우리 개동이 어멈이 잘 아우." 했다.

강 씨 말에 화음을 넣듯이 맷집 하나로는 조선 제일인 와꾸 댁이 맞장구를 쳤다.

"그건 그러유. 이이는 있는 마느라 천신도 못 하는 등신잉게!" 했다.

어처구니없는 대꾸이긴 해도 강 씨의 변명과 와꾸 댁의 말은 긴장된 분위기를 부드럽게 만들었다. 그렇긴 해도 와꾸 댁의 진술은 늘 같은 답변이어서 웃음은 맡아놓고 옴팡졌는데 아무도 웃지 않았다. 이장이 마지못해 거들었다.

"그거슨 나두 아네. 글고 도둑놈이 제 발 저리다고 내가 애먼 강 씨를 쳐다

본 거슨 아니여?"

그러자 역시 머리 나쁜 강 씨가 또 을러댔다.

"긍게, 내가 도둑놈이란 말이유, 내가 누구 집 뭐시길 훔쳐 갔데유? 한 번 대보슈" 했다.

강 씨로 인해 분위기가 부드러워지긴 했다.

"누가 너 따위 보고 도둑질을 했데냐? 동네 수캐 좇처럼 툭툭 불거지지 말고 아가리 다물고 있으란 말이여. 글고 말이여, 막말로 도둑질은 아니더라도 언 놈이 허락도 없이 월례 배에 씨를 심군 건 사실이 아니란 말이여? 대체 그 망할 종자가 누구냔 말이여? 다들 읍내 별 다방 미씨 윤처럼 잘나진 않았지만, 바가지 뒤집어쓴 마누라가 착착 있잖으냐고. 근데 씨벌놈의 씨 적선은 왜 해서 동네 시끄럽게 하냐구. 이게 보통 문제가 아닌 중 알고 있을 테지. 동네 망하게 생겼어. 아이고, 지미럴!"

그러유! 그러유란 답이 메아리로 퍼졌고, 공허한 말 조각이 떠다녀 마을 회관의 넓은 공간을 차지했다.

"그럼 지금이라도 자수해서 광명 찾으슈. 그다음 월례가 애를 낳음 양자로 들이든지 하믄 다 해결되는 겨. 그리하면 내가 솔선수범해서 월례는 덤으로 살레무네 첩으로 들이고, 그다음에 설랑 군수를 주례로 모셔 새 출발을 하는 의미로다가 공동으로 주관해 가지고설랑 땡전 한 푼 안 드리고 혼례식을 치러주겄어!"

이장에 담배를 뽑아 들었다. 마을 회관은 당연히 정부 방침에 따라 금연 건물로 지정되었지만 그건 개소식 때 규율이어서 지켜지지 않았다.

이장의 말이 끝남과 동시에 나이의 높고 낮음에 관계없이 개구리 울음소리를 내질렀다.

"그건 안 돼유! 누구 씨잉 줄 모르는데 양자로 워치케 들인데유. 그리고 월례란 년이 미칭 줄 다 아는 처지에 그렇튜. 지금이 조선 시대도 아니구 일 가구 마누라 하나씩인 시대에 뭔 놈의 후처래요? 윤썩열 대통령이 그렇게 가르쳤슈. 글고 말이유, 시상이 안 바뀌었다고 처유. 어떤 미친년이 더 미친년을 후처로 들이는 뱁이 조선 팔도에 어디 있데유?"

마름이 독해야 머슴이 쥔 공경할 줄 아는 법이다. 이장은 책상을 쾅쾅 쳐서 세를 과시했다. 웅성거림은 바로 멈췄다. 그리고 보니 월례네 집에 동떨어져 있긴 해도 그중 제일 가까운 성안 댁의 말이 이상하긴 했다. 그래도 장(長)인 면으로 이장은 뛰어난 감이 있었다.

성안 댁 말투는 자기 남편 행태를 암암리 인정하고 있는 거다. 게다가 다른 여편네들도 성안 댁의 연설을 동조하고 인정하질 않는가? 몇몇의 전력을 보면 서방이 읍내 다방을 점거하고 있다 하더라도 서방의 낌새를 보고 입을 다물어야 옳다. 하지만 말이다. 마을 전체 여자가 성안 댁이 모처럼 옳은 의견을 냈다며 무릎맞춤을 하듯이 편을 드니 이제야말로 말 한마디에 까딱하면 나락으로 떨어질 수도 있는 일이다. 이장은 이 점을 간파했다. 그리고 이것과 저것을 연결 짓기 위해 생각했다.

원래 이장은 자신이 짐작한 용의자 몇 놈과 미운털이 박힌 놈을 골라 사실관계에 억지로 끼어맞추기를 하려 했으나 대부분 집이 연루되었음을 파충류의 감각으로 파악했다. 오랜 관공서 출입 경험상 옳고 그름이 뒤집힐 조짐이었다. 이장이 목을 가다듬고,

"그럼 어쩌면 좋겄슈? 여기 좆 달린 것들은 입이 열 개라도 할 말은 없을 거고 고스란히 당할 죄만 있응게, 그 똑똑한 성안 댁이 먼저 한 말씀 해보슈. 내 기가 막혀 안 들리는 귓구멍을 뚫고 들을랑게. 어여!"

지가 뭔 놈의 말이 있겄슈 하며 성안 댁이 포문을 열었다.

"잉, 우덜이 하나님도 아니겄구, 그냥 만들어졌것슈? 씨를 뿌렸응게 열매가 맺었겄지. 긍게 어느 철없는 종자인지 몰러두 뿌린 대로 거둬야 안 허겄슈. 하여간 우리 웅이 아범은 아니유! 우리 웅이 아범은 안즉도 나라면 미치

닝게. 우린 십 년째 살고 있지만 나가 친정 댕겨올 때 빼곤 단 하룻밤도 떨어지덜 안 했슈!”

그렇지 않아도 자연 발화할 동네 분위기에 성안 댁이 성냥을 갖다 댔다. 이곳저곳에서 야유가 터져 나왔고, 작게 들리는 소리였지만 품앗이 나가면 나한테도 추파를 던지지 않았냐는 주장이 나왔다. 그 틈을 놓치지 않고 웅이 아버지 밤마실 다니는 걸 본 적이 있다는 와꾸 댁의 말이 더해졌다.

동네 사람이라면 누구나 아는 사실이지만, 성안 댁이 있는 모임은 가시방석에 앉힌 것처럼 처음 보는 사람이라도 안절부절못했다. 말도 시비조이지만 힘으로도 웬만한 놈과 지지 않을 정도로 힘이 셌다. 누구는 웅이 아버지가 황소 대신들인 아낙이라는 설도 있었다.

“어느 미친년이여. 일로 와 봐? 웅이 아버지가 가끔 작 밤에 나가는 건 내가 하도 심심하야 주전부리 땜시 느티나무 집에 간겨. 하이고 좌우당간 씨벌 것들이랑게 생전 느티나무 집 슈퍼마켓 소비자도 못 되면서 워치케 생 사람 잡는대냐. 아니 웅이 아버지가 마누라가 시퍼렇게 살아 있는데 짐생도 아니고 워치케 미친년한테 자지가 스겠냔 말이여. 네년이 봤남? 확 아깔빼기를 찢어 놀라!”

시간이 흐름에 따라 자연 난장판이 될 줄은 알았지만, 빤히 드러난 판국에 다들 털을 쓰고 모르쇠로 일관했다. 머리가 다 지근거리기 시작했다. 이 시국에 문제가 없는 동네가 있으랴마는 관에서도 이 마을은 요주의 대상이었다. 그렇지 않아도 이장은, 동작동 묘지에 살살 썩고 있는 우리의 영원한 지도자 박정희를 닮았다는 평이 있음에도 민주화의 맛을 알량하게나마 본 주민들은 이장 알기를 개 보지에 묻은 보리알갱이만도 여기지 않았다. 그래도 그렇지 작은 박정희인 내 앞에서 감히 이 법석을 떨다니. 이장은 탁자를 꽝꽝 치다가 분에 넘쳐 의자를 걷어찼다. 내가 말이여 헌정 마을에선 대통령이여!

“장 있으면 자정이여. 내일 밭에서 자울거리지 마시고 문제에 집중 좀 하잔 말이여. 조용들 하셔. 거 각자 할 말씀 있걸랑 자리를 깔아 줄 것인 게 조용한 데로 델꼬 가서 해결하시고 지금일랑 월례 얘기를 하잔 말이여. 월례가 곧 오늘 낼 하고 있당게. 아까 봉께 오늘 밤이라도 뱃속의 색끼가 아버지, 하고 뛰쳐나올 거 같더니만. 배가 터지게 생겼단 말이유. 그러니까 오늘부텀 돌아감서 불침번 째까 스시오. 죽어 뻔지면 다행이고 아이 울음소리가 마을 밖으로 새어나가면 개망신은 따논 당상이유. 그러기 전에 나 이장질 그만둘튜. 내일 새벽에 보따리 싸서 서울 하꼬방에 사는 딸네 집으로 도망가든지 아님, 서울역에 가서 자빠질 판이오."

다들 입을 닫았다. 어쨌든 마을의 심각한 상황을 공유했으니 운명 공동체였다. 열불이 나서 더는 진행하기가 힘든 이장은 뾰족한 수가 없어 다음 날 이 시간에 모이도록 하고 폐회를 선언했다. 다들 예전 같으면 지겨운 놈의 회의가 언제 끝나고 말 걸 리 파티나 할 건지 기다렸겠지만 자정을 넘겼음에도 눈들이 또렷또렷했다. 마을 남정네의 지금 소감은 타임머신을 타고 과거로 돌아가지 않는 한 월례에 대해선 꿀 처먹은 벙어리였다.

반강제로 마을 회관이 비워지자 마을 전체 주민의 속은 매단 종을 치는 것처럼 시끄러워졌다. 다소 절개는 없고 배짱이 있는 마누라를 둔 집만 고함과 아우성이 볶아치고 그나마 이 빠진 살림살이가 마당으로 내동댕이쳤다. 보름달이 떠서 마을을 비추는 조명은 밝은데 헌정 마을만 잔뜩 먹구름이 끼어 밖은 칠흑이었다. 동네 것들과 마찬가지로 염치없는 개들이 합창하듯이 달밤을 앙칼지게 짖어놨다.

4.

마을 회의를 마친 뒤 찜찜해진 집집이 국지전으로 시끄러웠다. 그렇다고 막걸리 꽤나 마시고 빈속에 선주정을 하는 것도 아니었고 늦은 저녁을 먹은 뒤라 속이 비어 헛소리를 내는 것도 아니었다. 나름 자기들 방식으로 대책을 세우는 작은 토론회를 했다. 심증이기는 하나 확실한 물증만 없을 뿐이지 남사스러운 일을 가장이 문중을 대표해서 벌렸고, 안식구는 '설마 미친년 앞에서 그게 섰을까?' 하며 묵시적으로 방관했다. 그 의문에 간신 나라 충신처럼 처맞을 각오를 하고 정읍댁이 자기 서방의 성감대인 귀에 대고 노골적으로 물은 것이다. '당신이 거시기 한 중은 아는디, 뭐가 부족해서 그랬겄슈? 아니주?' 아무 소리 없이 괜히 방바닥의 때를 미는 서방의 소 웃음이 의뭉스러웠다. 아낙이 서방과 시시껍적한 찡가먹기를 할 때 보다 있는 힘을 다해 서방을 밀쳤다. 아이고, 똥보다 더런 잉간아?

월례 건에 대해 와꾸 댁 강 서방과 이장만 관련이 없고, 대부분 남정네가 월례의 부풀어 오른 배에 얽혀 있었다. 관계 횟수도 문제였지만, 이 시국에선 그 정도는 얼마든지 발뺌할 수 있어 문젯거리도 아니었다. 강 씨는 모자라서인지 인륜이 머신지 몰라도 남의 아낙에게 그 짓거리 한다는 건 언감생심 꿈도 꾸지 않았고, 이장은 굳이 미친년이 아니더라도 관청 근처 다방을 들락이다 보면 직원에 묻어 샛밥을 자주 먹어놔서 월례가 괜찮기는 해도 눈에 들어오지 않았다. 그랬어도 아깝다는 생각이 들지 않은 것은 아니었다. 그런 의미에서 철들지 않은 사내는 짐승인 거다.

하여간 집마다 난리도 보통 난리가 난 것은 아이엠에프 이후 최고조였다. 그랬어도 머리를 바닥에 눕히자 팔자 좋은 개처럼 잠을 잤다.

날이 밝았다. 결혼 후 생판 처음 기선을 제압한 대부분 아낙의 공세가 늦춰진 것은 아니었다. 이장의 을러대는 연설에 파출소가 떠오르자 그 연상작용으로 높다란 담벼락의 건물이 쑥쑥 올라왔다. 이러다간 남정네 대부분이 감옥으로 끌려가 동네가 텅텅 비워질 판이었다. 게다가 법원의 검사 앞에서는 없는 죄도 봐달라고 빌어야 하는 곳이어서 대부분 남정네는 일단 마누라에게 복날 설맞은 개처럼 펄펄 뛰다가 버릇이 된 주먹부터 휘둘렀다. 아닌 보살이 최고의 위장이었다. 일단 뻗대자. '아니 이 여편네가 하늘 같은 서방을 어찌 보고 말이야. 글구 말이야, 살다 보면 보들보들한 남의 살도 접해보고 하는 거지, 뭐, 근데 나는 절대 아녀! 누가 내가 월례네 간 걸 본 년이 있대? 난 살짝 찔러 보기만 했응게.' 그제야 와꾸댁은 한숨을 내쉬었다. '그려, 본 년이 없음 아무것도 아닌겨! 우덜도 대통령처럼 순진해 보이는 얼굴로 그냥 우기면 돼야!'

그래도 정읍댁은 남편 수돌이가 의심쩍었다. 비 오시는 날 물꼬 보러 나간 양반이 한둘도 아니고, 아무리 살짝이 들어갔다 해도 안 들켰다는 보장이 어디 있으랴. 이제 와 의심은 확실해 졌다. 글고 말이여, 밤이슬을 흠뻑 맞고 새북에 들어온 적이 한두 번인가? 게다가 요즘 들어 손버릇이 얌전해졌다. 까딱하면 손버텀 나오던 양반이 실없이 웃기부터 하고, 버릇된 건망증으로 자기도 모르게 선을 넘어도 소리 한 번 꽥 지르는 것으로 종을 쳤다.

아직 사람의 탈을 벗지 못했는지 50세가 막 꼬부라진 수돌이는 마누라에게 큰소리친 거와 달리 욕심이 많은 만큼 겁이 많은 자였다. 연속해 두 개째 담배를 피우며 한숨을 내쉬자 그의 마누라인 정읍댁도 심란하긴 했다. 그놈의 가운데 툭 튀어나온 게 문제지, 간혹 없는 게 있는 것보다 나은 점이 많으면서 논일을 생각하면 필요했고, 가끔 동네 여편네와 말싸움이라도 할라치면 어김없이 나타나 잘잘못에 상관없이 편을 들어주는 존재이기도 했다. 정읍댁은 자기 확신을 위해 염주 굴리듯 다짐을 받았다. 거짓말은 헌정 마을 사내의 버릇이었다.

"아니쥬? 딴 놈이 그랬다손 치더라도 당신은 아니쥬! 왜 그렇다고 빨랑 말을 못 하냔 말이여?"했다.

수돌이는 눈만 끔뻑끔뻑했다. 그리곤 해장부터 필터만 남은 담배꽁초를 두 개째 눌러 끄고 인상을 잔뜩 찌푸리며 버럭 소리를 질렀다. 주먹을 쓸 전조였다.

"여기서 그년 안 본 놈이 있간디! 아마 달밤이라 맞대면은 못 했지만 나 빼고 다들 열 분씩은 했을 껴. 나는 한 분뿐이 안 햤지만서두."

여기서 자복하다니 안 될 말이었다. 정읍댁은 기절하는지 알았다. 아니, 잉간이? 아까는 정신이 말짱하지 않은 년은 건드리지 않았다고 지 아가리로 말하지 않았던가? 정읍댁은 양손 소매를 걷어붙이며 수돌이에게 덤벼들었다. 맞고 있을 인간도 아니고 가뜩이나 기분도 더러운데 화풀이할 대상이 코앞에서 아른거렸다. 정읍댁 왼눈이 번쩍했다. 후회란 어휘가 그렇듯 나중에야 찾아오는 것이다. 정읍댁은 터지고 나서,

"하이고 월례 년이 매친 게 아니라 이녁이 미쳤구먼! "했다.

한편 다른 건 몰라도 착한 거로 소문난 첨지댁 손자인 현민 씨 집은 고요하기만 했다. 예전 같으면야 뒷짐 진 도련님이겠지만, 그것도 아비가 도박으로 전답을 날리기 전 사정이고, 대명천지에다 새마을 운동 거기에다 문민정부가 세 번이나 무너진 마당에 첨지댁 가문은 시의원 정도나 돼야 명판 역할을 하지 현민 씨에게 첨지댁 손자라는 과거의 택호는 개똥이나 마찬가지였다. 그랬어도 현민 씨 평판은 헌정 마을에서 썩어가기에는 얼굴이 아깝다는 마을 아낙의 평이 있었다. 그런 현민 씨도 지금 사정은 꼼짝달싹할 수 없는 평민 이하였다. 그는 별 볼 일 없는 농촌 총각인 데다 농협 빚 3억에 가구 간 연대보증으로 꽁꽁 묶여 장래가 어두운 놈이었다. 그가 7개월 전에 베트남 처녀와 가까스로 결혼한 터라 마을의 누구도 미친년과 흘레를 붙었을 거라는 상상은 아무도 하지 않았다. 그런 평가를 받는, 뼈대 있는 첨지댁 자손인 현민 씨마저 예외는 아니었다. 물론 베트남 처녀와 결혼 전 일이어서 다 지난 일로 알고 있었는데 그만 월례란 년의 배가 부풀어 오른 것이다. 가만히 계산해보니 자기 씨가 긴지 아닌지 하는 생각이 불현듯 들었다. 내 애일지도 모른다.

베트남 댁은 자기 고향에서도 보기 드문 잘생긴 한국 남편을 만나 다행이

라고 생각했다. 그런 남편의 얼굴이 근자에 들어 어두웠다. 언어 소통만 됐어도 물어 해결할 터인데 그게 어려워 덩달아 무척 불안했다. 다만 이 인간이 한 번 하자꾸나 하면 자연 소멸할 불안이라고 합리화했다. 베트남 댁은 그런 기대로 이불을 깔았다. 베트남 댁이 현민을 향해 웃음을 난발했다. 예전과 달리 도무지 반응이 없었다. 그렇다고 서지 않는 것은 아니어서 오 분이 지나 자동으로 안았다. 만약, 책임을 져야 한다면? 생각만으로도 끔찍했다. 현민은 사나워졌다.

한 번 했음에도 현민은 밤새도록 뒤척이다 닭울음 소리를 들었다. 비닐하우스에 쌓인 일은 새벽부터 해도 새록새록 솟아났다. 그런 답답한 마당에 첨지댁 손자가 이불 속에 있는 것이다. 베트남 댁은 지난밤을 생각하며 소심하게 흔들었다. 현민이 짜증을 냈다. 뜨앙은 현민의 반응에 가슴이 철렁했다. 현민은 그제도 뜨앙이 깨물거나 꼬집어도 귀여워 미치겠다며 아내를 총애했다. 그런 그가 짜증을 내다니.

베트남 댁은 시어머니 방으로 들어가 현민 씨가 아프다는 시늉을 했다. 시어머니는 막 나갈 참이라 일어서고 말고 없이 현민의 방을 활짝 열었다.

"하이고, 매! 뭔 놈의 구멍을 매일 파 쌌냐? 그만 싸게 인나야? 할 일이 태산 같이 쌓였는디 뭔 놈의 응석이랑가. 어여 가게 인나랑께."

아, 이걸 어쩌란 말이냐? 끊은 지가 언젠데 내가 이 고생을 왜 하는고? 베트남 처녀 뜨앙과 결혼 직전까지 월례네 집을 드나든 건 이 마을 남정네들이 공유하고 있는 사실이었다. 그래도 자기는 공 씹을 안 했다고 자부했다. 월례가 먹어대는 식품 전부를 현민이 댄 건 마을 남정네 대부분이 알았다. 최소한 자신은 양심적이라 자부했다. 그렇다고 월례의 배에 실린 생명체까지 면죄부가 주어진 건 아니었다. 일단 성격상 다른 놈에 비해 모르쇠에 자신이 없었다.

현민의 어머니는 자기 자식의 몸이 성치 않다고 판단하곤 깨우기를 그만뒀다. 자기가 낳은 아들은 세상의 진리이다. 늙은 여자가 그렇듯이 병은 항상 죽음과 연결됐다. 오늘 해야 할 일을 생각하니 벌써 허리가 뻑적지근했다.

처음에 콘돔이라는 시대를 바꾼 획기적인 상품을 사용하긴 했으나 주변의 충고로 벗겨냈다. 벌써 초등학교 다니는 두 딸을 둔 경철이 자식이 감이 떨어진다며 자기는 그냥 한다고 뻐기자 월례가 사람으로 인식되지 않았다. 그 후 현민은 일하다 도랑물이 보이면 발을 씻는 심정으로 월례를 뻔뻔하게 대했다. 게다가 자기 생각이긴 하지만 월례가 자기를 그윽하게 바라보았고 서슴없이 옷을 벗자 콘돔을 씌우는 시간조차 아까웠다. "정혁 씨!"라고 월례가 멀쩡하게 속삭이자 현민은 정혁이 화(化) 됐다. 지금 당장 현민을 위해서는 정혁이 필요했다. 다시 그 처음으로 돌아갈 수만 있다면 월례를 가까이할 이유가 없었다. 사실 어떤 의미에서 현민은 미경을 위한 정혁의 대용품이었다. 현민의 엄마가 말을 알아듣지 못하는 베트남 댁에게 괜한 악을 썼다.

반면 헌정 마을에서 유일한 지식인인 최 씨는 밤새 악몽에 시달렸다. 월례의 암울한 동굴에서 탈출한 시귀(屍鬼)가 진열된 동네 사람들을 쓱 둘러보더니 대번에 최 씨를 찾아 들러붙어 떨어지지 않았다. 식은땀으로 요가 흥건했다. 그래도 시골이니 이 정도 가책을 받았지 만약 서울에 사는 최 씨와 비슷한 족속들은 내로남불이었으리라. 악이 수두룩하지 않은 도시가 어디 있으랴.

더구나 그는 월례의 죽은 남편인 박정혁과 불알친구 사이였다. 그와 신분상 가깝지는 않았으나 친구 부인이어서 한 번 하고 나면 반성은 꼭 했다. 그렇다고 그 죄의식이 다음번 방문을 저지할 정도로 부담은 주지 않았다. 그는 진정한 한국의 보수였다. 그런 마음가짐으로 뻔질나게 들락였는데 월례의 배가 불러오자 망신살이 뻗쳤다고 걱정되기 시작했다.

마누라와 자식 그리고 사실상 최 씨 마을에서 위치를 생각하면, 잠정적으로나마 화학적 거세를 하고 싶을 정도였다. 뒤를 더듬어 보면 월례가 처음부터 미친 것은 아니었다. 어느 날 동산을 산책하다가 경쾌한 남녀의 웃음소리에 홀려 따라가 보니 뜻밖에 정혁이 집이었다. 햇살이 좋은 마당에 정혁을 앉혀 놓고 하늘에서 하강한 선녀가 정혁의 턱을 면도하고 있었다. 두 남녀가 다른 종자여서 그런지, 사랑이 부(富)와 관련 없음을 증명하는 현장이었다. 최 씨가 기침 소리를 내자 미경은 무심하게 부엌으로 들어가 버렸다. 최 씨가 사연을 묻자 정혁은 그저 웃었다. 탄생부터 답답한 놈이었다.

내가 여기에 왜 왔던고? 늘은 아니나 어렸을 적부터 잊을만하면 어떤 이유로 들렸던 곳이었다. 정혁의 집은 산등성이에 있다. 원래 넉넉한 시골임에도 터를 좁게 잡았다. 그가 사는 집은 툇마루를 사이에 두고 사과 상자만한 방 두 개가 있어 남루함을 사방에 과시하는 뻔뻔하게 찌든 집이었다. 그나마 있던 울타리도 아버지가 죽고 난 후 손보는 사람이 없어 세월에 그대로 묵혀서인지 그조차 없어 집이 더욱 황량해 보여야 마땅했다. 그런데 정혁의 집은 세상의 누구 집보다 넓고 햇빛이 모인 뜰을 안고 있다. 여기가 그런 명당이었던가? 그 안에 책으로 봤어도 찜찜했던, 허구와 그 찜찜함이 사라진 사랑이 고이 모셔져 있다. 세상의 질병과 전쟁의 매개체인 사람이 퇴치되지 않고, 그런 사랑을 해도 괜찮은 걸까. 최 씨는 그들이 불현듯 두려웠다. 또 그들 마당에 산업 쓰레기 한 차를 갖다 붓고 싶은 충동을 일으켰다.

최 씨는 자신의 추해진 모습을 드러나지 않게 조심해서 정혁의 집을 자주 들여다보았다. 정혁의 웃음과 미경의 언어는 지금껏 들어보지 못한 천상의 음계였다. 만약 파우스트 속 악마가 있어 자신에게 거래하자고 한다면 선뜻 모든 걸 주고서라도 그 세계에 편입하고 싶었다. 하물며 같잖은 내 영혼쯤이야.

최 씨는 젊었을 적 한때 삼 년간 서울 노량진에 머물렀던, 기억하고 싶지 않은 기억이 있다. 그 수치스러운 기억이 지금 상황과 대칭되지 않는 영상으로 떠올랐다. 당시는 집안의 권고로 공무원이 되려 했다. 새벽부터 꼬물거리는 수많은 개미가 몇 덩이의 먹이를 향해 몰려들었다. 문은 좁았고 절망하는 젊은 남녀가 세상을 향해 울부짖었다.

좋은 직장에 많은 월급을 원하는 게 아니다. 제도는 그나마도 허락하지 않았다. 그러던 중에 생각이 비틀린 여자를 만났다. 도시에 그런 여자는 부지기수였다. 최 씨는 그 여자에게 방과 식비를 제공했다. 그 정도 비용이야 촌부자인 최 씨 집에서는 문제도 아니었다. 여자는 모든 불만을 최 씨 몸을 빌려 털어냈고, 그건 최 씨도 마찬가지다. 얼마 가지 않아 최 씨는 여자의 통로가 지긋지긋했다. 삼 년을 채운 뒤 최 씨는 영양실조 핑계를 대고 마지막 정착지인 고향으로 돌아왔다. 최 씨의 눈이 황음으로 십 리 정도 들어가지 않았더라면 부모로부터 용서받지 못할 공백이었다. 나는 그렇게 힘들었는데 정혁은 무슨 복으로 이리 행복하단 말인지 최 씨는 화가 났다.

도대체 정혁이 같은 병신을 좋아하는 여자가 있다니 신기하지 않은가. 정혁은 모두의 시기로 점점 시들어갔다. 돈으로 고쳐질 시기가 지난 병이었다. 그러자 욕심이 생겼다. 정혁이 죽으면 저 여자의 소유권은 누구에게 넘어갈까?

그리고 사랑하는 이라면 피할 수 없는 절대 비극이 월례를 덮쳤다. 남이 행복해하는 꼴을 보면 밤잠을 못 자는 자에게 정혁의 죽음은 예정되어 있어 기대하며 흐뭇했다. 처음 정혁의 죽음을 동네에 알린 자가 최 씨였다. 정혁의 죽음은 정혁이 아기였을 적부터 예상되었으나 막상 정혁이 죽자 동네 사람들에게 찾아온 느닷없는 사건이었다. 심지어 그날이 되어야 미경을 처음 본 아낙도 있었으니까.

시골에서 장례는 일종의 행사였다. 슬프지만 들뜨고 죽은 이에 대한 흉은 다물어야 하고 오직 잘한 기억만 떠올리는 장이었다. 하지만 정혁의 죽음은 예상됐었으나 자주 만나지 못해 번듯한 기억을 찾지 못했다. 그리고 정혁의 주검 옆에 이곳의 황량한 시골 풍경과 어울리지 않은 넋을 잃은 여인이 천정을 보고 있었다. 미경은 정혁의 주검이 지워지는 걸 망연자실 보고 있는데 도대체가 관심이 없었다, 그래, 멀쩡한 년이 정혁이하고 살겠어?

미경의 입에 흰죽을 넣어도 굳어진 입에 죽이 그대로 흘렀다. 정읍댁이 종주먹질했다. 월례는 식음을 전폐하고 먼산바라기를 했다. 월례의 처연한 모습은 정월 서리에 몸서리치며 필락 말락 하는 청매(青梅) 그대로여서 서늘하게 떨려왔다. 다행히 주위엔 아무도 없어 감정을 드러내도 괜찮았다. 휘파람새의 애끓는 울음만 진저리를 쳤다. 최 씨는 늦은 밤을 기다려 자객처럼 월례의 방문을 열었다. 천정을 깜빡거리지 않고 처연히 보는 월례를 일으켜 세워 손을 움켜쥐었다.

월례의 눈빛이 바뀌었다. 오히려 살포시 웃으며 최 씨를 끌어안으며 새의 울음을 울렸다.

“정혁 씨! 어디 갔었어요?”

월례의 눈에는 최 씨가 보이지 않는 모양이다. 다행한 일이라 생각은 했는데 미경이 자신을 안고도 다른 사내를 찾자 바람둥이로 호가 났음에도 질투로 모든 걸 뭉개려 했다. 이렇게 서두르는 건 예술품을 대하는 태도가 아님에도 미경의 속에 자리한 사내에 대한 질투심으로 제어가 되지 않았다. 지금까지 쌓은 바람둥이로서 경력이 무너지고 애송이처럼 왜 이리 급한 것인지 허망했다. 이상하게도 미경의 반응은 무참하리만치 없었다. 최 씨는 그저 발을 잘못 디딘 짐승이었다. 혈흔이 비쳤다. 최 씨는 생리 끝이라 억지로 합리화했다. 반면 미경의 반개한 입술이 보내는 뭔가 이루었다는 메시지에서 소름이 돋았다. 사십이 다 된 나이에 처음 있는 이변이었다. 정혁은 억울해서 어떻게 죽었을까?

그렇게 정신없는 와중에 월례는 최 씨를 꽉 잡고 ‘정혁 씨’를 애타게 불렀다. 재수 없는 이름이다. 최 씨는 묘한 배신감과 꽃무덤을 잔인하게 밟아 버리고 싶은 야수성을 드러냈다. 오히려 정혁이 제 몸을 빌려 해원굿을 하는 것은 아닌지 의심이 들 정도였다. 월례는 창공을 훨훨 날았다.

일을 두 번이나 치르고 몸이 식자 최 씨는 기분이 더러워서 그만 월례의 귀싸대기를 갈겼다. 그런데도 월례는 최 씨의 바짓가랑이에 매달려 '서방님, 가지 마세요! 무서워요!'라고 울부짖어 미친년의 본모습을 드러냈다.

최 씨는 월례를 매몰차게 걷어찼다. 사람을 향한 발길질이 아니었다. 최 씨는 하늘길에 깔린 정원을 걷다 절로 엎어지게 만드는 꽃내음으로 사람으로 될 뻔한 시간 모두를 부정하고, 바로 나락으로 떨어진 공포로 낙원을 뭉개버렸다. 월례는 미녀의 탈을 쓴 여우로 여겼고, 오늘 밤 일은 아무리 잘 꾸며도 장자가 지껄인 호접몽 이었다. 악몽이 열리기 전에 빨리 깨어나야 했다.

최 씨가 길을 튼 후 월례의 집은 모든 짐승의 비밀장소가 됐다. 다만 마을 남정네 서로가 묵계 형식으로 정한 순번에 이의를 달지 않아 '저 인간이 위아래를 아는군.' 하는 소리를 자주 들으며 결속되어 갔다. 이런 속사정을 모르는, 어떻게 저런 인간한테 걸려 살까? 걱정되는 그의 아내는 최 씨가 나이 탓으로 양기가 숨죽었을 거라 믿고 아녀자의 도리로 최 씨의 보약을 주기적으로 대령했다.

이러한 야수의 잔치에 헌정 마을 남정네 모두가 공범이자 주범이었다. 다들 여자로 생각하지 못한 월례의 배가 불러오면서 본격적인 쓰나미가 임박했다. 연루된 모든 놈이 사시나무 떨 듯했다.

방문 횟수와 꿈이었던 세월에 빠져나와 손가락을 꼽아보니 월례 그녀가 걸렸다. 최 씨는 심한 두통으로 아스피린 과용량인 세 알을 삼켰다. 확실한 건 낳아봐야 알겠지만 자기도 모르게 들락거린 개월 수를 추정해보면 제 씨일 가능성이 충분히 있었다. 내가 낳은 자식과 짱돌이를 보면, 누가 봐도 누구 씨인지 아는 것이지만 씨도둑질을 함부로 못 하는 것이다.

어젯밤, 마을 회관 소집 후 헌정 마을은 괴괴했다. 사내들은 물속을 유영하듯 걸었고 그 걸음에 그림자가 끌리지 않았다. 서로 말을 해도 물고기나 된 듯이 뻐끔거리기만 할 뿐 대화가 되지 않았다. 그들은 서로 눈치를 보아 뒤집어씌우기에 적합한 약한 제물을 찾았다. 만만한 놈은 없었다. 그 바람에 마당에 깔아놓은 먹은 멥쌀에 참새가 날아와도 쫓지 못했다.

동네 아줌마마다 이마에 매어진 흰 끈은 시위가 아닌 자기가 지금 미칠 지경이니 괜히 건드려 피를 보지 말라는 표시였다.

서둘러 아침 준비를 하는 아낙은 몇 안 되었다. 괜히 조반을 거른 애새끼들의 등굣길은 시무룩했다. 이게 다 미친년 탓이라 떠올린 아이들은 월례 집으로 가서 월례의 솟은 배를 쿡쿡 찌르며 요란하게 웃었다. 아랫배를 감싸 안은 월례의 울부짖음이 동네를 들썩였다. 정읍댁이 이웃에 소금 얻으러 가다가 같은 여자로서 물리적 반항에 대경 질색했다. 그렇다고 월례처럼 소리까지 지른 것은 아니었다. 정읍댁 또한 월례가 원망스러웠다. 자기 남편은 결백하다고 속으로 다짐했다. 가랑이를 함부로 벌린 년이 문제이지 좆 가진 놈이 무슨 문제인가. 세상에 어느 멀쩡한 놈이 미친년이든 정상인 년이든 가랑이를 벌리고 덤벼드는데 마다할 사내놈이 어디 있단 말인가.

5.

삼십여 년 전,

정혁의 집은 헌정 마을에서 제일 가난한 데다 산모 또한 만만치 않은 나이여서 여러 번 유산 끝에 그의 남편의 간절한 바람과 엄마의 기대로 고비를 여러 번 넘긴 다음 정혁을 낳았다. 그러니 오죽했으랴. 그런 기도에도 불구하고 아기 정혁은 바람 앞에 등불처럼 다가오는 일주일을 가까스로 넘겼다. 하루하루 기적으로 사는 중 문밖에서 타령조의 목탁과 염불 소리가 들렸다.

시주를 얻으러 온 탐욕스러운 비만한 중이 가냘프게 우는 아기의 울음소리로, “아, 이 아이는 하늘이 내리긴 했는데, 전생의 연좌죄로 오래 살지 못하리라! 신의 제조 불량이야.”라고 탄식을 했다. 그건 누가 다급한 숨을 내쉬는 아이를 보더라도 적중률이 높은 예언이었다. 그 땡중을 고승으로 오판한 정혁의 엄마 월례는 간곡히 돌중의 바짓가랑이에 지푸라기를 잡듯이 매달렸다. 멀리서 보면 불륜녀의 애절함이었다.

“시님, 제발 제 아들 좀 살려주세요. 차라리 절 데려가고 앨 살려주시면 안 되겠습니까?”

저승사자의 입장에서도 말도 되지 않는 월례의 청탁은 땡중을 잠시 몸서리치게 했다. 오 분이 채 지나지 않아 기가 막힌 사기 아이디어가 떠오른 바깥 골 땡중은 도도하게 고개를 저었다. ‘그건 천기누설이라 가르쳐 드릴 수 없습니다. 내가 대신 뒤집어써야 하거든요’라고 가능성을 염두에 두고 씨부렸다. 하긴 지가 의원도 아닌 터에 가난한 집 유아 사망률이 유독 높은 건 당연함에도 돈이 아니곤 시들어가는 생명을 무슨 재주로 살린단 말인가. 당치 않는 헛소리였다. 땡중은 설명을 제하고 시건방지게 ‘안 돼!’라고 놀라 소리쳤다. 그런 다음 속을 준비가 되어 있는 월례를 상대로 본격적으로 사기를 쳤다.

“내가 여기까지 말한 죄도 무간지옥에 빠질 형량인데 어떻게 더 알려달란 말이오. 하지만 지옥에 빠진 엄마를 구했던 목련존자를 모시는 몸이오. 비밀을 지켜줄 수 있겠소? 그럼 살릴 방도가 전혀 없는 것은 아니오. 일단, 매달 쌀 아홉 말 반을 가지고 와서 부처님께 와이로를 쓰면 혹시 살려줄지도 모르지. 잊지 말아야 할 건 반드시 내 절간에 와서 절을 해야 하는 게야. 알겠느냐?”

땡중은 없는 살림을 첫 시주로 쌀독을 바닥내고 총총히 물러났다. 이번 작업 스토리는 심청전에 나오는 심 봉사 눈뜨기 전략과 비슷했으나 심청에게 요구한 삼백석 비하면 훨씬 양심적이었다. 그날 늦은 품을 팔고 밤이 늦어서야 돌아온 서방에게 오늘 있었던 천우신조에 대해 눈물을 흘려가며 낱낱이 재현했다. 정혁 아버지의 시름은 깊어졌다. 지금도 체력은 바닥을 드러내는 중이었다. 그래도 자식 일인 것이다. 엄마라면 몸이라도 팔아야 할 당연한 결정이었다.

당시 한 달에 쌀 아홉 말 반은 적은 돈이 아니었다. 물론 서울이었다면 국회의원 하룻밤 술값도 안 되겠지만 이 마을에서 사십 가마 정도면 마당이 없는 초가 한 채는 살 정도였다. 그런데 한 가마가 아닌 아홉 말 반이라니? 가난한 집구석에서 반 말 정도는 깍아준다는 호의가 아닌가? 그 정도 배려였어도 중의 요구는 자기들 보고 죽으라는 명령과 다름이 없었다.

뭐, 지금, 이 지경에 빠져나갈 묘수가 있겠는가? 위험한 노동에 품을 파는 방도밖에 없었다. 선택의 여지도 없었다. 정혁의 아버지는 소위 막장이라는 탄광에 들어가 원래 정해진 근무 시간을 초과해 중의 요구를 매달 채웠다.

가난하면서 화목하기는 부자가 마누라를 예쁜 짐승으로 착각하기보다 어렵다. 정혁의 엄마 아버지는 피곤에 지쳐 월 일 회 정도 찡가먹기를 하면서도 헌정 마을의 단 한 쌍뿐인 원앙 부부였다. 정혁의 엄마는 남편의 어깨에 얹힌 짐을 덜어내기 위해 매일 어제보다 더 일했다. 낮은 고된 품앗이로, 밤이면 잠을 쫓아가며 베틀에 앉아 양식 마련을 했다. 하여간 부부는 갖은 노력으로 땡중의 요구 할당량을 채우긴 했다. 두 내외는 과도한 노동으로 갈잎처럼 시들어갔다. 그런 정성이 땡중의 사기와 관계없이, 하늘에 정성이 닿았는지 정혁은 별 약을 쓰지 않았는데 꼼지락거리며 살아나기 시작했다. 부부는 신통력 있다고 믿는 고승이 또 다른 뒷돈을 요구할까 전전긍긍할 정도였다.

마을 사람들의 예측을 벗어나 정혁이 열 살을 넘겨 살자, 월례는 마을을 돌아다니며 정혁이 살아날 수밖에 없는 천기를 누설했다. 거기에 덧붙여 고승의 원력을 찬양하고 다니는 바람에 몇몇 집이 땡중의 사기에 휘말렸다. 혹한 이장의 마누라는 남편의 이른 바람기를 잡기 위해 방책을 묻자, 땡중은 반드시 숫처녀 고쟁이를 구해 베갯잇에 넣어 두라고 했다. 그렇게 했으나 바람기는 잡히지 않았고 중의 방책은 바람기를 부채질하는 데 도움을 줬다. 이에 이장 마누라가 환불을 요구하자, '내가 반드시 숫처녀의 고쟁이여야 한다고 했잖여!'라고 말해 요금 반환은커녕 집안 간 불화를 일으켰다.

하여간 정혁의 뒤늦은 발아는 신기하면서 이상한 일이었다. 땡중의 얼굴은 개기름으로 번질거렸고 들끓는 논다니에 절륜한 정력을 마구 뿌려댔다.

결혼 전 세 번이나 낙태한 적이 있는 정읍댁이 정혁의 꼼지락거림을 보고 아직은 안심할 정도가 아님을 암시하며,

"애가 커서 사람 구실 하려나? 팔 쫌 바라! 새 다리도 애보단 굵겠네."

월례는 너무 착해서 화내지 않았다. 다만 속으로 정읍댁의 속물을 탓했다. 그리고 확실한 불행이 예정대로 점점 그림자를 드리웠다.

정혁이 열아홉 살이 되던 해, 월례 부부가 오십이 꺾어지자 모두 아프기 시작했다. 아우슈비츠 수용소 입구에 보면 '노동이 너희를 자유롭게 하리라.'란 명판이 있다. 만약 거기서 말하는 노동함으로써 자유를 탈환한다는 뜻이었다면 인류는 원래 부지런했으므로 노예제도는 없었어야 마땅하리라. 노동이야말로 약자의 속박인 것이다. 아니 노동이 우리를 자유롭게 하리라란 의미가 해학이라면 일하다 죽어라! 고 말해야 의미가 맞다. 노동은 비자발적이긴 해도 보이지 않는 끈으로 이어진 리모컨 컨트롤이다. 혹시 우리는 지나친 기대로 노동의 지옥을 자발적으로 받아들인 것은 아닐까?

마을에서 가장 건강했던 정혁의 아버지는 탄광 노동에서 얻은 규폐증과 만성 류머티즘으로 먼저 무너졌다. 두통과 고열은 일상이었다. 이어 엄마 또한 고된 노동으로 허리 병을 앓아 앉은뱅이가 됐다. 정혁이야 원래 시난고난했으므로 마을 사람은 그러려니 했다. 셋은 삼 년을 더 버텼다.

세상이 좋아졌는지 아니면 탐관오리의 배가 터질 지경이 됐는지 몰라도 고등학교 교육이 무료임에도 불구하고 정혁은 신체 여건상 학교를 계속 다닐 수 없었다. 반면 노상 누워있는 관계로 그의 독서량은 대한민국 청소년에 비춘다면 일등이라 자신 있게 말하겠지만 공인된 게 아니여서 무시당했다. 하여간 정혁은 많은 문학 서적을 읽었으므로 엄마 아버지가 나란히 누워 불

쌍하게 죽을 운명임을 미루어 짐작했다. 늦고 빠름이 있을 뿐이지 생명은 언젠가 소멸하는 것이다. 터무니없는 건 자신이 죽는다는 사실을 알지라도 믿는 놈이 거의 없다는 거다.

조금 더 독서량을 늘리자 자신의 이런 형편이 억울했다. 자신이 장애인 천국인 캐나다에서 태어나지 않고 한국에 존재한다는 점. 부잣집 아들이 아닌 정말 밀기울만 먹어 똥구멍이 찢어지게 가난하다는 점. 아예 짐승 같은 부모 가랑이에서 빠져나왔으면 자연 이 고생을 끝내고 진작 떴을 거라는 불리한 조건마저 한탄이 됐다. 정해진 삶에 주어진 불평등이 자신의 운명이 되는 신의 허술함에 원망이 아니라 이가 갈렸다.

'만민은 평등하다.' 그런 개소리는 저주이고 현혹되어선 안 되는 거다. 정혁은 누워 무거운 신음을 흘리는 아버지와 엄마를 위해 신에게 기도했다. 제발 좀 아버지가 흘리는 고통을 그만 즐기고 하루빨리 데리고 가란 말이다. 누가 제발 좀 신의 지랄을 멈춰주시오. 생명이 귀하다면 생명의 이면인 죽음이야말로 같은 취급을 받아야 한다. 사람을 고통의 수챗구멍에 박아놓고 존엄을 떠들다니. 어떻게 보면 인두세를 걷기 위한 생명 연장은 사람이 사람에게 얼마나 잔혹한지 보여주는 정치 행위에 지나지 않는다.

정혁은 우울한 청소년기에서 더 우울한 청년기에 진입했다.

정혁이 23세가 되던 해에 아버지의 촛불이 먼저 사그러들었고, 그 이듬해인 정확히 아버지 사망 일주기가 되던 달에 엄마가 새가 되어 날아가셨다. 슬프고 기뻤다. 다시는 엄마 아버지의 애틋한 모습을 보지 못함은 눈물로 표현되지 않는 슬픔이었고, 고통 없는 세상으로 진입한 부모에게는 축복에 가까운 기쁨이었다. 그래서인지 엄마는 나를 아귀 지옥에 남겨놓고 떠나서인지 눈을 감지 못했다.

정혁은 마른세수로 얼굴을 박박 문지르면서 괜찮다고 말했다. 가난하면 삶이 극한일 적에 긍정적으로 생각하게 마련이다. 엄마 아버지가 동네 사람들이라도 있었으니 고독사를 당하지 않는 것만으로 당자에게는 불행 중 다행이 아니던가. 곧 뒤따를 정혁은 자신을 위해 울어줄 사람이 없는 것만으로 죽어간 엄마를 부러워해야 할 형편이었다.

정혁은 한창나이에 홀몸이 됐다. 엄마의 영혼이 빠져나간 집은 주인을 안중에 두지 않는 엉뚱한 잡귀들만 들끓었다. 형편이 이러할진대 정혁은 살아갈 걱정으로 늘 머릿속이 시끄러웠다. 좌우지간 우주의 섭리란!

정혁이 사는 곳이 도시였다면 함께 순장되는 게 나았으리라. 월례 장례는 동네 사람의 알뜰한 도움을 받게 됐다. 물리적으로 엄마가 안 계시자 공간은 무한대로 확장됐다. 정혁은 자신의 심정을 우주의 언어로 죽은 엄마와 주고받으며 펜팔 상대를 찾았다. 생명이 없는 불상도 지성을 드리면 기어 나오는 법이다. 정혁은 수천 권의 책으로 획득한 후천적 재능을 펜팔 상대에게 펼쳤다. 한 문장을 쓰기 위해 밤을 팼다. 몰려와 진을 친 잡귀들이 시끄러웠지만, 그의 뇌는 최고조로 발휘됐다. 여기에 감동하지 않을 여성이 현정마을 말고 어디 있겠는가? 정혁의 절절한 문학적 서술은 그대로 장엄한 서사시였다. 그런 다음 받은 답서는, 눈물 없이는 읽지 못할 감정의 홍수인 사랑의 편지였다.

이런 류의 연서가 삼백예순 날, 백통이 오가자 미경은 지금껏 감추어 두었던 신세타령을 했다.

〈나의 사랑하는 정혁 씨! -언제부터 이 호칭이 서로 오갔는지 분명치 않다,- 제가 어렸을 적에 높은 데서 떨어지는 바람에 혀가 반쯤 상실됐답니다. 그래서 들을 수는 있으나 말은 못 해요. 이런 사실을 아시게 되면 헤어지자고 할 게 분명한데도 지금까지 말씀드리지 않은 건 정혁 씨를 더는 속이고 싶지 않아서예요. 저는 나쁜 여자랍니다. 그리고 많이 불행하답니다. 지금까지 살아가는 이유가 정혁 씨 편지가 힘이 됐기 때문이에요. 눈물로 이 편지를 쓰고 있어요. 다음 편지에 이별을 통보하시겠지만, 속은 시원하군요. 무슨 말씀을 하시든 정혁 씨의 결정을 받아들이기로 했어요. 그럼 전 여승이

되고 말 거예요. 정혁 씨의 솔직한 답변 바랍니다.〉

이 부분에서 정혁은 잠시 망설였다. 지금 내 형편에 혀가 반쯤 없는 게 무슨 흠이란 말인가? 두 다리가 없는 여성이라도 내겐 과람하다. 더구나 미경이가 그만 편지질을 하라고 해도 받아드려야 할 판에 내가 감히 이별을 생각하다니. 터무니없는 망상이다. 그런데 잘못 판단할 가능성으로 내가 무지 증오하는 비구가 되겠다고 하는데 그걸 사자성어로 쓰면 어불성설인 것이다. 정혁은 즉시 그건 옥에 티도 아니라는 절절한 사랑을 담아 답장을 보냈다. 소월과 김춘수 시인의 절규를 포함해서 우린 사랑하지 않으면 안 되는 운명이라는 금강석으로 연결된 팔십 억 분의 일이라는 존재라고 구구절절 미경을 울렸다.

초치는 말이나, 굳이 정혁은 미경이, 미경은 정혁이가 아니더라도 정서 교류를 오래 하게 되면 그 토양에 사랑의 씨앗은 발아하기 마련이다. 성 춘향과 이 도령의 특이한 사회 환경을 빼더라도 사랑은 춘정(春情)이 어린 숙성기간이 필요하고 다만 정혁과 미경의 경우에는 신체 제약이 있기에 시간이 더 걸린 건 사실이다. 그만큼 사랑은 더 깊어졌다. 나는 그들의 사랑을 춘향이에 비교하는 것에 모욕을 느낀다. 어디 이 도령의 집안과 학벌에 반해 접근한 춘향이 따위에 미경을 갖다 대다니!

정혁의 몸 상태는 십 리는커녕 동네 한 바퀴를 도는 것조차 심장에 무리가 왔다. 그런 사내에게 멀쩡해 보이는 미경이 도시 변두리에 힘겹게 살다가 사랑으로 헌정 마을로 찾아온 것이다. 그 부실한 사내에게 찾아온 여자의 연유는 무엇일까? 속내를 모르는 마을 사람들은 그것이 궁금했다.

게다가 미경의 체형은 이곳 아낙네와 아주 달랐다. 산후 경험으로 달라진 몸매가 아니더라도 본래부터 시골 생활에 맞지 않는 체형이다, 농촌에서 여자는 모름지기 가슴이 크고 엉덩이가 빵빵해야 아이를 쑥쑥 뽑아내지 않겠냐는 논리였다. 별개의 논리가 자리 잡은, 고리타분한 시대정신에 젖어있는 헌정 마을의 아줌마들은 요조한 미경의 등장에 호적수를 맞이한 느낌이었다. 저런 허약한 사내에 예쁜 서울 년이라니! 이가 맞지 않는 조합이어서 얼토당토않은 구설(口舌)이 난무했다. 사람들은 나중에 미경의 등장에 미친년의 조짐이 있었다고 뒤늦게 판단했다.

각설하고, 세상에 그런 사랑이 있을까. 그들이 함께하는 마당에 벚꽃이 떨어지면 꽃은 그대로 춤추는 듯하고, 뻐꾸기가 청승맞게 울어도 슬픔이 바뀌어 바로 사랑의 찬가가 되었다. 미경은 먼저 몇 년째 씻지 않아 기묘한 냄새가 나는 정혁의 몸을 십 년 지기 부부처럼 자연스럽게 씻겼다. 미경이 남자의 성기를 직접 본 것은 처음이었는데 가슴이 뛰지 않았다. 단 한 번도 용도에 맞은 쓰임새가 없었던 기관이어서가 아니었다. 그래서 전혀 남사스럽지 않았다. 정혁은 조짐을 나타내지 않는 자신의 성기가 초라하다고 생각은 했다.

노골적으로 말하면, 미경은 자신의 정성에 정혁이 움직거려주길 바랐다. 그런 미경의 바람은 안타깝게도 신의 영역이었다.

동네 아낙의 수상한 입방아에 상관없이 그 둘이 앞으로 하는 삼 년을 정혁 부부는 누구보다 행복하게 살았다. 행복? 물질이 관계치 않는 행복이 존재한다면 그건 거짓부렁이다. 하지만 미경과 정혁의 경우 몽똥그려서 의식주 모두 부족하기만 했었으나 단 한 번도 부족함을 절실히 느껴보지 않았다. 물질은 필요조건이 아니라 충분조건이다. 그렇게 허무한 삼 년이 쏜살같이 지나갔다.

미경의 혀가 반 토막이어서 말로 하는 대화는 없었다. 그렇다고 해도 그들은 연결된 신령함으로 누구보다 많은 대화를 주고받았다. 다만 미경은 정혁의 사랑한다는 말에 자신은 열 배 스무 배 더 사랑한다고 직접 들려주고 싶었다. 그들은 아무 결과치 없이 하루에도 백 번은 끌어안았다. 그녀가 정혁을 매일 씻기는 부드러운 손길과 허구한 밤 낙원 속 아담과 이브의 피부 마찰로 생활이 사랑이 되는 세상에 살고 있는데 도대체 어느 연인이 있어 몸과 몸으로 찡가먹기를 하지 않으면 진실한 사랑이 아닌 거짓이라는 주장을 감히 누구 앞에서 펼치는가? 오히려 성교는 서로에게 상처를 주는데 이용되는 수단일 뿐이다. 미경이 아는 의미에서 사람은 성에 맹목적이다.

마을 사람들은 미경과 정혁이 저런 극한의 환경에서도 새가 노래하고 한 겨울에 꽃을 피우는 사랑을 질시했다. 울고불고 열흘을 못 버티고 나가야 하는데 어떻게 단 한 번도 살림이 부서지지 않는 것에 화가 났다. 정혁과 미경이 이런 태도를 보였기에 마을 부부들은 매일 싸웠다. 가증스러운 것들이 아닌가? 그래서 정혁의 집을 살폈다. 간혹 궁금해 미칠 정도가 돼야 안부 핑계로 찾아가면 미경은 반드시 우렁각시처럼 꼭꼭 숨었다. 자신의 존재를 밝힐 수가 없어서가 아니라, 말을 못 한다는 불편이 어떤 식으로 와전될까 봐 겁이 났다.

동네 아낙은 미경의 존재에 이렇게 평했다. 얼굴이 반반한 게 더 수상해. 무슨 병이 있을껴. 하여간에 정상은 아니니께 이런 데서 정혁이 같은 놈하고 살제! 했다. 그런데 이런 데라니? 그럼 그들도 자신이 사는 헌정 마을이 악머구리가 사는 곳임을 알고 있단 말인가?

그날만 해도 그렇다. 미경이 정혁을 씻기는 요식행위는 그들만의 신성한 의식(儀式)이어서 거르지 않았다. 차라리 부분적으로 한 끼 건너뛰는 생활을 한 끼 더 건너뛰더라도 정혁의 침례는 심한 아토피성 피부로 거르지 않았다.

미경은 매일 고려청자 닦듯이 정혁을 소중하게 목욕시켰다. 다행히 절기가 여름이었고 모진 겨울에 비해 절차가 단순했다. 장작이 들어가지 않아 다행이긴 해도 8월 염재의 심술은 대단했다. 미경은 정혁을 씻기는 도중 빤스만 놔두고 훌렁훌렁 벗었다. 그녀의 눈부신 나신은 정혁이 매일 낮과 밤으로 보는 것이어서 평정을 유지했다.

봉사(奉事)한다는 뜻이 누구를 섬기는 행위를 의미한다면 미경은 정혁에게 봉사하지 않았다. 희생(犧牲)한다는 어휘가 신에게 제물을 바치는 99세의 아브라함이 제 자식을 받치는 촌지라면 미경은 정혁을 위해 아무 조건을 달지 않았다. 정혁을 씻기는 의식은 봉사도 희생도 아닌 자연이었다. 미경은 자신이 사는 곳이 지옥일지라도 정혁과 함께면 불지옥도 천국임을 입증했다. 누가 사랑을 조용필이 말고 아름답다 했는가?

여느 날처럼 미경은 정혁을 잘 씻겨 사랑방으로 옮기는 중이었다. 몇 발자국이나 갔을까? 성안 댁의 부러워 미치는 비명이 동네를 휘저어 놓았다. 만약 여기서 미경이 수치심을 느껴 업은 정혁을 떨어뜨렸으면 바로 그날 정혁의 상(喪)을 치러야 했을 것이다. 미경은 자신의 복숭아만한 두 가슴을 타인 앞에 드러낸 사실을 알고 있었지만, 성안 댁의 눈치를 보지 않고 정혁을 침착하게 사랑방으로 옮겼다. 다만 급해 맨발이었다.

그날 바로 소문이 수천 개의 비눗방울로 떠다녔고, 오염된 소문은 사람의 간을 빼먹는 요물로 변해 동네 남정네가 마누라를 옆에 두고도 자위행위에 골몰하게 했다. 아무리 풍속이 땅에 떨어졌다 해도 헌정 마을 사상 처음 목격한 그림이었다.

정읍댁이, 세상에나 세상에! 내가 살다 살다 그런 자지는 처음 본당께. 월례가 정혁이를 업었는디 그게 뱀처럼 지 구멍으로 찾아가더란 말이여. 하이고, 석이 아범 거는 물건도 아녀. 월례 그년 입이 찢어지더구먼. 정읍댁의 선정적인 말 중에 잔뜩 붉어진 와꾸 댁이 정혁이 거와 석이 아버지 거를 비교되는 바람에 신경질이 났다. 얼레? 정읍댁이 석이 아범 좆을 봤남? 정읍댁 눈이 똥그래지다 안색이 바뀌면서, 아아고 이 여편네야. 내 정신 째까 좀 봐! 말이 헛나왔뻔졌네. 수돌이 말여, 짱돌이 아부지 것 말이여, 하면서 괜한 웃음을 내 쏟았다.

6.

성안 댁의 작위적인 비명이 저주로 작용했을까? 정혁은 아내의 비밀스러운 곳을 성인댁 따위에게 피치 못하게 드러낸 치욕으로 치명적인 내상을 입었다. 자신의 비루한 모습은 어떻게 되건 상관없다. 지구상에서 유일한 여성인 미경의 원시림은 천상의 베일로 간직되어야 했다. 미경의 분홍빛 몸은 사악한 인간의 눈에 띄는 순간 빛을 잃을 게 분명했다. 단순한 부정거리가 아니다. 천년의 염원이 재가 되어 사그라진 것이다. 자신의 지고지순한 사랑이 성안 댁의 악귀 같은 눈으로 심각하게 부패한 것이다. 정혁은 그것으로 제 죽음이 임박했음을 온몸으로 느꼈다. 미경은 정혁과 우주의 신비로 연결되어 있다.

그다음 날부터 골격표본만 남은 정혁의 몸에 온기마저 서서히 빠져나가기 시작했다. 미경이 애닯게 붙들었지만 소용없었다. 정혁은 그날 충격으로 하루에 몇 번이나 정신을 잃었다. 미경 또한 제정신이 아니었다. 수정 구슬이 되어 떨어지는 눈물은 온갖 새를 울렸고 갓 피워낸 꽃을 지게 했다. 사랑하는 정혁 씨 제발 내 곁을 떠나지 마세요. 당신이 안 계시면 저 해가 무슨 소용이며 달은 무슨 의미란 말입니까? 가지 마오, 가지 마오. 나를 두고 가지 말란 말이오. 미경은 통성으로 기도했으나 신은 내 알 바 아니라며 모르는 체했다. 가끔 정혁의 정신이 돌아오면 달을 보고 간절히 기도하는 미경이 불쌍해 눈물이 났다. 미경은 정혁이 다시 정신을 잃자, 임이 떠나면 누가 말려도 나머지 삶을 정리하리라 결심했다. 죽으리라. 임과 함께 너울너울 올라가리라.

미경은 절벽에 매달린 정혁의 손을 놓지 않았다. 자신의 따뜻한 온기로 식어가는 정혁을 녹이기 위해 갖은 애를 썼다. 이제 정혁은 중음의 세계를 떠돌았고 미경은 실제 피눈물을 흘렸다. 아, 알마나 사랑이 지극하면 피눈물을 흘리는 걸까? 신라 향가를 읽어보면 충분히 가능한 현상이다.

오 핸리라면 끝까지 매달려 있는 낙엽을 철사로 묶어 놓았을 터인데 인문학적인 센스까지 기대할 수 없는 신은 거기까지 생각하지 못했다. 첫눈이 오는 날 약간 내린 눈의 무게를 버티지 못한 마지막 잎새가 미경의 애달픔을 뒤로한 채 떨어지던 날 정혁의 가느다랗게 이어지던 숨이 멈췄다. 이 순간 미경의 심정을 사랑의 언어로 표현될 수 있을까. 미경의 하늘은 무너지고 땅이 꺼졌다고 말할밖에. 미경의 마음은 죽었다.

미경은 통곡하다가 피눈물로 옷깃을 적시다가 갑자기 정지됐다. 불현듯 추억이 떠오르자 히히히 웃었다. 그리고 점점 식어가는 정혁을 꼭 껴안고 앞섶을 열어 자기 젖꼭지를 물린 다음 죽음보다 깊은 잠으로 채웠다. 아, 여기서 대단원을 맺을 수 있다면 정혁과 미경의 이야기는 어른을 위한 동화가 됐으리라. 그럼 나의 불행한 시작은 열리지 않았을 터이고 헌정 마을의 간악한 범죄는 나중 일이 됐을 것이다.

열흘이 흐른 뒤, 다소 변태적인 성안 댁이 정혁이네 집에 가고 싶은 걸 꾹꾹 눌러 참았다가 그예 성질을 못 참고 벌떡 일어나 문안 핑계로 신김치 한 보시기를 담았다. 성안 댁은 불난 집 구경하기와 아는 사람끼리의 싸움의 원인인 이간질을 취미로 아는 여자였다.

"월례 있네? 뭐 하나? (그거 하고 있네!)"

이유는 모르겠지만 마을 사람들은 예로부터 자기보다 약한 사람은 부르고 싶은 대로 부르는 까닭에 미경을 정혁의 엄마인 월례라 불렀다. 몰염치로 치부하면 중요한 꺼리도 아니므로 나무랄 버르장머리는 아니었다. 그들 눈에 식용의 대상인 모든 개는 크기와 관계없이 몽땅 독구이고 메리인 것이다. 성안 댁은 문을 두들기지 않고 부러 슬쩍 열었다.

성안 댁이 늙어서 그렇지 애라도 실렸다면 부엌문을 여는 순간 가뭇없이 떨어졌을 것이다. 저번과 달리 호들갑이 아니고 앞에 보이는 광경이 믿기지 않았다. 미경이 자장가라도 외듯 흥얼거리며 정혁의 잿빛이 도는 시신을 깨끗하게 닦아내고 있는 장면은 평생 악몽으로 자리 잡았다.

한문 선생 최 씨는 멀리서 성안 댁의 악쓰는 소리를 듣고 배시시 웃었다. 성안 댁은 정신이 나가 고무신을 꿰지 못한 채 복날 설맞은 개처럼 동네방네 뛰어다녔다.

"섀인났네! 동네 사람들 어서 나와 보씨요. 섀인 났당게. 월례 그 씹어먹을 년이 지 서방을 직였다오."

이장을 필두로 남정네 열두 명이 정혁의 집 부엌에 모여들었다. 부엌은 헌정 마을에서 제일 깨끗했다. 하도 정갈해서 훌륭한 절의 제단과 같은 분위기를 풍겨 절을 하지 않고 들어가도 괜찮을지 미안할 정도였다. 그런 느낌을 무시하고 싹수없는 이장은 빼꼼히 열린 사랑방 문을 함부로 열고 핑계를 대기 위한 초동수사에 들어갔다. 나머지 인원은 잔뜩 얼어 있었다.

월례가 입이 반쯤 벌어진 정혁의 시신을 팔베개해서 안고, 한쪽 가슴을 드러낸 채 곤하게 자고 있다. 아, 그 모습이란! 어떻게 그로테스크하지 않고 며느리밥풀꽃에 알알이 맺힌 이슬이 연상됐을까. 막 결혼한 신랑 각시가 곤히 잠이 들었는데 미처 촛불을 끄지 않아 벽면에 아른거리는 아련한 어둠으로 보이기도 했다. 이장은 무슨 말을 해서 좌중을 움직여야 했는데 적합한 어휘가 떠오르지 않아 답답했다.

정혁이야 어쩌다 한 번 보는 얼굴이었어도 이물이 없어 친근했으나 그렇다고 말하기에는 조금은 생경했다. 미경이 정혁을 편하게 안고 있어서 그렇지 정혁은 이미 부패가 진행 중이었다. 이장은 자신이 무슨 짓을 하는지 몰랐다. 그저 월례가 깨면 문제가 심각해 짐은 눈치챘다. 이불을 살포시 걷어냈다.

망자가 의도한 것은 아니나 정혁을 본 장정들이 뒤로 자빠졌다. 회색에 푸르스름한 색이 섞여 있는 시신은 이장(移葬)할 때나 봤지 가정집에서 직접

보게 될 줄은 처음 있는 일이었다. 미경은 정혁이 죽은 줄 모르는 듯 보였다. 악취가 아닌 이 향(香)은 어디서 나는 걸까? 연인의 몸에서 풍기는 모든 향이 삶의 모든 더러움을 지워냈다. 지상을 떠난 자는 떠난 자의 몸대로, 정혁을 감싸 안은 미경은 미경의 몸대로 빛이 났다. 눈을 씻고 다시 봐도 분명 이장에게만 느끼는 착시는 아니다. 방으로 들어온 이장을 포함한 마을 사람 셋은 여자의 몸을 알고 있의되 미경의 몸은 같은 상식에 다른 느낌을 뿜어댔다. 천상의 신비를 본 최 씨가 침을 꿀꺽 삼켰다.

이장은 정혁을 부여잡은 미경의 손가락을 정교하게 들어내 떼어낸 다음 정혁을 조심해 옮겼다. 무척 세심한 작업이었다. 그리 신경을 썼음에도 손가락이 떼어지자 미경의 몸에 예민한 센서가 달린 것처럼 미경의 눈에 스위치가 켜지고 빨딱 일어나 정혁을 끌어안아 품에 가뒀다. 다행이라면 두 남녀가 빤스는 입고 있어 이상하게도 남사스럽게 보이지 않았다. 거긴 그들만의 성역이었고 살아 있었을 적에도 사정상 넘지 않았던 금단의 영역이었다.

미경이 입을 벌려 괴성을 지르자 그제야 다들 미경이 우렁각시이어야했던 연유를 알게 됐다. 다짜고짜 음흉한 최 씨가 미경을 뒤로 안았고 사람들의 남은 손이 정혁의 시신을 옮겨냈다. 그 말미에 폭력영화가 끝날 때쯤 반드시 등장하는 후진국 경찰차가 경광등 굉음을 내며 도착했다. 이장은 겉옷을 꺼내 미경의 속살을 감췄다. 왜 그래야 했는지 이유는 그도 몰랐다. 최소한의 양심이라기에는 그의 지금까지 행동으로 보아 이해하기에는 무리가 있었고, 소중한 보물을 다루는 태도이기에는 월례를 향한 이장의 의도와 이가 맞지 않았다. 하여간 청초한 남녀의 비밀을 백주에 드러내는 건 가난한 자에게만 유독 용서가 없는 경찰의 뻔히 보이는 다음의 경박한 행동을 용서할 수 없었다.

자세한 묘사는 상황을 그저 그런 사건으로 폄훼할 가능성이 있어 그만두겠다. 경찰은 별일이 아니어서 바로 갔으니까.

날은 푹푹 찌는데 형사의 느린 행동은 부패를 재촉했고 매장 허가서를 받는 과정까지 이장의 공로가 컸다는 치사는 덧붙여 두어야겠다.

처음 동네 사람들 모두가 하나도 빠짐없이 정혁을 괄시하더니 약 한 첩 제대로 쓰지 못하고 갔다는 사실에 그렇게 짖던 동네 개새끼마저 미경이를 불쌍하게 생각했고 깊은 통석(痛惜)의 염을 전했다. 순번을 따로 정하지 않았어도 동네 아낙은 측은지심으로 밥과 김치만 날랐고 자연스럽게 방문 서열이 정해졌다. 물론 나름대로 정한 유효 기한은 있었다. 이장 말에 의하면, 검찰 정부의 깊은 배려로 곧 월례를 위한 수용시설이 정해지면 바로 가두겠다고 했으나 이 지시를 받은 관청 행정의 중간치가 수용시설이 만원이니 자리가 날 때까지 조금만 더 보살펴 주라고 이장에게 다시 지시했다는 거다. 하여간 태평성대여서 쓸데없는 우회도로를 짓지 말고 수용시설이 많이 지어서 원안대로 이행되었다면 미경은 순탄하게나마 생을 마쳤을 것이다. 어쨌든 관행정이란게 재촉하지 않으면 부지하세월이 아니던가? 정부는 국민을 돌볼 겨를이 없었다. 이장은 읍내 별 다방 여성을 꼬시느라 바빠 미경은 장막 뒤로 한참 감춰졌다.

세월은 무심하게 흘러 초여름이 늦가을이 될 때까지는 아무 일이 없었다. 누가 물꼬를 터놨을까? 처음에는 동네 개와 쥐새끼만 알고 아무도 몰랐다. 며칠 밤부터 밤의 옷을 입은 자가 수상한 방문을 했다가 순식간에 가서 쥐마저 별 더러운 놈 다 보겠네 하며 어리둥절하였다. 대체 무슨 일이 있었던 거지? 설사 낌새를 챘더라도 그놈이 첫 번째라고 지목할 수 없어 당분간 소문은 움직이지 않았다.

한 시절 지역적 희소성으로 한문 선생질을 하기 전 최 씨와 정혁은 소싯적 친구 사이였다. 정혁이 알게 모르게 읽은 책 수준으로 따지면 최 씨는 동네 명성과 달라 보잘것없었다. 반면 최 씨의 집안 내력과 배경은 정혁이 넘볼 수준은 아니었고, 우연한 자리에서 대화해본 결과 최 씨는 나이가 비슷하니 친구 하자고 먼저 손을 내밀었다. 정혁은 승낙하고 말고 할 것도 없이 고개를 끄덕였다. 그런 사이였음에도 정혁이 죽은 지 며칠이 지난 후 최 씨는 늘 잠자리가 뒤숭숭했다. 그날 본 미경의 분홍빛 몸뚱이가 아예 사고기능 한 귀퉁이에 자리를 틀었다. 물론 억지로라도 해소할 수는 있었다. 더 큰 문제는 그러면 그럴수록 씻겨 나가지 않는 감정의 응어리가 오히려 자라났다. 미칠 지경이 됐다.

최 씨는, 정읍댁이 죽은 정혁의 침례 의식을 발견하기 며칠 전 뭔가 잘못되어 가고 있음을 느꼈고, 바로 그날 정읍댁의 괴성으로 자장이 형성되자, 최 씨는 이장의 무리와 함께 정혁의 집을 찾았다. 그 과정에서 뒤로나마 미경을 안은 자는 그가 처음이었다. 그런 상황에 성기를 곧추세운 자도 최 씨였다.

아, 씨벌. 그믐인데 달은 왜 이리 밝은가. 특별한 경우가 아니고선 잠잠했던 허리 아랫것이 최 씨를 조정했다. 시골이란 게 그렇지 않은가. 논 일 밭일을 하지 않아도 대개 밤 열 시가 넘으면 헌정 마을은 적멸 한가운데 있어야 했다. 반거충이인 최 씨는 두 시가 넘도록 가슴 속 소란이 가라앉지 않자 더는 참지 못하고 벌떡 일어섰다.

당장 삼수갑산을 가더라도 하고 싶다. 더구나 대상은 미친년인 데다 혀짤맹이 아니던가. 들킨다 해도 정신과 말에 신빙성이 없으니 감쪽같을 것이다. 주민의 눈만 조심하면 되는 것이다. 최 씨가 어둠에 묻어 월례 집으로 걸음을 놓았다.

정혁이 죽은 지 얼마나 됐다고 택호는 월례네 집으로 바뀌어 있었다. 그래서 그런지 집이 생경했다. 그 집을 향해 모퉁이를 싹 돌려는데 이 시각에 누군가 풀숲에서 힘찬 오줌발 소리가 들려왔다. 최 씨는 잽싸게 다음 소로로 비켜 돌았다. 최 씨는 자기 이외 다른 손님일지 모른다는 심정에 주범이 아니라는 위안을 받았다.

울타리가 없는 집은 방범이 허술해 마당까지 들어가는 데 아무 제약이 없었다. 최 씨는 살금살금 걸어 월례 방 문고리를 잡았다. 아, 씨벌. 그믐인데 달은 왜 이리 밝단 말인가. 쾅쾅 뛰는 심장 박동 소리가 동네 개새끼 귀에 들릴까 걱정됐다. 문을 열자 나신인 월례가 함부로 누워있다. 아니 이게 내가 올 줄 알았단 말인가. 아니면 먼저 손님이 지나갔던지. 살짝 건드리자 반개된 눈이 함빡 웃는다. 이건 분명히 월례가 나를 반기고 있다. 우린 너무 늦게 만난 것이다.

최 씨는 배운 놈답게 예술품을 대할 줄 알았다. 그다음 최 씨의 변태적인 과정은 쓰기 싫다. 하여간 최 씨는 한참 예술품을 어루만진 다음 녹색 신호등이 켜지자 직진했다. 누군가 왔다 갔다는 억지 생각을 했다. 최 씨는 그런 판단을 한 다음 자신을 합리화했고 사나워졌다. 양심은 뻔뻔해졌다. 생각을 행동으로 토해낸 사나운 최 씨를 향해 월례가 '정혁 씨!'라고 읊조렸다. 짐승의 본모습으로 돌아온 그가 월례의 뺨을 있는 힘껏 갈기고 소심하게 문을 연 다음 어둠에 묻혔다.

늦은 아침 김치 한보시기와 상하기 시작한 찬밥 한 덩어리를 끼고 정읍댁이 월례 집을 찾았다. 월례는 미친년이어서 그런지 늘 게을렀다. 문을 열고 월례를 깨우자 미경은 긴 하품을 하며 일어났다. 월례는 먼젓번과 달리 빤스마저 벗어 버렸고 게슴츠레한 눈에 잡힌 시퍼런 멍도 처음이었다. 정읍댁은 수상한 이부자리를 샅샅이 조사하고 심증을 굳히기 위해 코를 디밀었다.

수사관만 날카로운 직감력이 있는 건 아니다. 약자의 무리에 사는 오랜 습관과 간혹 옆집 아줌마와 몸매를 비교당해 탈이 났던 자존심이 육감으로 인해 예민함을 더했다. 저 요에 남은 예사롭지 않은 흔적과 냄새는 굳이 직감을 둘러대지 않아도 어느 정도 경험이 있는 아낙이라면 분명히 알아챌 수 있는 물증이 분명했다. 이게 무슨 변고래?

정읍댁은 성안 댁과 입이 싸기로 자자한 와꾸댁을 데리고 와 현장 검증을 했다. 성안 댁이 직접 월례의 치마를 걷으려 하자 와꾸댁이 뻔한 거 아니냐며 말렸다. 처음에 성안 댁이 누가 그랬냐며 누구를 염두에 두고 여우가 토끼를 잡아먹으려 들듯이 달려들어 다구쳤다. 당연히 미경은 아무것도 몰랐고 성대 구조상 말을 못 했다. 와꾸댁은 돼지가 교미하는 것만 봐도 코를 벌름거리며 덤벼들던 남편 강 씨를 떠올렸다. 정읍댁이 미경의 머리카락을 잡아 흔들었다. 미경은 괴성을 지를 뿐 어르지 못했다. 그렁그렁한 눈물에 정혁의 상(像)이 맺혔다.

"간밤에 네 서방이 왔다 갔단 말이여?"

와꾸 댁의 서방이란 말에 해맑게 웃음을 흩뿌리며 고개를 크게 끄덕였다. 그러자 와꾸 댁과 비슷한 생각을 한 정읍댁이 남편을 떠올리며 미경의 뺨을 떡 치듯이 갈겼다. 간밤 자신의 서방이 새벽이슬을 밟고 돌아온 것이다.

7.

인간은 태어나면서부터 평등하지 않으며, 거기서 일부 인간은 임신부터 평등하지 않다. 하지만 소는 태어나면서부터 대우를 받는다. 미경의 임신은 인구소멸 시대에 경사가 아닌 헌정 마을에 하늘이 내린 저주였다. 그녀는 구름 한 점이 없는 시퍼런 가을날 배를 자랑스럽게 내밀며 무식한 부잣집 막내며느리처럼 동네를 휘젓고 다녔다. 그 꼴을 본 마을 장년들이 탈곡하다 옆에 있던 마누라가 소리를 지르지 않았더라면 나락 대신 손목을 넣을 뻔했다. 도대체 이게 무슨 일이란 말이냐?

그 후 마을 사람들의 초조로 날이 갔고, 몇몇 남정네가 악몽을 꾸던 야밤에 미경이 살을 저미는 고통을 내질렀다. 위대한 본능이었지만 아무도 월례의 집에 얼씬하지 않았다.

하늘은 정혁에게 생식 능력을 주지 않았다. 마을 아낙은 신의 그러한 무능을 탓했다. 정혁이 죽은 지 일 년이 채 안 됐더라도 마을 여자들은 미경의 배에 실린 아기를 정혁의 씨라 우길 건만 무심한 세월은 정혁이 죽은 지 2년째 흐르고 있어 터무니없었다. 월례가 이를 악문 비명이 동네집 하나하나를 돌아가며 두들겼으나 아무도 문을 열어주지 않았다.

미경은 애초 골반 기형으로 의학 기술의 도움 없이는 자발적으로 아기를 낳을 수 없는 여성이었다. 아기 머리가 문턱에 걸려 빠져나오질 못했다. 그녀의 애달픈 비명은 나간 정신이 잠시 돌아올 정도로 고통스러웠으나 인간의 모든 죄악에 뻔뻔스러운 신은 다음 수에 골몰했다.

독한 주민 대부분이 천지신명을 찾았다. 산모의 안전과 새 생명의 탄생을 축수하는 기도가 아닌 저주를 밤새도록 퍼부었다. '제발 저년을 새끼 낳다가 급살을 맞아 가도록 해주옵소서!' 미경의 뱃속에 든 나는 그들의 저주를 물어뜯으며 엄마의 우주를 찢고 쏟아졌다. 다시 강조하지만, 나의 탄생은 송아지 출산과 달리 축복이 아닌 저주의 회오리에 휩싸여 이 땅에 떨어졌다. 신이여! 그런 의미로 내가 앞으로 저지를 범죄는 깡그리 무죄이다.

참새의 지저귐과 함께 날이 밝았다. 어제와 같은 오늘이었으나 재앙이 시작된 첫날이었다.

정읍댁이 월례 방을 살짝 열었다가 질겁해 뒤에 고개를 디민 성안 댁을 밀쳤다. 그 바람에 성안 댁이 환자의 뱃속을 어설픈 인턴에게 보여주듯 월례의 방문이 열었다. 일순 사물의 움직임이 정지됐다. 피바다. 이 처참한 광경을 본, 궁금해 미쳐 따라온 세 아낙네가 둔해서 망정이지 일반 년의 감수성을 지닌 읍내 여성이었다면 모두 미치고 말아야 할 광경이었고, 그리 둔했음에도 몇 달 동안은 정읍댁조차 서방을 멀리할 정도였다.

피가 내를 이루고 평평한 바닥은 그대로 피의 방죽을 만들었다. 미경은 간신히 빠져나온 아기의 탯줄을 끊을 염없이 혼신을 다해 아기를 품었다. 그 장면은 예전 정혁이 죽었을 당시 풍경과 같은 의미로 겹쳐 보였다. 미경의 실낱같은 숨이 띄엄띄엄 이어졌다. 아기는 생명의 위대함이 아닌 질기디질긴 악착같음으로 죽어가는 엄마의 젖꼭지를 물고 사납게 살아남았다.

이 기가 막힌 광경을 본 열 개의 눈이 삐져나올 듯 시끄러웠다. 누군 의식을 잃어가는 월례를 구해야 한다고 생각은 했었으나 도움을 위한 발걸음을 떼지 않았다. 그냥 119에 전화 한 통만 걸면 월례가 분명히 살아날 걸 알았지만 의식적으로 내버려 두었다. 저년은 저대로 굳어져야 하는 게 온마을 사람의 바람이자 방책이었다. 나락 말리는 데 도움이 되지 않는 비가 쏟아지기 시작했다.

깊은 동굴 속 같은 어둠에 갇혀 나올 수 없는 것도 아닌데 그들은 스스로 암흑에 갇혔다. 그들을 찍어 누르는 강한 힘과 연결된 산과 산들이 거대한 해일로 변해 그들을 눌렀다. 그들은 그 위대한 힘에 밀려 뒤로 자빠졌고 자빠지자마자 발딱 일어나 뒷걸음을 쳤다. 어떤 핑계도 대지 않았다.

우리가 살아는 있는 걸까? 나는 아무 짓을 하지 않았다며 서로에게 죄를 물었다. 엄청난 일이 벌어졌다. 꿈에서조차 일어나서는 안 되는 일이 그들 앞에 놓인 것이다.

잉태했으니 어느 때고 나올 일이었으나 아무도 염두에 두지 않았던 일이 갑자기 찾아온 죽음처럼 벌어졌다. 인간은 항상 같은 죄를 저지르지. 잠깐 태평성대였다가 다시 되풀이되는 독재자의 등장으로 가난하고 형편없는 늙은이들이 떼로 죽어 나가야 찾아오는 민주주의를 빙자한 민주주의라는 게 그렇고, 그것도 한세월이고, 그 후 권력에 주린 아귀들이 어리석은 대중의 대가리 위에 군림하면서 '내가 당신들 모두의 배를 채워주겠습니다!'라고 외치면, 그 아귀가 등장하는 취임식 다음 날부터 벌어지는 피의 잔치를 국민이 나서서 주관하는 지옥도를 노골적으로 연출한 살풍경이었다.

죄의 크기만큼 구르는 거대한 침묵, 그 침묵에 묶여 이장을 필두로 한동네 사람은 그대로 굳어 있다. 미경의 아기가 시공간을 찢으며 악을 썼다. 아기의 울음에 사람들이 하나씩 깨어났다. 비로소 짐승의 음성이 들렸다.

"이걸 어째! 우리 마을에 애 나온 적이 꽤 됐쥬!"

대책을 세워야 했다. 쓸데없는 얘기지만 젖대신 밥과 술을 먹일 수 없는 일이고 동네 아낙의 마른 젖꼭지가 소용되는 것도 아니었다. 일단 파출소 최 순경에게 알려야 하지 않을까? 그 생각이 채 떠오르기 전에 이장은 고개를 절레절레 저었다. 먼저 업둥이인 씨 주인이 밝혀야 한다. 더군다나 애 엄마는 정상이 아니다. 정상이 아닌 여자에게 애를 배게 해서 저 꼴로 놔둔다는 건 현재 법으로는 가중처벌의 대상이 된다. 아, 정부 행정을 믿는 게 아니었다. 될 대로 되라지! 하는 어리석음은 민중의 타성이었다. 누가 그랬는지 확실한 놈은 모르겠고, 아기라는 대못을 박아놓은 확실한 물증은 있다. 어쩌지? 이장은 자신도 모르게 모인 일행에게 고함을 질렀다.

"도대체, 언 놈이 이래놨느냐고? 생각이 있는 겨, 없는 겨? 그렇게 하고 싶으면 과부 딸라 변을 내서라도 마누라 알게 군산에 가면 될 거 아녀? 공씹이라고 마구 한 겨? 불쌍한 월례를 이래 놨으니 워치케 할 겨? 응! 글고 말이여. 고냥이 쥐 감시 하드끼 월례를 감시하던 아짐씨는 뭐 하고 있었냔 말이여. 다 죽어가고 있잖네, 시방 이 일을 어쩔 껴? 아이고, 씨벌 난 모르겠응게 알아서들 혀!"

원래 일이 터지면 나 모르는 체하는 해충이어서 다들 벙어리가 됐다. 하긴 다섯 연놈이 있어 입이 열 개가 생각이 없으니 할 말도 없겠다. 원체 당하고만 사는 농민들은 저지를 수는 있어도 대책은 없어 놨다. 늘 권력에 깨물리면서도 눈을 못 맞추는 그들에게 뾰족한 수가 있을 리 없었다. 다들 흐리멍덩한 눈빛으로 이장 주둥이만 맥없이 쳐다보았다.

"일단 애기부터 살리자구. 석이 아빠는 얼릉 읍내 가서 초유 떼기 분유버텀 사가지고 와."

석이 아범이 쭈볏거리자 이장이 벌컥 화를 냈다.

"아니, 이 씨벌 자식아. 돈 만 원도 없능겨. 그런 색끼가 좆은 왜 밤낮으로

내밀은겨? 머, 공씹이라서 괜찮을 줄 알았는 감." 하자,

석이 아범은, 난 시 번뿐이 안 했슈, 그것도 석이 어멈한테 들켜서 월례 안 본 지 십 개월은 넘었슈! 했다. 이 말에 이장은 그만 부에를 못 참고 솥뚜껑 같은 손이 석이 아범의 귀 쌈에 철썩하고 덮었다. 석이 아범은 약삭빠른 이 등병처럼 자전거를 타고 읍으로 내뺐다.

나머지 사람들은 미경을 수습했다. 미경은 이장이 연설하는 동안 그에 더러운 놈의 세상을 버렸다. 그래도 반백이나 먹은 성안 댁이 혀를 차며 미경을 요에 눕히고 굳어지기 전에 자세를 바로 했다. 나머지 여편네들은 부산하게 방을 닦고 아기 울음이 멈추도록 애썼다.

대충 수습을 하고 나니, 새벽 시간이 악착같이 흘러 점심때가 넘쳤다. 아무리 금수만도 못한 인간이기는 하나 다들, 이 판국에도 시장기를 느꼈다. 배고프다. 그들은 자신이 인간이기 이전에 개만도 못함을 절감했다.

이장이 마을에 대고 방송을 했다. 점심들 처먹지 말고, 애새끼와 몇 년째 다리 병신인 으뜸 양반 빼고 다 나오라고 소리를 질렀다. 오 분 내 나오지 않으면 지게 작대기를 가지고 가서 다리 몽생이를 부러뜨리겠다고 진담을 했다.

8.

관계없는 소수를 제외하고, 마을 사람들이 모인 마을 회관은 몹시 어수선했다. 분명 모두 입을 닫아 군소리조차 없는데 서로 속으로나마 눈빛으로 교환하는 소리가 요란하게 들렸다. 하이고, 씨는 다 받아놨응게 진작 좆을 잘라 뿌려야 했제. 미친년은 월례가 아니라 나랑게. 아녀, 아녀, 당시에는 당장 모가지를 댕강 비인다 해도 나가 돌긴 돌았어. 우거지 화상 같은 머시기만보다 봉께 눈이 환장한 게지. 난 말이여. 결국은 이렇게 될 줄 알았당게. 하늘이 알고 니가 알고 말 많은 정읍댁이 아는데 이런 사단이 안 일어나고 배기

겠냐구. 침묵이야말로 어마어마한 소음이었다.

이장이 주먹으로 책상을 탕탕 두들겼다.

` 다행히 마누라 도움으로 손가락 꼽다가 벗어났다고 생각한 치들은 웅성거리다 서로에게 빨랑 손들라고 질벅거렸고, 하긴 했으되 단 한 번도 생각이란 걸 해본 적이 없는 중간치들은 긴가민가했으며, 쥐구멍 풀방구리 들락거린 치들은 한숨을 폭폭 내쉬었다.

먼저 손을 든 자는 뜻밖의 인물인 첨지댁 손자였다. 얌전한 개 부뚜막에 오르기로서니 그는 불끈불끈한 30대였다.

"그래도 헌정 마을에서 인물은 못 나왔지만 제일로 솔직한 사람이구먼. 다음은 또 누구여? 하나 갖곤 안 돼야. 다 알고 있으니 빨랑빨랑 자수하셔. 내 짐작으로 네 댓은 될 거여? 어서들 손들랑께. 손!"

다음엔 다들 그럴 줄 알았다는 수돌이였다. 그는 소문이 난 후 아주 뻔뻔하게 월례 집을 처갓집 드나들 듯이 당당하게 들어가고 쭈뼛거리며 돌아다녔다. 그가 손을 들자, 그의 아낙인 정읍댁이, '아이야!' 소리를 지르며 회관 바닥에 주저앉아 '아이고, 아이고.' 통곡했다.

"잉, 넌 줄 알았어. 제일 꼬래비로 손들 줄 알았는디 그래도 양심은 쨰까 있구먼. 아니 이 흉년에 된장국만 처먹으면서도 뭔 힘이 그리나남? 동네 울력에는 아프다고 나오지도 않음서 말이여. 좌우지간 장사는 장사여!" 했다. 그리고 빙 둘러 보며 다음은 누구냐며 탁상을 꽝 하고 내리쳤다.

수돌이가 손을 든 이상 전직 한문 선생인 최 씨도 손을 들지 않을 수 없었다. 수돌이는 물귀신 같은 자였다. 최 씨가 손을 반 틈 들자 주변에서 탄식이 이구동성으로 떠다녔다. 의심은 갔지만, 아낙에게 의외의 인물이긴 했다.

뭐가 부족해 월례란 년에 욕심을 낸 것도 그렇고 어떤 면에서 그는 생전 정혁의 친구가 아니던가. 하여간 그 사실을 빼면 요주의 인물이긴 했다. 점잖은 개나 서당 개나 부뚜막에 먼저 오르기는 마찬가지였다며 누군가 대놓고 쫑알거렸다.

이장이 더 없냐고 두리번거렸다. 서로가 서로에게 넌 안 했냐고 물었고 물음을 당한 상대는 그 시기에 자기는 타지에서 노가다 뛰었다며 화들짝 놀랐다. 이장은 좌중의 소음을 가라앉힌 다음, 더 잡을 수는 있으나 다들 고만고만해 얼른 덮는 게 상책이라 결정하고 그만하기로 고개를 끄덕였다.

"수고 하셨수. 싯이면 충분할 거 같튜. 그럼 시 사람만 남고 나머지 분들은 성안 댁네 집에들 가셔. 애기 얼굴일랑 들여다보고 자기 서방님 안면과 닮았다고 생각하는 분은 밤에 몰래 우리 집으로 오셔. 이걸로 모자르면 디네이 검사해야 할 판잉게 곱다시 넘어가지 않을규. 그럼 싯만 남고 다들 집으로 가셔 밥들 먹고 구들목 짊어지슈. 자, 해산."

마을 사람 중 자수한 세 놈만 남고 모두 흩어졌다. 그리곤 바로 서로 입을 맞추기 시작했다. 그다음 이야기는 너무 뻔해 이 소설의 주제를 벗어나 더는 할 이야기가 아니다.

원래 지옥에서 시간은 더디게 가야 맞는데 그날 회의가 끝나자 기다렸다는 듯이 어둠이 밀려왔고 동네는 깊은 적요 안으로 묻혔다. 그리고 이장이 이른 아침을 먹고 관청에 가기 위해 자전거를 닦고 있는데 멀리서 사람들이 몰려오고 있는 게 보였다. 이장의 간이 툭 하고 떨어졌다.

"또, 모여! 샛바람에 작당질을 해갖꼬 말이여. 다들 아침은 자신 겨?"

석이 아범이 헐떡거리며 이장의 너스레가 끝나기 전에 말끄트머리를 잘랐다.

"아이갸, 첨지댁 손자 현빈이가 뒷산 오동나무에 목을 맸슈!"

어쩐지 일이 잘 풀린다, 싶었다. 아, 시작도 하기 전에 난마로군. 처음부터 다시 해야 한다고 생각하니 머리가 지근지근 아팠다. 제물로 둘은 모자랐다. 적어도 셋이 아니면 둘러댈 말 분량이 차지 않았다. 이장은 관청 행차를 일단 멈추고, 몰려온 이들에게 가라고 손짓한 다음 마을 회관으로 들어갔다.

어디든 피할 곳이 필요했다.

점심을 거른 채 세 시까지 생각해도 도무지 빠져나갈 구멍이 보이지 않았다. 그때 끔찍한 최 씨가 문을 빼꼼히 열고 들어왔다. 손에는 산삼만큼 귀한 양주병이 들려있다. 아조 철판을 둘러쓴 놈이야. 양주가 아니라 양주 할애비라 하더라도 이 판국에 무슨 술이 넘어간단 말인가. 더구나 저런 새끼도 눈깔이 시퍼렇게 다 살아 있는데 첨지댁 손자가 죽기는 왜 죽는단 말인가. 세상에 저 정도로 자살할 거 같으면 말이야. 이 마을에 미성년자 말고는 씨도 안 남을 것이다. 아, 씨벌, 새벽 두 시까지 당신들이 자발적으로다가 자수하면 집행유예는 보장받은 거라고 그렇게 말했는데. 최 씨가 입을 열었다.

"이장님. 동네일로다가 불철주야 고생이 많으슈. 내, 상의드릴 것이 있는데 괜찮것쥬?"

이, 씨벌놈아 동네일이 아니라 네 일이다. 이제 최 씨는 막 대해도 되는 놈이다. 그의 철옹성으로 둘러싼 친인척이 걸쩍지근했으나 이제는 오히려 그들에게 포문을 열 수 있었다. 대뜸 욕부터 날렸다.

"주긴 뭘 드려. 이, 이 씨벌자식아. 이 판국에 여길 어디라고 온다냐? 누가 보면 우리가 구멍 동서일 줄 알 거 아녀. 얼릉 꺼지랑게, 이 씨벌놈아."

최 씨는 다짜고짜 터진 이장의 욕지거리에 당혹감을 느꼈으나 태생이 그렇듯 그 정도로 물러날 인간이 아니었다. 최 씨는 살살 웃으며 이장 앞으로 미끄러지며 다가서 양주병을 땄다. 하긴 나중에 삼수갑산을 가더라도 술이 고프긴 했다.

"내 좋은 복안이 있어 이장님께 상의 드리려 왔슈!"

"복안? 뭔 놈의 복어 눈깔 말이여?"

최 씨가 배꼽 빠지는 유머를 들은 듯이 캘캘 웃으며 이장에게 어울리지 않는 대접에다 양주를 콸콸 따랐다. 원래 최 씨는 이장보다 세 살이나 많았고 최 씨 집성촌에서 삼 년 먼저 난 세월은 계급장이나 마찬가지였다. 게다가

지닌 논밭 떼기도 부지기수였다.

“아, 긍게. 아까 점에 첨지댁 손자가 가버렸담서!”

점점 모를 소리였다. 그거야 이미 퍼져 다 아는 소리고 그것 때문에 골치 아파 죽겠는데, 뒤지긴 왜 뒤진단 말인지. 그런 생각을 연결하는 중에 최 씨의 의도를 파악하고 눈깔이 크게 떴다.

“죽은 사람이야 죽은 사람이고, 산 사람은 살아야 할 거 아뉴. 걔 아버지가 요양원에 치매로 있으니 길게 잡아야 일 년이고, 남은 여자들이야 어디 사람이유? 암것도 걸리는 게 없슈. 글고 어저께 우리가 입 맞춘 것도 있고 말이유. 그래서 내가 고민 끝에 이장님하고 상의하려고 왔슈. 단독직업적으로 말이유. 내가 백만 원 드릴게. 하여간에 수돌이 그 돌머리한테는 비밀로 해야 햐. 그놈 입이 원체 싸놔서 그랴!”

말이 존칭에서 평어로 바뀌었다. 이런 식의 복안이라면 욕도 괜찮았다.

“어차피 간 놈이여. 글고 내 돈은 먹어도 삼성 이건희 뇌물과 똑같햐 물 켜지 않아! 걍 이장님이 서천에 가서 일 크게 만들지 말고 읍내 지서에 가서 난리 났다고 햐. 우리가 회의한 그다음 날 첨지댁 손자가 가책을 받고 죽어 뻔졌다구 말만 하기만 하믄 마누라 보지에 바람 들어가는 것보다 행복해지는 겨. 다만 이장님이 오늘 밤 사람들을 집합시켜서 그 색끼가 안색이 이상혔다고 떠버리면 알아서들 들을거고 낭중에 말 나올 것도 없슈, 알아먹겠는감?”

역시 배운 놈이었다. 이 나라 돌아가는 꼴을 봐라. 지금 시국을 어르고 뺨치는 놈이 서천대학이 아닌 어설프게 서울대학을 나온 인간이고, 고향을 망치는 놈이 논두렁 대학 지게과 출신이 아닌 반거충이 서당 출신의 싸가지없는 놈인 것이다. 바이든이든 국회의원이든 동네 수캐이건 막 밀어붙이면 누구나 개새끼로 지목되는 것이고 사슴보고 말이라 함은 억지가 아닌 진실이 되는 거다. 그럴듯하게 말을 바꾸면 늘 처맞아 기가 죽는 게 버릇이 된 주민은 앞장서서 찬성표를 던지게 되어 있는 구조가 대한민국 민주 공화국인 것이다.

하여간 복안인지는 모르겠으나 주민의 입을 한 우리에 가둘 수는 있었다. 처음에 이장은 첨지댁 손자가 죽어 자빠지면서 지금까지 한 공로가 도로 아미타불이 되는 줄 알았다. 그런데 적절한 표현인지 모르겠지만 화가 복이 된 것이다. 그놈이 죽는 바람에 모든 게 실꾸리 풀리듯 해결될 거다는 최 씨의 말은 그럴듯했다. 양주는 뒤끝이 좋았다.

이장은 당장 관청에 가야겠다는 생각을 철회하고 만만한 파출소 최 순경에게 전화를 걸었다. 이장은 흰소리로, 간밤에 마누라와 걸판지게 일을 벌였더만 무릎이 시큰거려 몸보신해야겠다고 말해 최 순경의 입이 찢어졌다. 소장이 의심쩍어 묻자,

"신고할 게 있어 그랴!" 했다.

여기서 글을 마무리하겠다. 이장이 파출소에 가서 신고한 후 얼큰하게 취해 마을주민을 긴급 소집했다. 폐일언하고, 막 고인이 된 양반이 이 모든 사건은 자기가 저질렀으니 몽땅 책임지겠다고 말했다. 난 그 책임지겠다는 말이 죽음으로써 죄 씻음을 한다는 의미인 줄 몰랐다. 그랬으면 오밤중이라도 나서서 말렸을 것이다. 하여간에 첨지댁 자손이 뼈대 있는 자손임은 분명하다. 이걸로 모든 일이 마무리된 거다. 여러분은 여기까지만 알면 된다. 더 알면 다친다.

이장의 말은 독재자의 신년사 같아서 반은 협박이고 반은 헛된 공약을 난발했다. 주민은 늘 같은 결과치를 얻을 것이다. 마을 사람들은 입을 쫙 벌리고 경청한 다음에 박수를 쳤다.

이장이 손을 들어 박수를 그치게 하고, 목청을 낮은 저음으로 한 다음 숙연하게 말했다.

"여러분은 누가 물어봐도 아무것도 모르는 일이다. 실제 아는 것이 좆두

없지 않은가? 가신 분은 가신 분이고, 우리 자녀들의 창창한 미래를 생각하면 괜히 들춰내서 동네 망신당하는 일이 없도록 해야 한다. 특히 수돌이 너? 이 쌍놈의 색끼 앞으론 좆 방망이 함부로 휘두르지 말도록 해라. 또 그러면 정읍댁이 가세로 싹둑 잘라버리도록 햐. 지금부터 거짓 사실이나 가짜뉴스를 유포하는 잉간은 정부와 마을 사람들 모두 힘을 합해 고향에서 쫓아낼 것이다. 자, 밤도 늦고 하니 그만 해산합시다. 오늘까지 월례 문제로 우리 마을 사람이 심려가 많았슈. 오늘일랑 다 잊어번지구 합환주 마시구 존 밤 보내셔들. 내가 이번에 관청에 가서 유기질 비료 삼백 포를 더 읃어왔슈. 이번엔 논 마지기 수에 상관없이 골고루다가 나눌튜. 그런 줄 아슈. 자, 해산."

그리고나서 나는 이 삼일 뒤 대전 어딘가에 있는 유아 보호소로 옮겨졌다. 다음다음으로 보호 아동 수용시설과 보육원을 전전한 뒤 만 18살이 되던 해에 퇴소했다. 재수 없이 태어난 자는 다 그렇게 된다. 퇴소하기 전 비밀 서류로 분류된 기록부에서 출생지 확인했다. 다들 그렇게 한다. 그제야 막막한 앞이 펼쳐졌다.

서천에서 삼십 분이나 더 가야 하는 곳은 손금에 새겨진 운명선이었다. 그 마을에 들어서자, 늙수그레한 노파가 나보고 이러는 것이다.

"얼마 전 죽은 양선생 일가인감!"

단편소설

미로 탈출 03

순위 뽑기를 가장한 우열의 선발, 약한 것끼리 물어뜯기, 불안할수록 치솟는 욕정. 이런 것들이 버무려진 하루가 계속될 줄 알았다면 진즉 나도 누구처럼 삼수 구수를 하더라도 의대에 갔을 것이다. 뭐, 아버지가 교수도 아니었지만. 지금은 아무 생각 없이 팽팽한 줄 위에 곡예 하며 산다.

쌓인 일은 해도 해도 돋아나 그 와중에 사소한 토씨 하나에 법률적 책임을 묻는 일이 빈번했다. 뻔한 보고서에 숨은 그림 찾듯 몇 번이고 눈여겨보지 않으면 하루를 물어내야 했다. 밑에서 치이고 위에서 누르지 않으면 넘어갈 실수였다.

어느 날 갑자기 나와 비슷한 계급의 동료가 미쳐, 부장 면상에 서류를 뿌리며 '네가 한번 해봐, 이 개색꺄?' 하고 발로 책상을 찼을 때 솔직히 말리고 싶지 않았다. 사무실에 있는 모두 얼마나 시원했는지 모른다.

물려받은 땅이 없는 부모는 물려줄 재산이 없고 오히려 머지않은 미래에 부양 의무만 남겨 놓았다. 아버지 시대에 널려 있던 일자리는 찬물에 좆 줄듯이 줄어 가고, 윤기 있는 직장은 신판 음서제도인 아비가 국회의원이거나 그도 아님 스펙과 배경을 갖추지 않으면 서류 합격조차 불가능했다.

세월이 가고 경력이 쌓일수록 직장 생활은 옥죄였다. 해야 할 일은 능력을 상회하여 컨베이어를 타고 책상 위에 떨어졌다. 노동법이 정한 시간 내 못 끝내는 건 당연했고 오히려 자정 안으로 매듭짓지 못하면 무능력자로 취급받았다가 근무 태만 점수로 적립됐다.

결혼한 동료들은 더는 아내에게 성욕을 느끼지 못했고 결혼을 못 하거나 미룬 직원은 결혼에 대한 환상을 버렸다. 일에 매달려 있는 한 누구를 지속해서 사랑하는 일은 신경질이 났다.

입사 후 한동안 신입처럼 꿈에 부풀어 있었다. 물론 처음이라고 회사 업무가 과중하지 않았던 것은 아니다. 처음 회사는, 실수해도 달콤한 격려와 매콤한 칭찬을 아끼지 않았다. 걸음마를 갓 뗀 아기 다루듯 부드럽고 편한 길로 인도했다. 일과 보너스는 경이롭게 어울렸고 꿈은 현실성이 있었다. 채찍과 당근 없이 과천 경주마처럼 늘 순위에 집착했다.

회식이 있었다. 회식이 아니더라도 밤이면 그는 노상 술에 젖었다. 경력에 따라 업무 할당량이 늘어가는 것은 당연한데 그는 가중에 압사당하는 중이었다. 토하는 강 선배 등을 두드리며 '그게 그렇게 힘듭니까?' 라고 물어도 강 선배는 흐흐 웃을 뿐 대답하지 않았다.

그가 두 번째 발작했다. 몇 달 후 사람 좋아 보이기만 하는 부장의 항상 웃는 면상에 반송된 기안 서류를 날리고, 매일 혹사하는 간 상태로 보아 믿기지 않는 용력을 사용하여, 상당히 무거워 보이는 부장의 원목 책상을 뒤엎은 그가 바로 강 선배였다.

강 선배가 강박과 우울증 핑계로 사표를 내자 그의 업무를 이관받았다. 자신 있었다. 승진에 걸리긴 했지만, 사무실에 앉아 부장 눈치를 보는 것보단 잦은 지방 출장으로 눈치껏 경비를 절약해 아내 선물을 챙길 수 있었다.

인수인계가 완료되자 회사는 표변했다. 당근을 당장 거두고 사정없이 채찍만 휘둘렀다. 주단이 깔린 길은 모두 함정이었다. 실적이 없으면 퇴사였고, 모자라면 경위서를 써야 했다. 입사 오 년 만이었고, 그제야 내 앞으로 황무지가 열렸다.

내 전략은 단순했다. 모난 놈이 정을 맞고 실력보단 요령이다. 그저 중간에 있으면 안정권이다. 어차피 없는 놈의 인생은 선착순이다. 대가리가 터지고 살점이 떨어지는 고통에 익숙해지고 당연한 것으로 접수해야 한다.

나의 주 업무는 대리점 관리였다. 사장은 세미나를 빙자한 점주 경로잔치에서 우리 모두 형제임을 때마다 외쳤다. 실제, 회사는 그들에게 물품을 팔 뿐 복지나 이익에 전혀 관심이 없었다. 매출이 적으면 명절 선물도 주지 않았다. 지금도 이해할 수 없는 건 패가 빤히 보이는 말장난은 왜 하며 왜 서로 속는 척하냔 말이다. 사장은 대리점 마진폭을 줄이려 혈안이 되어 있고 대리점 주인은 더 낳은 조건을 찾기 위해 다른 경쟁사 문턱을 밟았다. 나는 그 중간에 있어 양쪽 저울질을 했다. 사장에게 판매마진을 아리송하게 줄여 넘기고 대리점 주인에게는 많은 물품을 땡처리로 속여 유통 마진을 유리하게 한다. 양쪽을 만족시키기 위해 월 1회 정도 대리점 순례가 필요했다. 부수입으로 차는 저절로 굴러다녔다.

대리점 순례는 아주 중요한 일이었다. 불량주과 우량주를 선별해 내는 일은 아무나 할 수 있지만, 불량은 자르고 우량을 육성하는 일에 직함과 관록이 요구된다. 언젠가부터 나이든 점주가 자신의 자리를 취업문을 두드리다 지친 2세에게 넘겨주면서 일이 부분 어려워졌다. 노회한 대리점 사장은 과거 방식을 고수해 웬만한 일은 친분으로 이익을 챙겼지만, 그 2세들은 꼼꼼히 서류 검토를 해 나조차 몰랐던 작은 글자의 약정을 들춰내거나 내가 말로 한 약속을 명문화하기를 요구했다. 문서화하는 것은 법률 시비가 있어 결재받기 까다로웠고 판매는 화급을 다투는 일이었다.

회사는 강경 일변도였다. 제시한 가격에 끌려오지 않으면 물품을 공급하지 않겠다. 불량 고객은 밀려왔고 깐깐한 우량 고객은 인기 품목만 인수 후 통고 없이 돌다리를 무너뜨렸다.

집은 잠만 자는 곳이 된다. 늦은 시각까지 양쪽 다 설득시키기 위해 내일이면 쓰레기통에 들어갈 보고서를 만들어야 했다. 의미 없고 한심한 일을 해야 하는 묘한 상황이 거의 매일 벌어졌다.

닷새를 예정으로 대리점 순례에 나섰다.

예상은 항상 허물어졌다. 다행히 이번에는 내가 칼자루를 쥐게 됐다. 기름값이 올랐다. 유가가 오르면 물품은 쌓아 놓을수록 유리해진다. 전년도 대리점별 매출 현황, 판매 증가량, 도시 계획에 따른 공급 수요 기획서는 설명할 필요 없이 나눠주는 것으로 마무리됐다.

나는 계속될 유가 폭등에 따른 시장 동향으로 본사가 가격을 올리거나 마진율을 낮출지 모른다는 거짓 정보를 주어 이월된 재고를 몽땅 털어냈다. 모처럼 본사와 대리점은 오르가슴을 동시에 느꼈다.

회합이 끝난 후 대리점 사장들과 밥 먹는 일을 했다. 대리점 사장들이 나를 전임보다 좋아하는 이유는 뒤풀이를 거부해서이다. 취하는 것도 싫고 돈 주고 여자를 사는 일에 치를 떨었다. 집에 있는 아내도 귀찮았다. 이게 다 올챙이가 개구리로 변신하자 생긴 버릇이었다. 그렇다고 뒷돈을 거부하는 건 아니다. 돈이 성욕이다.

다섯 군데 도시를 다 돌았어도 하루 반의 시간이 남았다. 예정보다 괜히 일찍 회사에 들어가 동료 눈총을 받을 이유가 없다. 털어서 먼지 하나 없으면 시기가 생기기 전 왕따의 조짐인 무리의 분노를 사는 법이다.

집 앞에 서면 갑자기 매도와 매수 적기를 놓친 기분이다. 결혼은 전략을 짜고 적절한 시기를 잡아야 하는데 상황에 몰려 도장을 찍고 말았다. 그 후부터 계속 수렁이다. 아내도 그럴까?

아내와 있는 집은 늘 어색하다. 어색한 대화, 어색한 식사, 같이 TV를 보는 것도 어색하다. 이런 감정을 아내에게 물어본 적이 있다. 당신도 어색하냐. 아내는, 세상에 어색하지 않은 부부가 어디 있냐고, 별 쌍놈 다 보겠다는 표정으로 일축했다. 다들 그렇게 산다. 술 안 마시는 남편은 대부분 입을 다물고 산다. 그 말이 끝나자 분위기는 다시 어색해졌다.

44#79*. 비밀번호를 누르자 문은 어색한 열림 상태를 알렸다. 아내가 다가오는 발걸음 소리가 들렸고 문이 열렸다. 여기까지는 으레 있었다. 그러나

나를 맞이한 여자는 아내가 아니었다.

아내였으면 좋겠다는 생각이 슬쩍 든 여자가 나를 와락 껴안았다. 얼떨결에 안았다가 아내를 의식해 여자를 슬쩍 밀어내며 주위를 살폈다. 집을 잘못 찾아 왔나? 그러자 여자가 무색해 하며 말했다.

"왜 그래요? 무슨 일 있어요? 이번 출장이 잘 안 됐어요?"

여자의 연속된 질문에 답하고 싶지 않았다. 주위를 두리번거려 확인한 후 여자에게 물었다.

"집사람 어디 갔습니까? 언제 온답디까?"

"누구요?"

"누구긴, 내 마누라지!"

여자가 코웃음을 치며 목에 가시가 걸린 듯 웃었다.

"왜 그래요 당신. 장난치지 말아요. 우습지도 않아요!"

순간 맞춤한 정적이 여자와 나 사이에 끼어들었다. 말을 고르는데 여자가 앞치마에 손을 닦으면서 말했다. 이 집은 한결같이 김치와 된장찌개가 다다. 집안에 색다른 냄새가 자리 잡고 있다.

"목욕이나 하세요!"

여자는 진짜 아내처럼 천연덕스럽게 굴었다. 이 여자가 나한테 왜 이러지. 두 개의 방과 화장실을 열며 여자에게 물었다.

"아가씨는 아내와 어떤 사이입니까? 아내는 어디 갔습니까? 피곤하군요!"

"아가씨? 웬 아가씨? 헤어스타일 좀 바꿨다고 자기 마누라도 몰라봐요? 하긴 지금도 밖에 나가면 철없는 애들이 착각하지!"

여자가 응석받이 고양이로 다가와 재잘거렸다.

"내가 다니는 곳이 꽃님이 미용실이잖아요. 이름도 촌스럽고 원장도 돼지같이 생겨 거부감이 있었거든요. 거기가 보기와 다르게 소문이 났어요. 이번에 내가 보기에도 펌이 잘 나오기는 했어요. 그렇다고 당신한테 이런 찬사를 받다니, 정말 아가씨로 보여요?"

귀찮고 힘들었다. 부산에서 걸어온 것도 아닌데 집에 들어오면 생기는 증상이다. 잠시 쉬면 구겨진 와이셔츠가 다림질에 펴지듯 복구될 것이다. 안방에 들어오니 벽에 걸린 결혼사진이 이상했다.

눈부시게 웃고 있는 사진의 주인공이 아내가 아니다. 아까 부엌에서 뭔가를 만들며 즐거워하는 여자가 박혀 있는 것이다. 이럴 수 있을까? 두 손을 꼭 쥐고 입을 맞추는 순간에 찍힌 연출 사진은 분명 뇌리에 저장돼 있다. 아내와 그런 적은 있었지만, 저 여자와 저런 포즈를 취한 적이 없다.

어떻게 된 일일까? 서랍을 뒤져 앨범을 꺼냈다. 앨범 속 수십 장의 사진에 그 여자가 있다. 추억을 담은 사진에 즐거워하는 여자가 내 집에 있다. 잘못된 건 저 여자가 아니라 바로 나다. 드디어 나도 미쳤구나. 강 선배는 개 부장의 웃는 면상에 서류를 뿌리며 정의롭게 미쳤는데 난 아내도 알아보지 못하는 것이다.

꿈인가 생시인가. 이게 생시라면 미쳤더라도 인생 2막이 펼쳐진 것이다. 같이 살고 있던 아내는 무료하고 불편했다. 나른한 귀신하고 사는 기분이 드는 여자였다.

나는 항상 우리 결혼에 증인이 된 사람들을 일일이 찾아다니며 무효라고 외치고 싶었다. 집과 회사는 다른 형태의 감옥 A에서 감옥 B일 뿐이다. 만세! 만세! 이런 일이 나한테 일어나다니 도무지 믿기지 않았다. 꼬집는 것으론 부족했다. 송곳이 어디 있지.

아내가 바뀌었다. 그렇게 소망했던 일이, 전쟁 없이 평화적으로 불현듯 이루어졌다. 하느님, 부처님, 천지신명님 감사합니다. 느닷없이 불행이 닥치듯이 행복도 불쑥 찾아온다. 신은 방심하고 있는 나에게 자신의 존재를 이렇게 알려왔다.

아내와 결혼은 연애 과정을 생략한 채 당했다. 아내가 오만하게 다리를 꼬며 결혼하자고 명령했을 적에, 나는 빚보증으로 알량한 재산을 날린 아버지 꼴로 고개를 숙였다. 너를 사랑하지 않는다. 아내 오빠 주먹은 죽음의 차원을 벗어났다. 그 당시는 장모하고 결혼하라고 해도 했을 것이다. 결혼 전 마지막 밤, 용기를 내어 아내에게 물었다. 우리가 이런 식으로 결혼하면 나중에 불행해지지 않을까? 뜻밖에 아내는 고개를 끄덕였다. 포도주 한 잔을 다 마신 후 운명이라고 말했다.

그렇게 처가란 족속에게 편입됐다. 결혼 그 후에 벌어질 삶까지 포기한 것은 아니었다. 지금 시대는 아니지만, 우리 할머니 할아버지가 선대의 강요로 선을 보고 살았다가도 나중에 미운 정 고운 정이란 감정이 생겨났던 기대감마저 포기한 것은 아니었다. 그 믿음은 하객이 철수하자마자 끝이 났다.

세월이 흐르면 공통분모가 늘어나지 않을까 하는 당연한 생각이 두 번째 착오였다. 말 못 하는 개도 함께 살면 서로 이해되고 공유하는 감정이 생기는 법인데 어쩜 이렇게도 철저하게 교차하는 감정이 일지 않은 것에 감탄마저 들 정도였다.

좋다. 여기까지는 이를 악물고 살 수는 있었다. 언젠가 아내 배 위에서 내려오며 물었다. 우리 아이는 언제 생기는 건가? 아내는 냉소를 띄며 말했다. 이 나라에서 아이는 절대 낳지 않을 거예요. 사회적인 이유를 들었다.

이런 불길한 환경과 악담하기 좋아하는 이웃들이 득실거리는 곳에서 애를 낳으면 당신처럼 될 게 뻔한데 어떻게 애를 낳자고 할 수 있어요? 계획도 무모하고 실수도 용납할 수 없어요. 무엇보다 생활비 대부분을 차지하며 수준이 최악인 교육비가 가장 큰 문제지만, 우리가 애를 낳으면 그건 노예 문서를 물려주는 것과 똑같아요. 알아듣겠어요. 박. 정. 혁씨?

아내 의견은 반박의 여지가 많았지만, 입 다물고 동의했다. 안 낳겠다는 매우 이성적인 아내에게 모성에 대해 논한다는 자체가 벽을 대하는 기분이었다. 결정적으로 내가 동의한 것은 사회적 핑계가 아니라 그런 엄마를 엄마라 불러야 할 애 인생이 불쌍해서였다.

결혼 전 아내 오빠한테 맞아 병원에 5일간 입원한 적이 있다. 결혼 유지는 당연했다. 이 모든 불행은 전적으로 술 탓이다. 그 후 바로 술을 끊었다. 아마 이런 상황과 간절한 기도가 신의 배려로 아내를 바꿔놓았을 것이다.

아, 좋다. 이제 다 참을 수 있다. 경기야 바닥을 치든지 말든지, 민주주의가 영원히 오든지 말든지, 파렴치한 자본주의 횡포가 국민의 염원를 본 데 없이 만들어도 개 부장에 충성하며 살기로 했다.

아내는 겉모습만 바뀐 것이 아니다. 원래 아내 나이는 나와 두 살 차이다. 바뀐 아내는 그보다 십 년은 어려 보인다. 노산이 아니다. 이게 도대체 어찌 된 일일까? 천재지변도 조짐이 있고 복권에 당첨돼도 꿈이 다른데 이런 일이 일어나다니 믿기지 않았다.

피곤이 증발했다. 인생 전반기에 이리 기분 좋은 적이 없었다. 곧 벗어야 하니 가벼운 옷차림으로 갈아입고 나왔다. 꿈이 아닌 건 확실하다. 기적이든 미쳤든 상관없다. 괜한 골머리를 앓아 더 미칠 이유가 없는 것이다.

바뀐 아내 옆으로 다가갔다. 스스로 부담을 느낄 만큼 콧소리를 내며 아내를 살포시 안았다. 아내 가슴은 삶은 달걀의 속살처럼 탄력 있고 아슬아슬했다.

"당신 지금 몇 살이지?"

젊은 아내가 가슴에 얹힌 손을 털어내며 앙탈을 부렸다.

"왜, 아까는 아가씨라며, 정신이 드니 늙어 보여?"

성욕이 해일처럼 일었다. 온몸이 반란이라도 하듯 아우성쳤다. 성기만 놀란 것이 아니다. 휘발유가 옆에 있으면 불이 날지도 모를 만큼 전신이 타올랐다. 전 아내와 섹스는 요식행위였다. 행위라? 그저 동사적 의미만 있는 행위를 위한 행위. 왜 했을까 하는 후회가 절절했던 행위!

바뀐 아내는 서른둘이란다. 전 아내와 섹스는 무료하고 슬펐다. 지금 아내는 섹스가 사람을 미치게 할 수도 있겠다는 실감과 섹스야말로 인류 평화의 동력이며, 왜, 사내들이 정력에 목을 매는 이유를 알겠다.

세상이 달라 보이고 깨달음까지 야기되는 섹스야말로 지상 최고 축복이다. 모든 동물 중 사람만이 행복한 이유이기도 했다. 정부는 술, 도박, 마약 따위에 허우적대는 인간을 국가 차원에서 부부간의 섹스로 계도해야 한다. 민주공화국은 완성될 터이고 설혹 늦어지더라도 민중은 섹스 세계에 빠져 적어도 지금 범세계적으로 유행하는 우울증은 안 걸릴 것이다. 아내와 찡가 먹기 하는 도중 그러한 것들을 깨달았다.

아내는 교양과 상식이 풍부했다. 지금의 아내는 내가 목욕을 하고 있어도 아무렇지 않게 들어와 오줌을 누지 않았다. 중국 인구가 무려 14억이라는 사실을 아내로부터 알았다. 세상에, 그 엄청난 떼! 한 땅덩어리에 14억이 살고 있다면 얼마나 땅이 넓어야 하고 얼마나 많은 식량과 얼마나 많은 모텔이 필요할 것인가. 예전 아내라면 얻을 수 없는 상식이다.

무엇보다 처가에 불학무식한 오빠가 없었다. 추후 아내에게 성적인 문제나 카드를 함부로 긁어대는 여자들의 보편적인 행태가 나타난다면 그건 여성 본연의 문제가 아니라 순전히 내 탓이다.

불안할 정도로 행복했다. 옛날 아내는 나를 모범사원으로 만들었다. 내조를 잘했거나 의지로 그렇게 된 것이 아니다. 같이 있는 시간을 최대한 줄이려는 의도가 일찍 출근하게 했고 없는 장례식마저 만들어, 결혼한 지 두 달 만에 모범사원 표창을 받게 했다. 나중에 팀장이 됐음에도 타의 모범이 됐다.

우리는 아내의 생리 기간을 제외하고 거의 하루도 빼놓지 않고 무리하게, 이러다가 죽을 수도 있지 않을까 하는 생각이 들 정도로 몰입했다. 즐겁고 자의적인 섹스에 부가적으로 기대한 것은 임신이었다. 몇 달이 지나 현 아내에게 어떻게 된 일이냐고 묻자 아내는 새삼스럽다는 듯이 대답했다.

"우리 결혼 전에 아이 낳지 않기로 약속했잖아요. 둘만 행복하게 살기로 맹세해놓고 어떻게 또 그런 말을 할 수 있죠?"

또라니? 아내가 정색하고 따지자 눈앞이 까매졌다. 간신히 부풀린 풍선을 심술궂은 이가 바늘로 콕 찔렀을 때 허무했던 마음, 눈물은 나오는데 표정은 없고, 목청이 찢어지라 소리를 질렀는데 소리가 되어 나오지 않는다. 그건 전 아내가 한 일방적인 약속이었다. 그걸 어떻게 네가 기억하는가?

예전 아내는 정치꾼의 육아정책과 문교부 졸속 행정이 아이들을 괴물로 만든다고 개탄하며, 우리 아이가 대한민국에 태어나서 부모의 한심한 배경이 빌미가 되어 학교 폭력을 당해 우리를 평생 저주하는 일은 없어야 한다며 목에 핏대를 세웠다. 하지만 맞장구친 내 의도는 그녀와 나 사이에 가장 불운한 조합으로 합쳐질 유전자를 걱정했다. 즉, 우리 사이에 형성될 열성 유전자 각각 이 분의 일이 두려웠을 뿐이다. 나는 그냥 둘로 메울 수 없는 다른 하나를 절실하게 갈망했다.

아내는, 더는 예쁘지 않았고 탱탱한 가슴과 실크 잠옷을 만지는 듯한 피부는 뙤약볕에 말라 바스러졌다. 자지는 다시 의기소침한 원래 상태로 복원됐고 세상 아름다움은 빛을 잃었다. 원래 세상은 온통 짙은 회색이었다. 처절한 성욕은 신의 흉계이다.

모범사원으로 돌아왔다. 아내는 이런 변화를 건전하게 받아들였다. 이제부터 정부 책임이었다. 동물이나 사람 사회나 불안한 환경의 암컷은 새끼를 낳지 않는 법이다.

그날은 몸 상태가 원체 좋지 않았다. 관계는 2주쯤 끊었지만, 몇 개월 동안 줄기차게 했던 후유증으로 짐작됐다. 허리와 무릎 통증은 그쪽으로 경험이 풍부한 강남 제비에게 비방을 묻고 싶을 정도로 심각했다. 더구나 그날은 열이 나고 목이 아팠으며 온몸 여기저기서 난리를 쳤고, 입으로 들어간 음식물은 바로 빠져나왔다. 영업이사의 과장된 으름장으로 병원에 갔다. 의사는 예방 차원으로 며칠 입원하길 권고했다. 필요한 것은 회사에 제출할 진단서이지 사탕발림이 아니었다. 나란 인간은 의사를 정치꾼 다음으로 믿지 않는다. 부자 앞에서는 더부룩한 체증조차 위암 전조 증상이라 예단하고 가난한 자에게는 썩어가는 환부를 머큐로크롬액을 바르고 관리만 잘한다면 낫는다며 대수롭지 않게 말하는 고급 기술자의 버르장머리가 정말 싫다. 약을 챙겨 집으로 돌아왔다.

44#79*의 버튼을 누르니 문이 새치름히 열렸다. 스산하면서 기분 나쁜 기운이 집안 가득 눅눅히 깔려 있다. 거실 안은 이미 초저녁 어둠이 몰려와 자리 잡았다. 아내가 잠시 외출을 했을 거라고 단정했고, 불도 못 켠 채 소파에 벌렁 누웠다. 사방 정적이 정리되자 어울리지 않는 소리가 들렸다.

누가 내 방에서 질펀한 섹스를 하고 있다. 아리아 고음 영역대 같기도 하고, 씨름 선수의 거친 숨소리에, 애 낳는 연습이라도 하듯이 소리 죽인 신음이 거실로 밀려 나왔다. 문은 살짝 열려있어 손잡이에 손을 대는 것만으로 쉽게 벌어졌다.

문이 열리자 시계 초침이 멈췄다. 들이켠 숨이 빠져나갈 공간이 없이 부풀어 올랐다. 검은 벨벳이 깔린 어둠 속에 두 실루엣이 서로 목을 물어뜯는 격렬한 몸싸움을 하고 있다. 야동의 진부한 장면이기에는 현란한 입체감과 현장감이 생생했고, 진짜라 믿기에는 한 몸에 머리가 두 개인 샴쌍둥이 현신으로 보여 잠시 착란이 생겼다. 죽음의 문턱에 걸린 아내 표정은 엄청난 모욕으로 다가왔다.

나는 오쟁이 진 처용이 아니다. 밑에 깔린 게 내 마누라이고 그 위에 엎어진 사내가 악귀가 아니라는 생각을 하기 전에 문을 걷어차고 부엌칼을 찾았다.

신이 나타나 아내를 용서하라면 아가리를 찢어 놓을지 모른다. 아니 지구를 구하는 것과 두 연놈 모가지를 끊어 놓는 것 중 하나만 택하는 결정권이 있다면 주저 없이 후자를 택하리라.

손에 잡히는 모든 걸 던지고 휘둘렀다. 아내의 경박한 비명과 살려달라는 외침이 집안에 쩌렁쩌렁 울렸지만, 귀에 아득히 들렸다. 그 와중에 사내가 벌거벗은 아내를 감싸 안았다.

"나부터 죽여!"

골라 죽일 정황은 아니었지만, 꼭 그래야 한다면 죽어도 아이를 낳지 않겠다는 얄미운 아내가 일 순위였다. 허옇게 질린 아내는 부들부들 떨고 있었고 사내는 감히 뻔뻔한 성기를 드러낸 채 아내 앞을 막아섰다.

"당신이 무슨 자격으로 숙자를 죽인단 말입니까?"

사내 물음에 장면이 확 바뀌듯 정신이 돌아왔다. 저놈의 사뭇 당당한 태도는 뭐지? 나를 이렇게 능멸해놓고, 더구나 숙자라니. 개명이라도 했단 말인가 아니면 둘만 있을 때 애칭일까? 숙자, 사내는 내 아내를 그렇게 불렀다.

사내와 아내의 꼴사나운 몸을 가리기 위해 옷을 입게 했다. 원래 폭력은 인본주의를 지향하는 내 스타일이 아니다. 아내와 사내에게 입힌 상처를 돌보라고 말하곤 자리를 비켜주었다. 분수처럼 솟구쳤던 아드레날린이 빠져나가자 바로 서기 힘들었다. 인간의 행과 불행처럼 변화무쌍한 것이 어디 있을까? 모든 일은 무작위로 선뜻 벌어지지만, 결과만 놓고 보면 이건 치밀한 전략에 의한 수식이다. 그리고 꾸준한 세월에 감식과 판결을 맡기면 이해되지 않을 게 무엇이 있을까. 신이 이웃을 용서하란 건 그런 뜻이다.

사내 눈이 활활 타오르고 있다. 아무 말도 하지 않았으나 무슨 말을 할지 느낌이 왔다. 그 눈은 영업사원의 오랜 경험으로 나쁜 놈은 아닐 거라는 감이 왔다. 모든 사람은 개처럼 족보가 아니라 감정만 교차하면 섹스할 자유의지가 있다. 그 의지를 막기에 종교나 면면히 내려오는 풍속과 도덕으로는 역부족일 것이다.

잠시 후 그 둘이 나왔다. 상처를 감싸 맨 사내는 당당했고 모로 걷는 아내는 먹이를 앞에 두고도 정염에 휩싸인 비루한 암캐였다. 사내는 마치 자기 집처럼 냉장고에서 물을 꺼내 입을 대고 벌컥벌컥 마셨다. 식탁에 놓인, 용도가 변경된 식칼을 사내는 두려워하지 않는 듯 보였다. 이판사판이다, 그건가? 사내가 삿대질을 하며 입을 열었다. 아드레날린 수치가 다시 올랐다.

“숙자를 안 것은 내가 먼저입니다. 나로서 당신이 생각하는 불륜은 분명 오류입니다. 화는 내가 내야지요.”

아니, 이 자식이 첫사랑의 선점 효과를 주장하고 있다. 그렇다고 미국이 어디 인디언 땅인가? 아내가 서둘러 사내 입을 단 한 번도 직장를 다니지 않은 여리디여린 손으로 덮었다.

“아니에요. 거짓말이에요. 이 사람은 미쳤어요. 그리고 내 이름은 노숙자가 아니라 박미경이라고요. 주민등록증을 보여주었잖아요? 어떻게 해야 믿겠냐고.”

사내가 아내 입을 거칠고 굳은살이 밴 손으로 부드럽게 막았다. 사내는 아내에게 나보다 더 자연스러운 반말을 했다. 연인의 언어로 아내에게 말을 하자 내상을 입은 상처가 벌어져 피가 뚝뚝 떨어졌고 그놈 입가에는 금단의 열매를 깨문 과즙이 흘렀다.

“지금 과학은 그보다 더한 것도 위조할 수 있어. 당신은 삼 년 전 행방불명된 내 아내야. 나는 당신이 내 아내임을 천지신명 앞에 증명할 수 있어. 우리 추억이 담긴 수십 장의 사진 그리고 숱한 나날을 보내며 몸에 낙인처럼 찍힌 그 느낌을 어떻게 주민등록증 따위가 우선하겠냐고.”

내가 아닌 칼을 의식한 아내가 사내 곁에서 급작스레 떨어지며 화를 냈다.

“야, 이 미친놈아 내가 어떻게 해야 박미경임을 믿겠니. 사진이라면 이이와 찍은 수백 장이 있어. 형제와 친구들도 증인을 설 수 있다고.”

“사실이 아니야. 당신은 형제도 가족도 없어. 십 년 전 괌 비행기 사고로 모두 돌아가셨지. 그것만 봐도 당신 말은 설득력이 없어.”

아내가 무릎걸음으로 다가왔다.

“이 미친놈은 일주일 전에 처음 봤어요!”

사내는 내가 투명인간으로 보이는 모양이다. 아내를 바라보는 사내 눈빛은 강렬하고 애절했다.

"맞아. 우리는 일주일 전 다시 만났지. 무려 삼 년 만이라고."

아내가 부정했다.

"이이와 이미 칠 년 전에 결혼했어. 우리는 지금껏 단 하루도 떨어져 산 적이 없다고. 그런데 어떻게 당신과 아니 네놈과 내가 삼 년 전에 결혼했다는 거야. 그게 말이 되니?"

사내는 어떤 유혹이나 고문에 변절하지 않는 뼛속까지 민주투사이나 나중에야 변절할 정치꾼처럼 거짓말을 하면서도 눈빛은 조금도 흔들리지 않았다.

"사고가 있었겠지. 당신 기억의 한 부분이 떨어져 나갔겠지. 그리곤 이 사람에게 최면의 일종인 가스라이팅 당했을 거야. 그렇다고 달라지는 건 아무것도 없어. 당신이 더럽혀졌다고 생각하지 않아. 사고였으니까. 저 사람은 조작된 인물이야. 제발 나를 자세히 좀 보라구. 원래 당신 남편은 나라고."

이제는 눈물로 호소하고 있다. 나 또한 다르지 않았다. 아내가 바뀌었다는 사실은 알고 있다. 아내만 남편이 바뀌었다는 사실을 모를 뿐이지.

바뀐 아내를 알고도 수용했던 것은 지금 아내가 과거 아내에 비해 오빠가 없다는 면을 포함해서 여러 가지 비교 우위에 있어서이다. 하지만 아내의 후세에 대한 편향적인 성격이 그대로인 이상 나아진 결과는 아무것도 없다.

자신이 바뀌었다는 사실을 모르는 아내에게 이 모든 상황을 이해시키기란 시간을 되돌리는 것처럼 물리적으로 불가능하다. 나와 사내는 알고 아내는 모른다. 감정이나 이성 어느 부분에 호소해도 받아들이지 못할 것이다. 나는 판사가 되어 말했다.

"지금 벌어진 일이 내 아내가 원래 당신 아내라면 나는 당신을 벌할 수 없소. 하지만 당신 믿음이야말로 정신착란에 불과해요. 우리는 이미 칠 년 전에 결혼했고, 당신은 그 기간 가운데서 삼 년 동안 내 아내와 살았다는 말이 되는 데 그건 불가능하지. 한 여자를 공유할 가능성은 있을지 몰라도 동일 시간대에 두 남자와 살 수는 없는 거요. 이건 어찌 설명하겠소?"

"그건 억지 논리가 아닌 양심의 문제입니다. 그래도 뻔뻔하게 숙자의 소유권을 주장한다면, 나도 내 말만 하겠습니다."

사내는 총을 다 쏘고 난 다음 실탄을 재장전하듯 말을 끊었다가 다짐하며 이었다.

"내가 보기에 약물에 중독된 것 같습니다. 그 이외는 모든 게 거짓입니다. 다시 말하지만 나는 정신착란을 일으키지도 않았고 미친놈은 더욱 아닙니다. 아까도 확인했지만, 이 손, 살갗, 뇌 속에 또렷이 박혀 있는 아내가 존재하는데 어떻게 내 말이 거짓이겠습니까. 아내에 대한 모든 기억을 또박또박 꺼낼 수 있는데 어떻게 내가 미친놈이겠습니까? 형씨는 저 사람이 자신의 아내임을 나만큼 증명할 수 있습니까?"

증명할 수 없다. 내가 기억하는 건 지금의 아내가 아니다. 저 사내처럼 애틋하고 특별한 것이 없으니 내세울 건 없지만 아내 오빠로부터 복날 개 패듯 맞았던 기억은 아예 흉터로 남아 있다. 가끔 아내는 과거에 있었던 에피소드를 말했다. 아내의 많은 추억 속에 내가 있었다. 반면 기억나지 않는 아내 추억에 고개를 끄덕이거나 맞장구를 치면서도 혼란에 빠진 적은 있다. 아내가 기억하는 나는 누구이며 본래 내 기억 속에 있는 아내는 어디 있는가? 아내의 기억에 있는 나는, 나이면서 내가 아니다. 그 사실을 인정한다면 같은 시간대에 한 사람이 두 곳에 있을 수 없다는 양자역학은 진리가 아니게 된다. 이 모순의 고리 어딘가 존재하는, 다른 아내 기억에 내가 있을지 모르는 일이다. 아내가 나섰다.

"궤변이에요. 여보, 미안해요. 어떻게 이런 일이 벌어졌는지 정말 모르겠어요. 변명 같지만, 중간이 기억나질 않아요. 하지만 저 사람은 미친 게 틀림

없어요. 나는 당했다고요. 정말 억울해요."

"숙자 애원하지 마시오. 우린 정당하오. 여기서 당당히 나갑시다."

"야 이 미친놈아. 내가 왜 네 놈하고 나가니. 여보 빨리 경찰 불러요. 나는 당했다고요."

현 아내의 새로운 모습이었다. 모든 여자가 그렇듯이, 아내는 십 분 전 사내와 격렬한 정사를 뭉갠 체 모든 부끄러움을 사내에게 떠넘겼다. 사내는 사랑을 신앙으로 여기는 어리석은 자였다. 할 말이 막히자 엉뚱한 걸 물었다.

"이 집이 밀회 장소로 불안하지 않았소. 이 도시에 모텔이 천지인데 왜 하필……."

아내가 서둘러 끼어들었다. 아내는 전 아내처럼 점점 추해졌다.

"이 사람이 여기까지 따라왔어요. 그리곤 다짜고짜 들어왔어요. 맞아 틀려?"

아내가 둘의 사랑싸움을 보란 듯이 사내 팔을 사납게 꼬집었다. 사내의 대답은 언제나 거침이 없었다.

"맞습니다. 나는 숙자를 쫓아 왔습니다. 아내를 설득해야 했거든요. 일주일 동안 아내를 계속 쫓아다닌 것도 사실입니다."

아내가 릴레이 바통을 이어받았다.

"맞아요. 나는 억울하다니까요……."

아내의 장황한 설명을 제대로 알아들을 수 있었던 것은 추임새를 넣듯 끼워 넣는 사내의 보충설명 덕이었다.

일주일 전 아내가 백화점 식품 코너를 돌고 있었는데 곰하고 비슷하게 생긴 웬 사내가 눈물을 철철 흘리며 자기를 껴안았다. 눈물범벅으로 나를 이리보고 저리 보더니 소리 지를 틈도 주지 않은 채 숙자란 이름을 계속 불렀고, 남자가 애타게 찾는 그 누군가와 내가 무척 닮아서 그러려니 했다. 이런 상황에 정신이 들어 주위를 살피니 꺼리에 굶주린 개떼들이 웅성거리며 몰려들었고, 그들은 항상 말을 만드는 악소문의 진원지여서 얼른 자리를 피하지 않으면 사건이 사고가 되는 것이다. 찰떡같이 붙은 사내 꼴은 남편만 쏙 빼놓고 아이 셋을 달고 하늘로 올라간 선녀를 우여곡절 끝에 찾았어도 이 정도는 아닐 것이다. 일단 주위 이목보다 소문이 무서웠다. 사내에게 나는 당신이 찾는 노숙자가 아니라 유부녀 박미경임을 아무리 밝혀도 막무가내였다. 비로소 남자가 정상이 아님을 깨닫고 도망쳐 나왔다. 그는 먹이에 홀린 강아지처럼 계속 따라 왔다. 집에서 한 걸음도 나올 수 없었다. 경비를 불러 쫓아내도 소용없었다. 그렇다고 경찰을 부르기에는 남자가 왠지 짠해 보였다. 그런 식으로 일주일이 흘렀고, 바로 세 시간 전 남자가 문을 두드렸다. 마지막으로 한마디만 하고 돌아가겠다고 했다. 남자는 삼 년 동안 찾아 헤매던 노숙자란 여자와 있었던 추억을 눈물과 웃음을 절묘하게 섞어가며 이야기했다. 유치와 감동이 쓰나미가 되어 몰려왔다. 아내는 사내를 위로할 방법을 찾았다. 어차피 사내가 원하는 것은 내가 아닌 노숙자가 아니던가 하는 생각이 들었다. 그냥 한번 노숙자가 되어 주자 마음먹었다. 사내의 절절한 사연에 옷고름이 절로 풀어졌다. 한 남자하고만 하겠다는 결혼 서약 전문이 떠올라 남편에게 미안함이 모락모락 피어올랐지만, 무엇보다 온몸이 마비된 듯 말을 듣지 않았다. 회개한다. 용서해주세요.

아내도 이해됐다. 어떤 자기장이 이 별 아래 형성됐을 것이다. 필연이 될 인연은 좀체 꺾이지 않는다. 천 년 만 년 떨어졌다 하더라도 윤회가 계속되는 한 언젠가 그 끌림에 빨려 들어가는 것이다.

원래 지금의 아내는 내 아내가 아니다. 이론상 불가능해 보이긴 해도, 내 아내는 사내 아내일 것이다. 그럼 내 아내는 어디서 찾아야 할까? 일단 내 아이를 낳지 않겠다는 아내를 사내에게 돌려보내기로 했다. 이 결심에 아내는 펄쩍 뛰었다. 정 그렇다면, 아내에게 경찰서와 사내, 둘 중 하나를 고르라고 하자 아내는 몹시 수줍어하며 조금 전 기억으로 남자에게 기울었다.

해피엔딩이다. 나도 그 사내도 아내도 행복한 판결이다. 사내는 이 거래에 만족했으며 아내는 다소 머쓱한 표정으로 계약서에 사인했다.

두 사람이 나가자 실내는 텅 빈 객석에 쌓인 공허로 가득 찼다.

이제부터는 나도 원래 이름이 박미경인 아내를 찾아야 한다. 고약한 오빠를 둔 박미경이 아니라 착하고 고운, 더 늦기 전에 내 아이를 낳을 수 있는, 내가 아는 아내가 아니라 아내가 아는 나를 찾아야 한다. 나는 그 자기장 안으로 뛰어들기만 하면 된다.

다음날, 삼백 만 실업 시대에, 회사에 사표를 내고 아내를 찾아 나섰다. 백화점, 미장원, 시장, 영화관 그리고 번잡한 거리를 배회하며 아내를 찾아다녔다.

그 후 삼 년 동안 일곱 명의 아내를 찾아내었다. 그중 세 번은 아내가 나를 찾았다. 되찾은 아내는 얼굴은 달랐으나 모두 불임 의지가 강렬해 이내 헤어졌다. 아내를 다시 찾아야 한다는 집념은 삼 년이 넘으면서 사명감이 아닌 습관이 됐다.

벽제행 04

회색 도시에 밤은 없다.

모처럼 공술에 취해 넋 놓고 자는 밤, 가위눌리는 꿈에서조차 악다구니를 쓰며 달려드는 아귀들이 정혁을 가만두지 않았다. 벨 소리에 떨어져나와 가까스로 눈을 뜨니 꿈이었다. 벨 소리가 악몽으로 이어진 건지 복합된 불행을 소리가 쫓은 건지 모르겠지만 몹시 기분이 언짢았다. 아니 자신의 불운한 삶과 새벽 세 시에 울리는 전화는 깊은 연관이 있다는 생각이 들었다. 정혁은 먹물을 뿌려놓은 어둠으로 한 치 앞도 보이지 않는 반지하 방에서 전등을 켜려고 애썼다. 전등 스위치는 술에 취해 그대로 고꾸라지는 바람에 정반대에 있었다. 한참 만에 불을 켰어도 벨은 악을 쓰고 모질게 울어댔다. 방은 잔뜩 어질러져 소리 진원지를 한동안 찾아야 했다. 진작 휴대폰을 진동으로 바꿔놓았으면 악몽에 시달릴지언정 이 정도로 화가 나지 않았을 것이다.

정혁은 이토록 이른 새벽에 걸려온 전화에 자신을 하찮게 대하는 상대의 무례함을 읽었다. 액정을 보니 막 대해도 되는 의식이 확고한 강 선배였다. 강 선배는 아쉬울 때 몇 끼 식사를 해결해주는 이 좆같은 도시에 몇 남지 않은 유일한 정혁 편이었다.

"뭡니까. 강 선배?"

강 선배 목소리 끄트머리가 약간 떨렸다. 쫓기거나 위험을 감지한 상처 입은 개의 웅얼거림으로 들리는 평소와 다른 가라앉은 저음에 소름이 돋았다. 카페인의 욕구가 강렬해졌다.

"찬이가 죽었다. 신찬이가 죽었다구. 여기 영안실이야. 경찰서와 병원에 들러 오는 길이다. 지금 마장동 시립병원 영안실이다. 아무도 없어. 너라도 와 지켜야 안 되겠냐? 지금 형사 뒤꽁무니 쫓아다니랴 정신이 없다."

몹시 당황한 강 선배 말은 부분 반복되고 뒤죽박죽이어서 잠결에 추스르기 어려웠다. 귓속을 뱅뱅 돌다 걸린 말이 찬이가 죽었다는 소리였다.

그녀가 죽다니. 찬이는 지금 일억짜리 현상 공모 장편소설에 당선되었다며 정혁을 놀라게 해야 말이 맞았다. 그럼 그러려니 했을 것이다. 찬이 죽음은 현실성이 없었다. 아, 그럼 찬이가 자살했구나. 아니다, 찬이는 어영부영 죽을 년이 아니다. 그런 재능을 갖고 어떻게 억울해 자살이란 걸 할까. 두 시간 전만 해도 공짜 술이어서 죽어라 퍼마셨으니 속은 온전치 못한 상태였다. 죽음이라면 오히려 정혁에게 늘 따라 다녔다.

여덟 시간 전 명교수에게 번역물을 넘겨받았고, 출판 관계자로부터 넉넉한 기간이 있으니 날림으로 하지 말라는 경고를 들었다. 잘만하면 반년을 포근하게 넘길 금액이었기에 느긋해졌다. 그랬었는데.

이명인지 귀에 말도 안 되는 유리창 깨지는 소리가 들린 것이다. 눈을 몇 번 깜빡거린 다음 강 선배에 전화를 걸어 찬이의 죽음을 재확인했어도 믿어지지 않았다. 찬이가 죽었으니 오늘 오전 중으로 만나야 할 약속에 따로 핑계를 대지 않아도 되겠군! 하는 생각이 시답지 않게 떠올랐다.

비몽사몽으로 간신히 몸을 일으켰다. 가난한 사람들의 옷은 한겨울과 여름용이 대부분이어서 오월 새벽에 입을 옷이 어중간했다. 그중 냄새 안 나는 여름 잠바를 골라 입었다.

시립병원 영안실. 일반 장례식장과 달리 죽음에 대한 각별한 애잔함이 없었고 다만 늘어진 시계가 널려 있었다. 어느 장소를 막론하고 늘 북적이는 이 도시에 이런 한적한 곳이 있다니 기이하기까지 했다.

"뭐, 벌써 도착했다구. 의리 하면 정혁이지. 거기서 기다리고 있어. 찬이는 벌써 거기에 있어. 아직 행정 처리가 남아 있어 정식 사망으로 인정받지 못

했을 뿐이지."

찬이가? 다시 두통이 몰려왔다. 그렇지, 사람은 개와 달라 죽었다고 끝이 아니다. 서류화되고 불법 건축물이 철거되듯 공식적인 절차로 죽었음을 허가받아야 한다.

흡연 욕구가 강하게 치밀었다. 애초 금연 이유는 인상된 담뱃값 탓이었다. 사천 오백 원으로 인상된 금액은 한 끼 식사였고 그 돈으로 마트를 이용하면 하루 이상 연명할 재원이었다. 정혁은 찬이 같은 인간도 죽는 마당에 담뱃값이나 걱정하는 자신이 서글펐다. 찬이는 주제 파악이 서툰 여자였다. 좆도 없으면서 성격은 모가 날 때로 났다.

과도하게 확대한 찬이 영정이 걸리고, 위패가 그 밑에 놓였다. 잠시 후 유니폼을 입은 아줌마가 상식을 내왔다. 두 손을 모은 강 선배가 눈물을 흘리며 찬이의 모호한 얼굴을 매만졌다. 흐릿한 사진이어서 그런지 예뻐 보였다.

"야, 절하자. 너 어떻게 하는지 알지. 근데 열 살이나 어린 후배한테 절을 하려니까 어색하네."

선배가 절을 했고 정혁이 따라 했다. 정혁은 다시 장난이 아닐까? 생각했다. 조금 있다가 찬이가 짜잔 하며 나타나 정혁의 가슴을 두드릴 것 같은 생각이 들었다. 도시 변두리 원룸에 콕 처박혀 악착같이 소설을 쓰고 있어야 말이 된다. 지난겨울 찬이는 이번 공모전에 당첨되어 -당선이라 말하지 않았다.- 정혁에게 군고구마처럼 따스한 윗도리를 사주겠다고 장담했다.

찬이에 배정된 장례식장 방 넓이는 여덟 평 정도였다. 정혁은 그 면적을 누구보다 자세히 알 수 있었다. 딱 그만한 반지하 원룸에서 살고 있으니까. 상이 네 개가 펼쳐져 있었다. 열여섯 명 이상의 문상객을 한꺼번에 담을 수 없는 구조였지만 그 숫자를 넘길 수 있겠느냐며 구조물이 망자에게 확신을 갖고 묻고 있었다.

"할 얘기가 많은데 어디서부터 풀어야 할지 모르겠다. 만약 내가 아니고 찬이나 너라면 쉬울 텐데 말이다. 당최 경황이 없고 주변머리가 없어 엉키는구나. 그러니까 네가 정리해 들어. 그리고 자세한 건 묻지 마. 나도 아는 게 없어. 몰라. 아무것도 모른다구, 알았냐?"

한동안 끊었던 담배를 방금 피웠는데 재차 충동이 일었다. 강 선배가 쑥 들어간 배를 가리켰다.

"사실 어제 늦은 오후부터 바빴어. 느닷없이 경찰한테서 찬이를 아느냐고 묻는 전화가 온 거야. 경찰이란 정체가 재수 없었지만, 찬이니까, 민주 투사잖아. 다른 놈도 아닌 우리 찬이니까, 연루되면 빛나니까 잘 안다고 자랑스럽게 말했지. 그랬더니 그 아가씨가 고독사한 거 같다고 말하는 거야. 그것도 일주일에서 열흘이나 지난 상태로 말이야."

다음 말이 들리지 않았다. 지독한 두통이 일으킨 이해의 단락인지 또는 왜곡인지 모르겠다. 고독사라? 얼마만큼 고독해야 죽는다는 뜻인가. 그럼 찬이가 고독해서 죽은 건가. 소설가는 원래 고독해야 하는 거 아닐까?

"언제 사망했는지 확실히 모르는데 부패 정도로 보아 최하 일주일은 넘겼다는 게 부검의 소견이야. 요즘은 기술이 좋아져 더 확실한 결과는 오후쯤 나올 거래."

오전 여섯 시를 넘기며 뿌연 하늘이 다소 맑아졌다. 미세먼지 영향으로 빌딩 몇 개 너머는 온통 잿빛이었다. 먼지 구덩이 도시에서는 모든 게 처량해 보였다. 서두르는 사람들 걸음걸이는 창끝에 쫓겨 가는 시리아 난민의 절망에 찬 얼굴이었고, 개개 모습은 회반죽을 덮어쓴 듯 표정이 씁쓸했다. 뭔가를 재빨리 끝내놓고 다음 순번을 기다리는 자의 기운 없는 군상들이 줄을 서 있다. 정혁이 조용히 웅얼거렸다. 쌍년.

출근대가 지나자 황당한 표정으로 경희와 미우가 무너지며 들어왔고 다음 동작을 연결하며 차석이 보였다. 경희도 지방 신춘문예 시 부분으로 등단한 시인이었다. 하지만 등단 후로 시는 양심상 쓰지 못했고 그 상이 품위 있는 결혼에 도움이 되긴 했다.

정혁은 계속 고개를 무릎에 처박고 있었는데 아는 척 좀 하라고 미우가 허리를 쿡 찔렀다. 강 선배는 먼저 정혁에게 했던 말에 좀 더 많은 부사와 형용사를 섞어 처음보다 조리 있고 세세하게 찬이 죽음을 늘어놓았다. 그래놓고는 궁금한 게 있으면 물어보라며 좌중을 쫙 살폈다. 과묵하지만 발동이 걸리면 다변인 미우가 먼저 물었다.

“그러니까 일주일 전에 죽었다는 애가 왜 지금에서야 발견됐데요? 글고 찬이가 얼마나 건강하고 힘이 좋은데 왜 고독사를 했다는 거예요? 사건이야 사고야? 도대체 어느 거냐고?”

미우 의문에 강 선배가 아무 의미 없이 고개를 끄덕였다. 그리곤 생뚱맞게 아침밥은 자셨냐고 셋에게 물었다. 다혈질인 경희가 신경질을 내자 강 선배가 습관적으로 고개를 끄덕이며 말을 이었다.

“죽었다는 것을 의학 용어로 심장 박동 정지라 하드만. 찬이를 부검실로 보내고 심장을 만졌어. 심장이 뛰는가 느끼려고. 억지로 호흡을 멈춰도 심장은 더 큰 반동으로 고집스레 뛰더라구. 나도 찬이가 왜 죽었는지 어떻게 죽었는지 정말 몰라. 다만 추측만 할 뿐이지. 지금은 찬이가 왜 죽었나 보다는 당장 찬이를 어떻게 보내느냐가 더 급해. 죽어도 절차가 있고 그냥 묻어서는 안 되는 법이 있어. 우리 중엔 부자가 없잖니? 해서, 아쉽지만 형편상 발인은 내일 오전 여덟 시로 했어. 찬이를 아는 사람들을 통해 비용을 갹출해도 삼일은 곤란하고 힘들어, 내 결정이 적당하지, 글고 너희들이 보기에 이일장이라고 전례 없는 장례 방식에 서운하겠지만 일주일 이전 사망했다는 공식 확인이 있으니 찬이는 대통령 이상으로 최하 구일장은 치르는 셈이야. 뭐 찬이 혼자였지만 말이야.”

다들 시무룩해졌다. 의문은 그저 의문이고 처리는 시급한 실정이다. 몇 살이라도 더 처먹은, 보다 현실적인 강 선배의 현명함이 돋보였다. 누구도 강 선배 결정에 토를 달지 못했다. 사자에 대한 예의, 그런 거 없다.

그러고 보니 이곳 장례식장에 심리적 시간은 얼마 흐르지 않았다. 시침은 고작 아홉 시를 넘어가고 있었고, 장례식장을 비워야 할 때까지 무려 스물세 시간이나 남아 있는 것이다. 그들은 자신 앞에 쌓인 시간에 무턱대고 겁을 먹었다. 정혁은 찬이 나이를 세었다. 햇수로 서른여섯이다.

"일단 알릴 사람부터 모아보자. 찬이 죽음에 슬퍼하진 않아도 흥미를 느낄 모든 놈에게 환난상휼의 가르침을 베풀어야지. 찬이가 소설가 협회에 들었니? 찬이가 책을 냈던 출판사에 진즉 연락했어. 그다음이 없네. 찬이가 소설가 협회에 발을 담갔냐구?"

다들 서로 얼굴만 쳐다보았다. 원래 관심이란 게 그랬고, 사는 게 그랬고, 찬이 성격이 그랬다.

"자, 다음은 누구한테 연락해야 할까?"

지푸라기라도 잡을 게 없는 이의 죽음은 인습 영역이 아니라 어느 날 갑자기 벌어진 헤프닝이다. 거둬주고 누군가 대신 처리해 줄 사람이 남아 있는 죽음에 한해 우리는 슬퍼할 준비가 되었는지 모른다.

강 선배가 풀어놓은 보따리에 서로 할 말을 잃었다. 모두 아는 찬이와 죽은 찬이가 달랐고 정작 알아야 할 사실을 알지 못했다. 그녀가 경남 사천 출신이란 건 모두 알고 있었지만, 그뿐이었고, 찬이가 연대 재학 중 신춘문예에 당선된 사실을 알고 있지만, 그에게 말동무가 여기 있는 다섯뿐이란 게 찬이 인간관계에 무슨 결격사유를 발견한 것처럼 당혹스러웠다. 찬이는 자신이 쓰던 소설 외 대체 무슨 일을 해서 의식주를 해결했는지 아무도 몰랐다. 그런 상황임에도 왜 미친년처럼 소설에만 매달렸을까 하는 의문이 들었다.

찬이 글은 줄기차게 일어나는 세상 비리와 그에 맞선 인간의 비극을 바탕으로 했다. 짧은 일상을 번지르르하게 늘어놓는 상념은 질색했다. 글이 현실이고 현실이 소설인 그녀 글은 항상 아파 읽는 이에게 의도적인 부담을 주었다. 섹스에 대한 단상은 한 줄도 없었다. 그들이 알고 있는 건 현실과 동떨어진 찬이의 에피소드일 뿐이다. 모두 찬이에 대해 지금 드러난 것보다 더 알지 못한단 사실이 부끄러웠다. 찬이 소설책을 갖고 있되 읽지 않은 친구도 있었으니까.

정혁의 인터넷 기능이 없는 3G 핸드폰에 진동음이 울렸다. 명 교수였다. 강 선배가 일괄적으로 보낸 메시지에 대한 반응이었으나 굳이 강 선배와 대화 거부 표시로 정혁에게 한 것이다. 정혁은 피치 못할 사정을 간략하면서 아부에 가깝게 설명하여 명 교수님이 편하신 시간에 다음 약속을 잡으라고 말했다. 명교수는 말에 대꾸 없이 부의금을 보내겠다며 계좌번호를 남기라고 했다. 이미 신용불량자인 정혁은 자신에게 주민등록번호 외에 주어진 번호가 없음을 새삼 깨달았다. 그럼 찬이는 계좌를 갖고 있을까?

강 선배 핸드폰에 연결된 계정에 십만 원이 띠리링하며 들어왔다. 강 선배가 나쁜 년이라고 했다. 생색은 있는 대로 다 내면서, 뻣뻣한 찬이와 명교수는 마주 앉아도 말을 하지 않는 관계였다. 강 선배는 하던 이야기를 이어갔다.

"찬이가 죽자, 로그아웃된 것처럼 존재가 깜깜해졌어. 죽은 자를 산 자 사이에서 솎아내야 하는데 막막하더군. 자취방에 찬이가 남긴 소설 세 권이 세상을 향해 악을 쓰는데 누구에게도 메아리조차 들리지 않는 거야. 내가 씨발 될 대로 되란 식으로 있자 경찰이 무슨 비법을 알려주듯이 도움을 주더군. 컴퓨터를 만지자 다 나오는 거야. 부모가 언제 죽었는지 근처에 병든 할머니까지 나오더군. 뭐 시간을 갖고 찾아보면 형제도 있고 친척도 있겠지. 그런데, 어떻게 형제나 친척조차 깡그리 가난한 집구석으로 구성되어 있는지 이해가 안 가더군. 그쪽에서 미안하다며 우리보고 알아서 하라던데? 자, 이제 어떡하지?"

아무도 대답하지 못했다. 그나마 어느 정도 사정이 나은 미우가 있지만, 적극적으로 나서기에는 정정한 아버지 눈치가 보였다. 차석은 현재 일하는 출판사도 풍전등화에다 오래된 동료의 눈짓으로 자발적인 퇴직을 강요받는 판이다. 그저 핸드폰으로 그물질하듯 구원을 청하는 방법밖에 없었다. 빌어먹을 상황이었다.

"어쨌든 국가 시스템이 도움이 되더군. 그렇다고 찬이를 행려병자로 내버려 둘 순 없잖아. 의리가 있지. 나도 모르는 척 못 하지만 너희들도 못 하지. 그래도 제일 나중에 전화한 정혁이가 먼저 나타나더군. 서로 앙숙이었지 아마? 술 취해 주정하다 따귀 맞은 적도 있는데."

정혁은 한쪽 구석에 꿔다놓은 보릿자루 형태로 구겨져 있었다. 한결같은 모습이었다.

"자, 너희들이 최대한 낼 수 있는 돈이 얼마인지 그것부터 알아보자. 안 되면 법으로 금지된 피라도 몰래 뽑아야 할 판이야. 내가 아까 계산해봤는데 최소한 약 이백오십이 필요해. 화장하는 데는 십만 원이 채 안 드는데 가외 비용이 수십 배네! 이런 곳도 장례식장 하루 비용이 약 오십만 원이래. 상차림이 오만 원 이상이야. 도둑놈들이지."

정혁을 빼고 거둔 돈이 모두 구십 만원이었고 명교수가 부의금으로 내놓은 금액과 예상을 따지니 아직은 희망적이었다. 강 선배가 긴 한숨을 공중에 흩뿌렸다. 말을 마친 강 선배가 어젯밤부터 뛰어다녀 피곤하다며 정혁 옆에 누웠다. 을씨년스러운 시립 장례식장 분위기는 맑은 날 쓰레기 매립지와 비슷했다. 벽시계를 보자 오후 한 시 이십칠 분이었다. 사람이 죽으면 시간이 늑장을 부리는구나. 경희가 시간을 때우기 위해 미우에게 말했다.

"너 찬이와 같은 학교에 다녔잖아. 당시 유명했다며. 어땠니?"

미우가 찬이의 눈부신 날을 떠올리며,

"그래, 대단했지. 근데 찬이는 자신에게 쏟아지는 찬사에 별 표정이 없었어. 오만한 건 아니고 평민과 다른 점 말이야. 천재가 다 그렇잖아! 아이들은 뭐가 즐거운지 새처럼 나불대고 여기저기 핀 꽃처럼 환했는데, 찬이는 아이들이 왜 저러는지 모르겠다며 처연했고 우리는 아, 저런 사람도 있구나! 하고 감탄했지. 애들이 걔 앞에만 서면 주눅이 드는 거야. 이 시국에 뭐가 그리 즐겁니? 묻는데 환장하겠더군. 그럼 뭐라 대답해야 하는 거니? 변절 가능성이 없는 순수를 마구 뿜어대는 찬이한테 말을 걸고 싶은데 함부로 다가설 수 없는 무엇이 있었어. 나는 까마귀고 걔는 백로 같은 그런 거 말이야. 찬이가 얼마나 날렸는지 알아? 연대문학상은 시까지 다 휩쓸었어. 게다가 걔가 이학년 때 신춘문예에 붙었잖아. 난리도 아니었어. 총장도 대면했으니까. 아마 특별 장학금도 받았을걸. 찬이는 우리에게 불감청이면서 고소원이었어! 그러고 보니 이상하네? 왜, 이 사회는 글 잘쓰는 사람을 뽑지않지?"

같은 대학을 나온 후배 차석이 그건 그랬다고 했다. 찬이는 전설이었고 졸업 후 줄 서는 직장이 많았다고 들었다.

"가만, 정혁이 형과 같은 출판사에 있었지 아마?"

미우는 말을 잠시 끊고 누워 있는 둘에게 눈짓했다.

"갑자기 오늘을 기점으로 세상이 확 달라져 보이는 거 있지! 계속 까닭없이 늙고 늘 조바심하며 살 줄 알았어. 찬이가 예전 댓통이 워낙 깽판을 쳐놔 신이 나서서 직접 집정한다 해도 우리 시대는 쫓기는 시대가 될 거라고 했잖아. 그래서 그럴 줄 알았지. 엄마한테 쫓기고 올케 눈치 보고 오빠한테 면박 받으며 말이야. 그런데 그런 거 말고 아까운 친구가 죽는 흉악한 날이 온 거야!"

어쨌건 정권은 바뀌었고 종양을 키우는 세력은 그대로 남았다. 여전히 한쪽은 썩어들어가고 다른 한쪽은 돈과 환락에 중독되어 있다. 서울은 정액과 교성으로 불타오르고 있는 버닝 썬 이다. 이런 세상에 소설이 무슨 힘이 있겠는가. 인터넷과 시뮬레이션 게임이 사람들 뇌를 선점한 마당에 문학은 무슨 지랄인가. 그저 동호인의 계꾼 모임일 뿐이다. 정혁은 이승과 저승의 중간 상태에 깨어 밖으로 나갔다. 폐를 타르로 검게 물들일지라도 당장은 화학적 위안이 필요했다. 하긴 나 같은 놈에게 앞으로 생길 폐암이 무슨 상관이란 말이냐!

누군가 찬이 빈소를 찾았다가 뜬금없이 상주가 어디 있냐고 일행에게 물어 왔다. 결혼도 안 한 년에게 상주를 묻는 놈이나 그런 인간에게 장례식장에 어떤 연고로 왔는지 맞장구치는 강 선배나 다들 지겨운 존재였다. 경희는 강 선배의 어리바리함에 질렸다. 지금 우리는 찬이의 장례식을 치르고 있다고! 중요한 건 부의금 액수지.

경희와 미우는 틈나는 대로 울었으며 미우를 따르는 차석은 미우가 슬프게 우는 바람에 가끔 따라 울거나 허공을 바라보며 한숨을 내쉬며 눈물을 말렸다. 간밤 마신 술에 가까스로 헤어 나온 정혁은 다시 술이 간절해졌다.

강 선배가 아줌마에게 상차림을 부탁했다. 슬슬 느슨해졌다. 다들 찬이에 대해 듣고 싶어 했으나 만약 물어서 안다면 덤터기를 써야 한다는 우려로 눈치만 보고 있었는데 강 선배가 지루한 시간을 견디는 것에 발작을 일으킬 지경이 되었다. 정혁은 자신의 목구멍에 소주를 붓기 시작했다. 다른 곳이었다면 한심한 모습이었겠지만 장소가 장소인지라 격이 맞았다. 찬이가 없는 이상 저 새끼 아가리는 미리 술로 막아놓지 않으면 무슨 일을 벌일지 예측 불능이다. 정혁을 빼놓고 셋이 강 선배 입을 향해 기울어졌다.

"찬이의 직접적인 사인은 급성 신부전증과 폐렴이래. 간접적으로는 만성 영양실조라더군. 위에 심각한 염증이 있었고, 빨랫비누로 깨끗이 씻어 놓은 모양으로 아예 음식 흔적이 없다고 했어. 위가 텅 빈 지 최하 삼일 이상은 됐을 거라는군. 마치 위와 장이 내시경 검사를 받기 위해 약물로 씻어 놓은 것처럼 음식물이 전혀 없었대, 무슨 뜻이겠어? 굶어 죽은 거지."

이십일 세기에, 굶어 죽었다고? 차석이 경악했고 경희와 미우가 어떡해 하면서 눈물을 줄줄 흘렸다. 정혁이 취해 내 뱃속도 아무것도 없다고 따라 말했다. 다들 인상을 찌푸렸으나 강 선배는 그래도 정혁이가 찬이 죽음을 가장 슬퍼했을 거라 말했다. 찬이가 있는 자리에 정혁이 항상 있었고 정혁의 주정이 시작되기 직전 찬이의 정확한 제지가 있었다. 좀, 봐줘. 저 양반이 정상이겠니. 오히려 나는 말짱한 당신들이 혐오스러워.

"좀 떨어진 곳에 찬이와 알고 지내던 할마시가 있어. 찬이는 의식적으로 가난한 이들과 친화력이 있잖아. 너희들도 알지만, 찬이 성질이 얼마나 더럽냐? 자존심도 세고, 좌우지간 그 할매와 말동무를 해주며 대신 김치 같은 거 받는 사이였나 봐. 하도 안 보이니까 그 할마시가 김치 가지고 찬이 집으로 찾아온 거지. 아니 집이 아닌 방으로 말이야. 마치 여기 장례식장과 비슷해. 이 이천 십 구 년에 말이야."

차석이 울음보를 멈추지 않는 경희 어깨를 잡았다. 경희가 차석에게 눈을 치켜떴다. 경희 리스트에 차석은 남자로 분류돼 있지 않았다. 여기에 있는 강 선배나 정혁 또한 무인도에 함께 갇힌들 성적 관심사는 아니었다.

"할마시가 미닫이 방문을 열기도 전에 수상한 낌새를 느꼈대. 봄인데 주변에 에어컨을 왕창 틀어놓은 거 같은 싸늘한 냉매가 흘러나오고 있었다는 거야."

정혁이, 표현이 절묘하다고 했다. 찬이가 할마시를 문학소녀로 포섭했다고 주정했다.

"문을 열자 기겁을 했지. 냉장고 옆에 기대어 죽은 찬이의 푸르딩딩한 모습이 끔찍한 게 아니라 무서웠다더군. 하긴 나도 그랬어. 회색과 파란색을 섞어 분장한 듯한 얼굴에 암모니아가 섞여 있는 톡 쏘는 시궁창 냄새 있잖아. 그거 비슷한데 꼭 그거라고 말하면 자꾸 바뀌는 냄새 말이야."

다들 비명을 질렀다. 여기까지 들어도 정혁을 뺀 넷은 찬이에게 충분히 정이 떨어졌다. 아니 악몽으로 등장할지 몰랐다. 차석은 심각하게 생각했다.

얹혀살 수 있는, 쉬어빠진 부모라는 볼모에 대해 깊은 감사 기도를 드렸다.

"그다음은 말하지 않아도 알겠지. 찬이의 죽은 핸드폰을 살려 놓으니까 저장된 이름이 우리뿐이어서 통화된 내가 먼저 선택된 거고 다음은 그런 이야기지 뭐. 대충 그림이 나오지."

말하는 동안 소주 세 병이 말끔히 비워졌다. 장례식장 공식 육개장이 나왔지만, 정혁을 제외하곤 손도 안 댔다. 정혁은 허겁지겁 두 그릇을 비워냈다. 위장이 채워지자 뭔가 저지를 기운은 생겼는데, 장은 심리적으로 참을 수 없는 허기를 채워달라는 신호를 계속 보냈다. 이 감출 수 없이 드러난 허기에 정혁은 의문점이 많았다. 배가 고플 때는 그렇다손 치더라도 적시에 처넣은 그 많은 음식물을 수용하고도 숟가락을 놓자마자 다그치는 이 감정은 뭐란 말인가.

다음 차례로 차석이 의문을 제기했다.

"찬이 씨가 그렇게 어려웠나? 도움만 청하면 도울 사람이 많았을 텐데. 글도 잘 썼잖아? 뭐, 애인도 없었나?"

미우가 어처구니없다며 차석을 노려봤다. 경희가 대신 한심해하는 눈빛으로 말했다.

"찬이가 힘들면 누가 도와줄 건데? 너? 찬이는 소설 말고 다른 건 전혀 관심이 없었어. 글고 걔는 선비의 지조를 보루로 여겼잖아! 찬이가 얼마나 예민한지 알지? 그리고 저리 힘들었는데 무슨 소설을 쓰겠어. 거미 똥구멍에서 마구 뽑아내는 것도 아니고. 내가 뭐 찬이를 이해해서 하는 말은 아니야. 소설가는 아프면 글을 못 써. 시인은 아파야 시가 나오지만 말이야."

정혁의 기억에 찬이가 서글픈 부력을 갖고 떠올랐다. 한창 잘 나갔을 적에도 찬이는 힘들어했다. 분명 좋은 글인데 일 쇄면 끝이었고 인터넷 시대에 어울리지 않았다. 편집장 말대로 누가 아스피린을 먹어가며 그만 소설을 읽겠는가. 사회 정의를 부르짖는 없는 자의 비명은 다들 그만 듣고 싶어 했다. 독자층은 동호회원 수준이었다. 아마 그 해였을 것이다. 어느 돈 많은 미술가의 페루 여행 기획물을 윤색하던 중 창밖을 보던 찬이가 누구에게 할 거 없이 외쳤다.

"아, 흐드러지게 섹스하고 싶다. 씨발 말이야."

흐드러지다는 다른 의미의 그 한마디에 양옆으로 도열 된 벚나무들이 일제히 서로 엉켜, 섹스하는 풍경으로 다가왔다. 강 선배와 정혁 그리고 도급으로 타이핑을 하는 미스 김이 눈을 동그랗게 뜨고 찬이를 쳐다봤다. 찬이가 도전적으로 말했다.

"왜? 식상해? 안 하고 싶어. 그럼 이대로 문대며 살아. 씨발, 버러지처럼."

찬이가 몸을 쾅 닫고 나가자 나무들이 섹스하기를 멈추고 안 그런 척하며 원래 자리로 돌아앉았다. 마법이었다. 찬이가 흐드러지게 섹스하고 싶다고 했을 때 정혁은 주술에 걸린 것처럼 순간 발기되어 일어서지 못했다. 아휴, 저 미친년 하며 미스 김이 자판을 신경질적으로 두들겼다. 찬이는 마녀였다.

장례식장 사무실에서 젊은이가 왔다. 염은 어떻게 할까요? 대폭 줄인 속삭임이었지만 모두에게 또렷이 들렸다. 얼마냐 묻자, 망인 상태가 많이 안 좋으나 평소에 오십만 원이라 했다. 더 싼 거 없냐고 물으니, 수의가 삼십 만원이고 염하는 총괄 비용이 이십만 원이라 하자 강 선배가 난감해했다. 어떻게 되겠지 하며 진행하라고 했다. 아까 그 젊은이가 쭈뼛거리며 다시 와서 약품을 추가하지 않으면 염꾼이 도저히 일을 못 하겠다고 하자 강 선배가 술김에 폭발했다.

"아, 씨발, 그럼 그만둬. 우리가 뭐 고인 가족인 줄 아슈. 우린 성도 다르고 친척도 아니야. 우리 그냥 갈 테니 경찰보고 알아서 하라고 해. 죽은 양반도 세금은 꼬박꼬박 바쳤으니 나머지는 국가가 알아서 해야지 말이야. 뭐, 씨발 박근혜에서 문재인이 대통령이 됐으니 이 정도는 해줘야지. 야, 다 일어서."

궂은일에 나서길 좋아하긴 해도 구박받고 자란 똥개처럼 겁이 많은 강 선배는 사소한 다툼에도 늘 을의 처지였다. 때론 우위를 점하고 있으면서도 상대가 억양을 올리면 꼬리를 내리는 게 그의 입장이었다. 그런 그가 당차고 힘찬 목소리로 상대를 윽박질렀다. 서로 얼굴만 보고 있었고 차석이 동조하듯이 일어서자 젊은 사내가 쪼르르 사무실로 쫓겨 갔다. 사무장 중재로 일은 그쯤에서 마무리 짓기로 결정됐고 더는 뭘 요구하는 일은 없었지만, 그 후 추가되는 소주 한 병에도 영수증이 즉각 날아왔다.

정혁은 잠시 그녀의 죽음을 잊고 흐드러지게 섹스하고 싶다는 찬이의 옛말에 잠겨 있었다. 4월만 되면 이 시국에 철없이 만개하는 벚꽃을 자세히 본 적이 있는가. 세상 전체가 폭소를 터뜨리는 것처럼 흐드러지게 핀 벚꽃에다 고열로 들뜬 섹스의 잔상으로 바꿔놓는 찬이 발상이 기가 막힌다. 정작 찬이는 사랑에 관심이 없었다.

정혁은 성이 다른 종족과 자본 지 까마득했다. 언감생심이었다. 어떤 여자도 빈털터리 사내에게 관심이 없었다. 돈으로 차지할 수 있는 여자는 처량했다. 요나가 고래 뱃속에 있었을 때 간절히 원했던 것은 신의 왕림이 아니라 섹스였을지 모른다. 정혁은 고래 뱃속 같은 자취방에 홀로 있으면 찬이와 섹스를 간절히 원했다. 그런 찬이가 지금 짙은 회색으로 썩어가는 중이다.

정혁은 구석에 처박혀 깜빡 자다 소란스러운 소리에 눈을 뜨니 많은 시간이 뭉텅 지나갔음을 알았다. 경희와 미우가 벽에 기대 서로 소곤거리고 있었고 차석은 소리 진원지인 옆 칸을 망연히 쳐다보고 있다.

5월에 입기에 어울리지 않는 꽃무늬 셔츠의 사내가 두 칸 옆에 들어온 손님 영정을 맘대로 부수고 있다. 후줄근한 중년 여자가 사내 바짓가랑이에 매달려 휘둘리고 있는 살풍경이었다. 정혁이 차석에게 저 사람들 왜 저래, 라고 물으니 시큰둥하게 대답한다. 채무인이 빚을 안 갚고 자살해서 채권업자가 저 지랄을 하는군요. 이내 한심한 포졸 역할로 보이는 경찰이 등장했다. 경찰은 찬이 일로 어느 정도 친숙해진 강 선배가 냉큼 불렀다.

악덕 채권업자가 쓰레기처럼 쓸려나가자 지하에 있는 장례식장은 다시 황량하고 버려진 모습으로 원상 복구됐다. 아니, 잠시 그들 덕분에 장례식다운 떠들썩한 분위기를 만든 다음, 본래로 돌아간 것이다. 미우가 생각났다는 듯이 차석을 가리키며 말했다.

"너 찬이가 어렸을 적 육상선수였던 거 모르지? 걔가 나한테 말했었어. 찬이 소설에도 나오는데. 초등학교 사학년 때부터 중학교 이학년까지 단거리 육상선수였어. 그런데 중학교 이학년 때 생리를 하면서 살이 쑥쑥 붙더래. 투포환으로 바꿀까 하다가 그만뒀다던데. 찬이가 그 이후론 안 자랐다고 해. 하긴 지금도 백 육십칠이 작은 키는 아니지."

차석만 모르는 사실이었으나 새삼스럽기는 했다. 찬이는 생김대로 여림과는 거리가 멀었다. 소설에 연애가 빠졌고 정치는 변절이 난무했다. 가난한 이는 언제나 가난하고 부자는 잘 먹고 잘 살았다. 굳이 타고난 흠이 있다면 친화력이 부족했고 소위 줄이 없었으며 예쁘지 않은 점이다. 여리고 예쁘기라도 했다면 뭐가 좀 달라졌을까? 강 선배가 거들었다.

"맞아 죽을 소린지는 몰라도, 잘 처먹으면서 다이어트 하는 놈년들은 몽땅 똥통에 처넣어야 해. 너 찬이가 한 덩치 했는데, 얼마나 말랐는지 봤어? 못 봤지. 나온 부분이 하나도 없어. 이동 트레이에 싣는데 정말 입으로 불면 허공으로 떠오를 깃털 같더라고. 살쪘어? 그럼 굶으라고 해. 몸만 봐서는 여성성을 알 수가 없었어. 도무지 찬이라고 믿기지 않았어."

오랜 침묵이 자리를 꽉 메웠다가 서서히 빠져나갔다. 정혁을 제외하고 조금씩 원래 모습으로 돌아왔다. 경희와 미우가 번갈아 가며 전화를 걸었고 젊어 체력이 넘치는 차석이 장례식장 구석구석을 배회했다. 정혁은 술을 꾸준히 마셨으나 속이 너무 쓰려 그 통증으로 점점 정신이 들었다. 정혁이 강 선배에게 물었다.

"형. 찬이 방에서 뭐 건진 거 좀 없수?"

그걸 왜 이제야 묻냐는 얼굴을 하고는,

"야, 씨발아. 너도 생각 좀 하고 살아라. 춥고 배고픈데 뭔 소설이 지랄하고 나오겠냐? 우리의 잘난 시인 경희가 아까 말했지만, 소설도 어느 정도 배가 불러야 써지는 거야. 아무것도 없어. 가난한 성주의 전리품처럼 지난 소설 몇 권만 있었어. 슬프다. 정혁아 그치?"

찬이에 관련된 꺼리가 떨어진 건 아니지만 누구도 말을 이으려 하지 않았다. 가시지 않는 슬픔과 알 수 없는 배고픔으로 인해 그들은 궁색해졌다. 찬이 장례가 곧 끝나면 서로 다시 보지 않을 작정이었다. 같이 있으면 있을수록 비밀과 봉합해야 할 치부를 드러낸 느낌이었다.

한 시간 간격으로 찬이를 찾는 문상객이 있었으나 그들은 서로 안면이 없었다. 강 선배가 웃어른으로 서먹함을 지우려고 애를 썼으나 주인 행세를 내세우지 못했다. 찾아주셔서 감사합니다. 저희도 손님입니다, 라고 강선배가 말하자 면식이 없는 손님이 범죄 현장에 함께 있는 것처럼 서로 쭈뼛거렸다. 그들은 최하 이만 원에서 오만 원씩 그 이하도 이상도 아닌 금액을 놓고 갔다.

자정을 넘겨 부조금과 확정 경비를 맞추어 봤다. 네 명 모금액이 구십만 원이고 부의금 총액이 팔십 칠만 원이다. 여덟 시까지 내야 할 돈이 이백오십 만원이니 칠십 만원이 부족했다. 강 선배가 일행 한 사람씩 쳐다본다. 난 더 없어. 사실 나도 하루에 세 끼는 먹지 않아, 그런 얼굴들이었다.

마흔두 살을 넘기도록 사는 일정에 결혼이 없는 강 선배 사정은 누가 보기에도 기여할 수 있는 건 노동력뿐이었다. 그렇다고 줄곧 고등실업자인 두 여자의 상황도 없는 돈을 짜내기에 한계가 있었다. 고작 백오십만 원을 받으며 근근이 버티는 차석도 마찬가지다.

정혁은 아예 기대할 것이 없었다. 불문학자 명교수 번역 대필을 하거나 무협지 출판사에서 가필과 교정으로 생계를 유지하는 자체가 기적이었다. 다행인 것은 정혁이 표준보다 한참 작고 말라 한 덩치 하는 찬이에 비해 소형 차처럼 에너지 효율이 높다는 점이다. 정혁은 찬이 다음으로 고독사할 가능성이 컸다. 강 선배가 습관이 된 한숨을 내쉬었다. 정혁이 품에서 칠십만 원 전부를 꺼냈다. 어제 명교수 번역료에서 착수금으로 나온 고래 심줄 같은 돈이었다. 그 돈이 무슨 돈인지 아는 일행들이 한 입으로 '에이' 한다. 미우와 경희가 어딘가 다급히 전화해 사정하거나 화를 냈다. 한참 만에 돌아와 강 선배를 보고 웃었다. 그 웃음 끝에 왜 이렇게 눈물이 나는지 모두 같이 울었다.

찬이가 남루한 옷을 입고 영정 한가운데 서 있다. 찬이 죽음은 정혁과 강 선배에게 공포를 안겨주었다.

다들 몸이 천근만근이었다. 고작 하룻밤을 지새웠을 뿐인데 폭우 속 진창길을 밤새 행군한 듯 몸을 가눌 수 없었다. 십 년 어린 차석이 조차 병색이 짙었다. 그나마 삼일장이 아닌 게 다행이었다. 찬이도 자신의 장례에 채워진 시간을 못 견딜지도 모른다. 평생 악몽으로 남을 찬이 장례식에 모인 이들은 굳어지고 거칠어졌다. 적어도 굶어 죽지 않겠다는 각오가 정혁에게 생겼다.

다음 날 일곱 시 오십 분이 되자 딱 보기에 사과 상자를 길게 늘인 듯 보이는 골판지 박스 관에 찬이가 담겨 나왔다. '이건 아니다'라고 모두 생각했다. 경희와 미우가 몸부림치며 울었다. 정혁의 몸은 울 기운조차 남아 있지 않았다. 아무리 술병이지만 헛구역질은 왜 이리 연신 나오는지 목을 조르고 싶었다.

찬이가 영정 속에서 웃고 있었다. "배가 고파요." 찬이는 세상에 대고 분명히 소리쳤다. 세상이 원래 그랬고 다들 귀를 막고 눈을 돌렸다.

16인승 봉고에 관이 실리고 일행 다섯이 탔다. 봉고차가 이리 넓었던가. 방을 만들어도 되겠어, 하고 강 선배가 말하자 차석이 캠핑카로는 인테리어가 그러네? 했다. 차가 출발하려고 하자 더럽고 냄새나는 사람 둘이 차 문을 거세게 두들겼다.

"이 차 벽지행 맞지요?"

멀리서 온 남쪽 사투리였다.

사투리여서 강 선배는 잠시 헛갈렸다. 영구차 도착지야 뻔하지 않은가. 강 선배가 머뭇거리자 운전기사가 우당탕 차 문으로 건너오더니 낡고 지친 사내 둘을 거칠게 몰아내며 욕지거리를 했다.

"에이, 이 씨발놈들. 다른 차 타라고. 이 차 안 돌아와."

일행에게 안내하듯 말했다. 이놈들이 숙자인데, 벽제까지 따라다니며 술 처마시고 밥도 얻어먹어요. 만만하게 보이면 행패 부리고 삥도 뜯고. 세상이 갑자기 민주화되니 아주 골치 아픕니다. 차석이 기사에게 물었다. 근데 숙자라뇨? 기사가 실실 웃으며 말했다.

"숙자 몰라요? 아, 오팔팔 똥치 말고, 노숙자 말이요. 여기 영안실에 숙자가 많이 옵니다. 살아서 오고, 뒈져서도 오고. 이곳 문상객으로 함께 밤을 지새운 예비 손님은, 자세히 보지 않으면 모를 숙자가 대부분이죠. 썩은 물로 연명하다가, 안 보인다 싶으면 다 벽제행이주."

食人詩代

05

수십 차례 예고된 코로나바이러스가 우한 인민에게 감염된 지 두 달 만에 세계에 창궐했다. 순식간에 칠십 팔억 인류 중 일억 명이 감염됐고 그중 가난하고 기저 질병이 있는 노인사람만 골라 이백만 명을 죽였다. 백 년 만에 당하는 일이어서 어리둥절하다가, 이러다 세계가 바이러스로 종말을 맞는 영화 같은 일이 일어날지 모른다는 무성한 소문이 함께 번졌다. 더구나 미국 질병통제 예방센터는, 앞으로 몇십 년은 코로나바이러스가 이 지구에 주저앉아 군림할 거라는 예측을 하자 세계 각 정부는 불쌍한 국민을 닦달하여 방역태세에 들어갔다. 심리적으로는 세계 3차 대전이 일어난 거나 마찬가지였다.

인도 경찰이 개돼지인 국민을 마구 때리고, 미국에는 흑인 폭동이 일어나고, 북유럽에서는 평민이 아닌 공주가 감염됐다며 아나운서가 두서없이 떠들었다. 하루라도 거짓말을 하지 않으면 몸살을 앓는 정치 모리배마저 몸을 사리자 한국의 천민들은 비로소 공포에 질리기 시작했다.

이에 정부는 마스크로 사람들 입을 공식적으로 차단했다. 바이러스 전염 경로를 막는 유효한 대처였으나 신문사는 언로를 정부가 나서서 막고 있다고 떠들었다. 지구 전체가 흉흉했고 나라와 나라 사이에 살기가 돌았다.

정혁은 코로나 시대에 스물여섯 살이었다. 자력으로 갱생해야 하는 삶을 지독스레 살았지만, 그 나이 먹도록 대학 삼 학년 휴학 중이다. 사는 게 힘들어 인제 그만 다 포기하고 마포대교에 올라갈까 하다가도 지금까지 들인 시간이 아깝기도 하고, 자칭 성공 가도에 있는 사람들이 너보다 더 험한 삶을 살아왔다며, 조금만 더 힘내라고 주눅 든 젊은이에게 목에 핏대를 세우는 바람에 열심히 살기로 작정했다.

여기저기 흩어져 있는 알바 세 군데는 이동시간과 근무시간이 비슷했다. 그렇다고 입맛에 맞춰 일자리가 정해지는 게 아니었고, 정혁은 이나마 유지하는 것을 감사했다. 체력은 항아리에 실금이 가듯이 시나브로 줄어들었다. 가시내처럼 타고난 밑천이 없는 이상, 바닥을 들어낼 때까지 가보는 수가 최선이었다. 책을 읽을 여유나 연애 따위에 쏟을 시간과 경비가 없는 그로서는 판도라 상자에 남은 희망이 사기 일종이라는 것을 알 리가 없었다. 정혁에게 만족은 늘 수동적이었다. 만족하기보단 만족을 강요당했으니까.

하루 서너 시간 잠만 자는 용도의 신림동 쪽방촌 깔세가 무려 사십 만원이나 됐다. 보증금이 있으면 더 싸게 살 수도 있었다. 얼굴만 간신히 디미는 구멍에 기어들어 주눅이 든 개처럼 살 각오가 되어 있으면, 교도소 독방 크기인 한 평 반짜리 고시원을 택할 수도 있겠지만, 정혁에게 이곳 여섯 평짜리 반지하 쪽방은 그나마 남은 자존심이자 더는 비참해지지 말자는 인간적인 배려였다.

그렇게 삶을 간신히 부지하던 중 어느 날 갑자기 세상이 붕괴하기 시작한 것이다. 먼저 밑바닥층 사람들이 설마 하다가 슬금슬금 무너져 내리는 흙더미에 깔려버렸다.

사스나 메르스처럼 겁만 주고 지나갈 것으로 예측한 코로나바이러스가 화창한 봄날 머리에 꽃을 꽂은 미친년처럼 돌아다니기 시작했다. 계절이 거꾸로 움직였다. 이 바이러스에 대해 SNS와 유튜브에서 언론과 다른 음모설을 라이브로 중계했다. 정혁은, 없는 사람들이 그렇듯 사는 게 비극일 때는 지나치게 낙관적이었고 다소 빛이 보이면 회의적이었다.

편의점의 마스크는 코로나바이러스 중증 환자의 사망을 알리던 첫날 동이 났다. 사람들은 마스크만 쓰면 바이러스에 옮지 않으리라는 종교적 믿음으로 불안에 떨었다.

정혁은 음식점 주인한테서 그만 나오라는 지시를 받았다. 주부습진이 도장처럼 파여 지긋지긋했던 곳이었으나 일당 외 한 끼 식사를 벌충했던 곳이었다. 그들은 청춘을 다 바쳐 지켜왔던 식당을 포함해 미래까지 일순 다 잃었다.

알바 한 곳을 잃는 것은 수입 삼 분의 일이 끊기는 것으로 끝나지 않았다. 지금 수입도 이 도시에서는 근근이 버티기 수준이다. 현대 샤일록은 피 한 방울도 흘리지 않고 허벅지 살을 뭉텅 도려낼 수 있다. 먹는 거? 허리띠 한 칸을 줄이면 된다. 대학? 깡통 공장을 들어가려도 기본 조건이 된 졸업장은 최소 이 년은 더 멀어질 것이다.

세 군데 알바 중 11시부터 2시까지 식당 일이 구멍 났으므로 시간 활용이 애매했다. 기상 시간은 바뀌지 않았다. 정혁은 오전 7시부터 10시까지 일하는 세차장에 가기 위해 새벽 5시에 일어나야 했다. 정혁은 일산에 있는 일터로 가는 도중 버스에서 세차장 주인으로부터 메시지를 받았다. 차와 코로나가 무슨 연관이 있는지, 사장은 다음에 보자고 통보했다. 거대한 셔터가 내려지는 기분이었다. 마지막 남은 것은 술집 알바이다.

비루한 인생이다.

징그럽게 달라붙는 체념을 떼어내며 집으로 돌아와 유일한 호사인 잠에 취해버렸다. 이 판국에 잠이 오다니, 정혁은 자신의 처지를 비관했다. 악몽을 꾸었다. 갈증과 같은 허기로 눈이 떠지자 우울해졌다. 라면을 끓였다.

정혁은 온 신경을 TV 방송에 기울였다. 대체 세상에 무슨 일이 벌어지고 있는가. 이 판국에 코로나바이러스에 감염된다면 부자야 따귀 몇 대로 끝나겠지만 난 바로 사망이다. 기저 질병이 있음 치사율이 높아지는 전염병이란다. 영양실조도 면역력을 악화시키는 기저 질병이었다.

통장 잔액을 뚫어지라 봤다. 수의 의미가 생존으로 나뉘어 분류됐다. 생활비 대부분을 차지하는 방세와 교통비를 제외하고 하루 오천 원으로 살면 오 개월 정도는 근근이 버틸 수 있겠다.

정혁은 자신의 삶에 갑자기 난입한 코로나로 인해 삶 전체가 흔들거림을 온몸으로 느꼈다. 처음과 달리 조짐이 썩 좋지 않았다. 코로나에 죽나 굶어 죽나 이판사판이어서 이날 세 번째 알바인 기본급이 없는 술집은 나가지 않기로 했다. 온종일 고통 없이 죽는 방법에 관해 연구했다. 구멍가게에서 총기를 살 수 있는 미국이었다면 결정도 빠르고 보편적인 방법을 사용했으리라. 고작 떠오른 생각이 단골 마포대교였다. 술 마시고 싶었다.

소주를 사러 가는 길에 본 노인이 여전히 같은 자세를 유지하고 있었다. 찬찬히 보니 평소 검은 옷만 주워 입었던 노인이 내다 버린 낡은 장롱같이 전봇대에 비스듬히 기대어 있다. 이런 광경은 도시 골목에 다반사였고 정혁 또한 신경을 쓸 여력이 없었지만, 눈에 익은 사람인지라 버려두기가 께름칙했다.

어쩌다가 생기는 계산된 동정심이나 휴머니즘은 아니었다. 무심결에 한 행동이었다. 정혁은 노인을 부축하며 물었다. 몸피에 비해 묵직한 것으로 보아 죽음과는 거리가 먼 인간이었다. 몸으로 깨달은 경험은 대개 맞았다.

"경찰에 신고할까요? 아니면 시립병원에 데려다드릴까요?"

노인 목소리는 바닥을 긁는 중저음이었다. 어수룩한 사람은 아닐 것이다. 음색이 관상의 제일이라 하지 않던가.

"고맙소. 젊은이. 먹지 못해 맥을 놓아버린 모양이오. 귀찮겠지만 나를 집으로 데려다주시오. 공짜는 아니오. 삼백칠 호 학생이군."

굶어 죽어가는 주제에 공짜는 아니라고? 정혁은 노인의 그 나이 먹도록 생계에 허덕이면서 부리는 허세가 한심했다. 대꾸하기도 힘들다. 노인을 등에 신자 이 정도 덩어리쯤은 하던 생각이, 굴러온 축구공을 보고 정확히 찬 거 같은데 그만 헛발질을 한 듯 당혹감이 들었다. 노가다야 비상근직이었지만 육체 피로도가 대단해 선호하는 직종은 아니었다. 아무리 그래도 그렇지, 군대까지 갔다 왔는데, 이 정도 무게를 감당하지 못한다는 버거움이 터무니없기보다는 울컥 겁이 났다. 정혁은 자신의 황당무계한 이 느낌을 늘 붙어 다니는 허기 때문이라고 생각했다. 배고픔은 자신감만 없어지는 게 아니다. 실체를 과장하지. 노인을 간신히 업어 거점지인 쪽방으로 데려다주었다. 정혁은 노인을 업어 옮기는 동안 쓰러질 듯 비틀대는 자신이 병들었을지도 모르는 걱정으로 위축됐다.

노인 방은 정혁의 방과 비슷한 구조를 하고 있을 텐데 냉랭하다는 느낌 외에 기이함마저 들었다. 싱크대는 요리한 흔적이 없을 뿐 아니라 붙박이로 놓인 찬장에 있어야 할 그릇이 없었다. 냉장고가 있으니 하다못해 물컵 정도는 있어야 하는 거 아닐까. 게다가 이불과 요도 없는데 잠은 어찌 자는 건가. 아무리 가난해도 이건 너무하는 거 아닌가 하는 애처로움에 있는 라면이라도 몇 개 주고 싶었다. 그저 방에 달린 소형 냉장고가 창밖의 음습한 조명을 받고 뻔뻔하게 놓여있을 뿐이다. 정혁은 노인이 자신보다 불행한 삶을 사는 것에 자신의 미래를 비추어 마음을 다지고 있는데, 그가 가까스로 치켜든 손가락으로 냉장고를 가리켰다. 정혁 또한 엄청난 무게의 짐을 졌으므로 미치도록 갈증이 났다.

냉장고를 열자 눈이 부셨다. 알리바바의 보물 창고가 이럴까. 냉장고 안은 정혁의 냉장고와 달라도 너무 달랐다. 그 안은 수돗물이나 단무지가 아닌 만원짜리 지폐가 틈이 없을 정도로 꽉 채워져 있다. 이게 다 돈이면 최소한 몇억은 되지 않을까? 왜 돈을 냉장하는 걸까? 하긴 도둑놈이 들어온다고 냉장고를 뒤질 생각은 못 할 것이다. 기발한 착상이다. 정혁은 불현듯 노인을 향한 또렷한 살의를 느꼈다. 정혁을 바라보는 노인의 비틀린 웃음이 소름 끼쳤다.

"엉뚱한 상상은 하지 않는 게 장수에 도움이 될 걸세. 거기서 백 삼십 만원만 꺼내게. 백만 원은 자네 수고비고 나머지 삼십 만원은 물건값이네. 여기

이 번호에 전화를 걸어 물건을 받아 오면 되는 간단한 일이지. 법으로 하자가 있는 내용물이 아니니 걱정하지 마시게. 하지만 누구나 할 수 없는 일이니 가볍게 처리하진 말아."

백만 원? 노인이 다시 힘없이 눈을 감았다. 일당 백만 원이면 이유를 물을 필요가 없다. 돈이 명령하면 의심을 품지 마라! 을에 정해진 규율이다.

정혁이 전화를 걸자 뜻밖에 병원이 튀어 나왔다. 병원이라니. 전화 상대가 만나자는 장소로 가니 입매가 얄미운 남자가 먼저 돈을 받고 포도즙 상자를 건넸다. 인사 없이 사라지는 남자를 보니 어처구니없고 싱겁기 짝이 없었다. 무슨 할 일이 더 있어야 하는 거 아닌가? 정혁은 서둘러 걸음을 옮겼다. 귀신에 홀린 기분이었다.

쪽방으로 뛰어 돌아오니 노인은 이승과 저승을 왔다 갔다 했다. 냉장고를 금고로 사용하는 노인에 대한 살의가 다시 꿈틀거렸다. 그 감정을 꾹 참고 가져온 상자를 건네니 눈꺼풀이 열렸다. 어두운 방이었는데 노인 눈동자가 야행성 동물의 발광체로 빨갛게 빛이 났다.

작은 상자에 담긴 내용물은 유통기간이 임박한 수혈 팩이었다. 노인이 수혈 팩을 빨대 없이 물자 물큰한 피비린내가 번졌다. 피를 주스 마시듯 하는 꼴을 보자 머릿속이 하얘졌다. 피를 마셔야만 사는 희귀병에 걸렸을까? 정혁이 생각에 골몰해 있는데 뭔가 확 달려들었다.

정혁이 어마지두해 웅크리자, 적어도 4미터쯤 떨어져 있는 사내가 지구역학을 무시하고 믿기지 않는 움직임으로 다가와 정혁의 발목을 움켜잡았다. 사내의 악력은 살의는 아니었으되 경고 메시지로 충분했다. 온몸이 저릿할 정도로 놀라운 힘이었다. 사내는 힘을 주체하지 못했다.

"방금 무슨 일이 일어났는지 모르겠지. 아니 앞으로 무슨 일이 생길지 짐작도 못 하겠지. 사회 버러지로 적응한 네겐 당연한 거야. 넌 지금 생과 사를 결정하는 시점에 무방비로 놓여있어. 안심해. 난 지금 포만 상태야. 사람 같지 않지. 배 터져도 먹어대는 습성은 없어. 그리고 내가 정의의 사도는 아니나 왜 사는지도 모르는 불쌍한 놈은 먹어 본 적이 별로 없어. 발작하지 않는다면 말이지.”

하면서 정혁을 구석에 던져 놓았다. 사내 힘은 느낌이 달랐다. 상대는 고수이고 나는 때리면 맞아야 하고 욕으로 대신하면 행복해야 하는 주눅 든 빌어먹을 강아지이다.

정혁은 지렁이도 밟으면 꿈틀한다는 오기로 대들었다.

“내게 무슨 일이 생기는 겁니까?”

사는 게 이판사판이다. 어차피 죽고 싶었다. 내 주머니에 백만 원이 고스란히 들어 있다. 문밖을 나서면 코로나바이러스가 노리고 있다. 굶어 죽든 공포에 질려 죽든 선택 폭은 제한되어 있다. 지금 당장 맞아 죽더라도 사형수가 집행 전 마지막 담배를 갈구하듯 주머니에 든 돈은 쓰고 죽었으면 하는 소원만 있다. 정혁이 대가리를 내밀자 사내의 흐벅진 웃음이 방안을 진동시켰다.

“그러니 날 속일 생각은 추호도 하지 말아. 너희 같은 놈에게 없는 몇 가지 형질 중에 내가 제일 잘하는 게 사람 마음을 읽는 거지. 네가 잘하는 눈치 빠른 거 하고는 차원이 다른 능력이야. 너는 나를 만난 게 운명이야. 음, 바퀴벌레 왕국에서 부자로 살게 되는 거 말이야.”

놀라운 일이 나타났다. 노인은 흡혈을 하며 말을 하는 도중 눈에 띄게 젊어져 갔다. 세포 재생 장면을 화면이 빠른 속도로 보여주듯 주름이 펴지고 바뀐 안색과 표정은 생기로 넘쳐났다. 분명 초로의 굶어 죽어가는 꼴이었는데, 자세히 살펴보지 않아도 자신과 십 년 터울이 나지 않는 몸으로 바뀌었다. 사내 안색은 원숙함과 오래 묵은 경험치를 드러냈다. 다만 붉은 빛이 도는 사내 입술이 짓궂게 보였다. 흡혈이 피부 노화 재생에 효험이 있는 걸까? 정혁은 다 짐작하면서 물었다.

"혹시 지금 드신 게 녹혈입니까?"

사내 웃음이 요란했다. 콘크리트 집이 아니었다면 주저앉았을 것이다. 사내는 대답하고 싶지 않은 말은 하지 않았다.

"내가 서기 천 육백 삼십 삼 년에 태어났으니 대략 사백 살은 된 셈이지. 네가 품어야 할 의문은 내가 어떻게 그 나이를 처먹도록 살아남았느냐는 거고 달리 말하면 비결이겠지. 알면서 어리석은 질문은 하지 마. 성질나니까. 내 주식은 사람 피이고 피치 못하면 타 동물 피로 대체하긴 하는데 그 기간이 길어지면 인성을 잃게 되지. 그래, 네가 느끼면서 믿지 않는, 나는 뱀파이어야. 보진 못했지만 들어는 봤지?"

정혁의 동공이 열리고 몸이 움츠러들자 사내는 다시 요란한 웃음을 터뜨렸다.

"희한한 놈이네. 궁지에 몰린 놈이 다 그렇긴 하지만, 반은 무섭고 반은 궁금해하는군. 걱정하지마. 넌 악착같이 살아야 하고 나는 집사가 필요해. 처음에 너를 먹을까 하다가 네놈 욕망을 읽고 생각을 바꾸었어. 하지만 다른 궁금증은 풀어줘야 하겠지. 왜 그런 뛰어난 능력을 갖추고 있으면서 다 죽어가냐고? 그냥 재수가 없었어. 글쎄 어떤 나쁜 놈을 먹었는데 그놈이 코로나에 감염이 된 거야. 걱정할 건 없어. 벌써 다 나았으니. 가끔 포장 음식이 아닌 걸 먹고 싶을 때가 있어, 본질을 확인하고 싶을 때가 있기도 하고, 넌 가끔 인간임을 확인하고 싶지 않니? 어쨌든 앞으로 코로나바이러스가 종식될 때까지 건강식은 참아야겠어, 일단 넌 심부름만 해. 대놓고 먹는 몇 군데 병원을 돌아가며 수혈 팩을 가져오면 돼. 삼 일에 한 번씩이니 허튼짓만 안 하면 부자가 되는 거야. 주의할 건 타인의 관심을 끌지 마라. 설명하지 않아도 무슨 말인지 알겠지? 인간이 개보다 나은 점은 한 가지밖에 없어. 알아서 잘 긴다는 점이야."

이렇게 해서 정혁은 삼류 영화에서나 봄 직한 뱀파이어 하인이 됐고 수입

면으로 꿈의 직장을 잡게 됐다. 갑과 을의 관계는 확연했으나 사람같이 악질적인 갑으로 행세하려 들지 않았기에 그의 지시는 황홀했다. 돼지꿈을 꾸지 않고 이런 기회를 잡은 건 로또 2등에 당첨된 거나 같은 셈이다. 정혁의 저자세는 깍듯했다. 정혁은 태어나 처음으로 돈이 주는 즐거움을 만끽했다. 돈이 천만 원쯤 모이자 육 개월이면 구형이 될 최신형 핸드폰을 현찰로 구매했고 그 배가 모이자 주체할 수 없는 성욕에 몸이 뒤틀렸다. 다 양질의 단백질 탓이었다. 정혁은 하루 쉬겠다고 사내에게 애걸했다.

사내는 음지에 서식하는 치명적인 암컷은 특히 조심하라고 엄중히 경고했다. 이유는 알 듯 말 듯 했으나 부드러운 짐승을 사귀는 것은 규정을 위반하는 일이었다. 번거롭지 않고 간편한 장소는 이 도시 음지 내 얼마든지 있었다. 거긴 코로나가 아니라 당장 쿠데타가 터져도 스물네 시간 영업을 했다.

말로만 듣던 마사지 시술소로 가서 늦어도 한참 늦은 나이에 간접이 아닌 직접으로다가 동정의 때를 벗겨내는 시술을 받았고 다음부터 그 장소 고객이 됐다. 몸 안에 음악을 가둔 여자 손기술이 화려했다. 정혁은 수혈팩을 배달하고 나면 다음 공정으로 흘러넘치는 정액을 시술했다. 혼자 밥 먹는 것에 외로움을 느끼지 않고 시간과 기회비용이 필요 없는 여자가 즐거워지면 굳이 결혼할 이유가 있을까, 하는 생각도 하게 됐다.

양질의 단백질이 지속해서 공급되자 몸은 뒤늦게나마 스물일곱의 나이에 2㎝ 성장을 했다. 자신감 상승은 무조건 고기 힘이다. 정혁은 진심을 다해 사내를 주인으로 받들었고 즉각 지급되는 배달료 외 거의 드믄 착한 공무원처럼 더는 욕심내지 않았다.

정혁은 사내가 지정한 시각에 항상 오 분 먼저 도착했다. 사내가 왜 이런 허접한 공간을 고집하는 걸까, 의구심이 들었지만 이내 고개를 흔들었다. 갑의 결정은 언제나 옳다. 습관이거나 취미라면 고치기 어려운 법이다. 사내는 따라놓은 혈액을 음미하듯 마시며 말했다. 사내가 쥐고 있는 크리스털 포도

주잔은 정혁이 뇌물이 아닌 진심에서 우러나온 감사의 선물로 사드렸다.

"사 백 년 동안 살면서 자네 같은 종족은 처음 봐. 왜 그러는지 알고는 있는데 이해가 안 가. 궁금한 게 하도 많아 뇌 속의 연기가 코로 나올 지경인데 왜 묻지 않는 거지? 하긴 호기심 많은 고양이가 단명하긴 하지."

미치게 궁금했다. 그렇다고 나오는 대로 토해놓을 만큼 어리석지는 않았다. 사내는 황금알을 낳는 거위이다. 괜히 의심해 배를 가를 이유가 없고, 그가 뱀파이어이긴 해도 그저 고개를 수그리면 그만인 거 아닐까?

"전 선생님을 의심하지 않습니다. 제게 맡기신 일을 충실히 하는데 예습과 복습을 하며 시간을 보낼 뿐입니다. 부탁하건대 살아 있는 먹이를 대령하라는 무리한 지시만 거두어 주신다면 제 피를 뽑아서라도 바치겠습니다. 그런데 그렇게 물으시니 궁금한 점이 딱 하나 있습니다. 돈은 어디서 생기는 겁니까?"

면역이 될 만한데 사내의 경박한 웃음은 몸에 배지 않았다.

"내 직업은 도둑질이야. 그럼 지금 세상에 내 능력을 어디다 써먹겠어. 가볍게 날아오르고 재빠른 신체 조건으로 공공연하게 운동선수를 할 수는 없지 않은가? 나도 옛날에 가까운 거리는 날아다녔어. 근데 한 오십 년 전부터 사람들 피가 심각하게 오염되기 시작한 거야. 깨끗한 유기농 피를 구할 수 없으니 신체 능력이 조금씩 퇴화하더군. 황당하더라니까. 인구가 밟힐 정도여서 먹잇감이 넘쳐나는데 오염으로 먹기 거북해진 거야. 낙동강에서 물고기를 잡을 순 있어. 하지만 먹을 수는 없는 일이지. 세상에, 내일 사는 걸 걱정해야 한다니. 이런 개 같은 경우가 어디 있냐고. 난 아주 오래 살잖아. 그래서 안 하던 버릇이 생겼지. 양심 없는 부자처럼 모아도 모아도 불안한 거야."

뭐 이딴 뱀파이어가 있단 말인가. 기가 막혀 말이 안 나왔다. 모기 암컷같이 흡혈을 주식으로 하는 사내가 도둑질로 연명할 거라고는 꿈에도 상상하지 못한 일이었다. 부자의 높은 담을 타 넘는 뱀파이어를 상상해 본 적이 있는가? 허를 찔린 기분이었다.

“내가 삼백 년 전에는 웬만한 새와 비슷했어. 지금은 세계 신기록을 세운 장대 높이 뛰기 선수에 비해 세 배 정도야. 근데 말이야. 요즘은 코로나와 기후 재난 때문에 이 짓도 못 해 먹겠어.”

사내는 감옥에 갇히기 전 대기업 행수의 불쌍한 표정으로 하소연했다. 뱀파이어 도둑놈이라니. 우습기도 하고 괜히 측은해 보였다.

“살기 힘드네. 사실 내가 무슨 정의감이 넘쳐 손쉽게 사냥할 수 있는 가난한 자를 안 잡는 건 아니야. 파리 잡듯 쉽긴 한 데 말이지, 아주 비위생적이야. 영양가라고는 하나도 없는 무말랭이 같지. 영양실조에 온갖 질병에, 거기에다 알코올 중독이니 불량 식품이나 다름이 없지. 거기에다 코로나바이러스까지 옮았다고 가정해 봐. 끔찍해, 이건 거의 죽음이야. 아, 정말 위험한 세상이 온 거야. 도대체 앞으로 세상이 어찌 변할지 걱정이야. 넌 인류가 이산화탄소가 계속 증가해서 지구 온도가 높아져 전 지구인이 쪄 죽거나 전쟁광의 핵전쟁으로 종말을 맞기 전에 당장 먹거리 오염으로 지레 사라질 거로 생각하지 않니?”

배에 지방이 끼니 별말이 막 나오는군. 당신이나 환경오염이고 코로나가 무섭겠지만 이리 치이고 저리 치이는 나 같은 바닥 인생에게 그런 말을 씨부려? 안 먹고 살 수는 없다. 당신은 자본주의 생리에 무식하다. 아산이 깨지나 평택이 깨지든 상관이 없는 나 같이 깃털 자격도 없는 놈이 뭘 어쩌겠는가. 정혁은 돈의 위력을 맛본 이상 너에게 매달려야 한다고 굳세게 다짐했다. 이런 식으로 한 삼 년만 벌 수 있으면 인류가 멸망하기 전 햄버거 하우스를 차릴 수 있을 것이다. 사내가 열변을 토했다. 정혁의 귀에는 들리지 않았다.

“야, 코로나바이러스! 이런 건 백 오십 년 전에 병도 아니었어. 지금은 병축에 끼지도 않지만, 옛날에는 그까짓 홍역으로도 해마다 수십만 명 아이들이 죽어 나갔고, 이 나라 방방곡곡에 콜레라, 이질 같은 전염병으로 매년 수십만 명이 북망산천으로 떠났지. 그런데 지금 와서 인류가 난생처음 겪듯이 코로나 따위에 공포를 느끼는 거야. 너는 당연한 것으로 이해가 가는 모양인데 나는 사람들 엄살이 이해 안 가. 잊기를 잘하는 동물이라서 그런가? '나만 아니면 되는데' 갑자기 자기 차례가 된 거 같은 전율 때문인가? 몰라, 모르겠어. 허를 찔린 기분이라니까. 보라고! 기적과 비슷한 절망의 문이 느닷없이 활짝 열려 수족관 물고기가 왕창 쏟아져 나온 상황이야. 가난한 사람들이 하루아침에 거리로 팽개쳐지고 그 바로 위 단계들은 서서히 데워지고 있는 개구리 꼴이지. 이 땅은 예외지만 딴 나라에서는 총리나 공주도 넘어가고 있다잖아. 걔들은 고도 비만이거든. 자, 지옥문이 열렸어. 시대 행간을 읽어야 하는 시대가 또 도래한 거야. 난 지금 엄청 불안한데, 넌 나른한 개같이 편해 보이는군."

사내 설명은 계속됐다. 폐에 습윤 된 공포의 정체가 나라와 나라, 도시와 지방, 이 모든 걸 거치지 않고 개인과 개인에 직접 연결된 네트워크로 진입한 코로나가 진부한 상황의 진범이라는 것이다. 정혁은 속으로 코웃음을 쳤다. 뱀파이어 정의 사자라! 정혁은 오히려 사내의 심각한 불안에 어리석음을 느꼈다. 왜 불안할까? 나중에 삼수갑산을 갈망정 그때는 그때다. 그저 남다른 능력을 권력으로 알고 마음껏 활용해 부자들 돈을 훔쳐다 냉장고에 쌓아놓고, TV를 보며 정말 불안에 떠는 세기말 풍경을 느긋하게 감상하며 피를 빨면 되는 일 아닌가. 덕분에 나도 좀 즐기고 말이야. 이런 걸 낙수효과라고 하잖아. 부르주아 뱀파이어 같으니라고.

"넌 모르는군. 빈정거리는 게 아니라 버러지 취급을 당하는 민중은 절대 모르지. 권력의 먹잇감임에도 그 똥구멍에 기생하려는 머리로 뭘 알겠어. 자본의 폭력에 마비되고 길들여진 사람들은 늘 자신의 처지를 눈 가리고 아웅하지. 예수나 부처만 종교가 아니야. 팔 한쪽을 내줘도 살아남겠다는 의지가 바로 종교이자 광신이지. 그저 생존만 하기 위해 사는 거지. 살기 위해 무슨 짓이든 하는 거야. 이런 생활 방침을 코로나바이러스가 깬 거야. 미국과 스페인 그리고 이탈리아에서 뒤늦은 산불로 번지고 있는 코로나로 사람들의 살려는 의지 패턴이 달라지고 있어. 매개체로 인식된 노인들과 병자들은 육식성 야수를 위해 죽어줘야 하고, 황인종은 원인체로 분류되는 거지. 그 틈에 권력에 의해 자가증식되어 유포된 공포와 경제 공황으로 그야말로 패닉이야. 세상에, 허구한 날 배가 터지게 처먹어야 하는 석유 가격이 생산비를 밑돌고 있다잖아. 앞으로 인류는 굶어 죽을까? 아니면 맞아 죽을까? 넌 다음 페이지가 어떻게 전개될 거 같니?"

생각하는 기능을 잃은 내가 무슨 말을 한단 말인가. 그저 주인 의지대로 당하는 게 노예의 본분 아닐까. 나는 부림 받는 자이다.

"하, 벽이군. 약 사 백 년을 살며 어처구니없는 상황을 수없이 겪어봤지만 이런 황당한 경우는 처음이야. 앞으로 인류는 어떻게 살아야 할지 고민해야 할 게 아니라 어떻게 하면 고통 없이 죽을지 연구해야 할 게다."

사내와 마주하면 현실 감각을 잊어버렸다. 돈이 주는 마력이 그의 정체성을 모호하게 했다. 독사가 귀엽게 보인다면 그건 분명히 착각이거나 취했다는 건데, 어쨌건 정혁은 그를 존경하고 자신과 동일체로 최면을 걸었다. 정혁의 눈에는 사내가 흡혈귀로 보이는 게 아니라 냉장고 안을 꽉 채운 지폐의 화신으로 보였다. 다만 요즘과 같이 편리성을 추구하는 시대에 오만원권이 아닌 만 원짜리 지폐로 채운 것이 의아할 뿐이다.

"그러나저러나 호칭은 뭐라 해야 할지."

정혁이 말을 더 잇기 전에 속내를 읽은 사내가 시큰둥하게 대답했다.

"고작 그것이 궁금하단 말인가. 종이 주인 이름을 알면 그리 부를 텐가. 삼성의 왕인 이재용 이름을 알면서 누가 면전에서 감히 이 씨라 부른 적이 있단 말인가. 가소롭게. 자넨 본분을 잊지 않는 게 좋을 거야. 태생이 노예이고 노예 십장이 되기 위해 교육받았으니, 게다가 인공지능 시대에 수준 높은 노예는 항상 넉넉하지. 아무리 충직한 종일지라도 미운털 한 가닥만으로 절벽으로 떨어져. 나 또한 사백 년 전에 관노였어, 성은 없고 그저 수많은 강쇠 중 하나였지. 그러다 내가 정신을 잃어 먹어치운 놈의 이름을 달았는데 신기한 인연이 닿았는지 몰라도 너의 이름인 박정혁이야. 뜻은 다르지만 네 이름이지. 네가 내 이름을 부른다고 네가 내가 될까?"

사내 웃음은 소름 끼쳤다. 조부는 독립투사였다. 개나 소가 정혁의 이름을 동네 머슴 부르듯 하찮게 불러댔지만, 자신의 이름이 불릴 때마다 조부의 가련한 소망이 상기됐다. 정의로움 正과 혁명의 革자가 재래시장 바닥에 뭉개진 배추이파리처럼 쓸려 다녔다.

"천 육백 오십 삼 년 칠월 네덜란드 동인도 회사 상선 스페르웨르호가 타이완에서 출발해 나가사키를 향해 가던 중 태풍을 만나지. 현 제주 중문리 해변에 난파한 거야. 헨드릭 하멜을 비롯한 살아남은 선원 서른여섯 명이 제주목 관아에 억류되지. 대정 현감 전극충의 관노인 나 강쇠는 그들을 감독하며 일을 시켰어. 하멜과 그의 일행은 풀 뜯기, 땔감, 구걸하기가 전부였어. 바로 하멜이 뱀파이어였던 거야. 그가 억류 십 삼 년 만에 제주를 탈출하기 직전, 보복인지 보상인지 내 목을 물어뜯었어. 모기가 말라리아를 옮기듯이 말이야."

사내가 정혁에게 다가와 그토록 궁금해하던 송곳니를 드러냈다. 도망갈 곳이 없었고 죽음은 막연한 공포가 아닌 현실감이 있었다.

"본능적으로 흡혈은 했지만, 사람을 대상으로 한 것은 그 후 삼백 년이 지나서였어. 노예 습성으로 감히 사람을 해칠 수 없었던 거야. 아, 나의 가엾은 식욕. 흡혈의 강렬한 욕구는 인륜을 초월하지. 먹어야 하는 당위성 그리고 동력원으로 음식물에 지나지 않는 한 때 동료였던 사람, 그것을 취하지 못하면 한없이 나락으로 끌고 가는 유물론적 동인, 그런 인식에 불구하고 차차 눈이 뒤집혀 흡혈은 최종 소원이 되는 거지. 너와 다르지 않아. 너의 단백질과 지방, 탄수화물인 음식물에 대한 동경과 나의 피에 대한 갈증은 근원적으로 같은 게야. 이해가 되나?"

어떻게 송곳니 앞에서 이해가 안 갈 수 있단 말인가. 머리에 쏙쏙 들어왔다. 정혁은 얼마 전만 해도 거의 주식으로 먹던 라면을 생각했다. 빈혈과 탈모를 유발하는 거지 같은 인스턴트 음식을 고급지게 처먹으며 오르가슴에 막 도달한 표정을 짓는 연예인이 가난한 자의 기대를 얼마나 비참하게 만드는지 모를 것이다. 라면 광고는 담배 광고처럼 법으로 금지되어야 한다. 이제 라면은 별식으로라도 치욕적이다. 고기 또 고기가 주식이 됐다. 정혁은 무엇보다 사내의 만수무강을 기도했다. 그에게 바칠 오염이 안 된 따뜻하고 신선한 혈액을 구할 수만 있다면 인류가 구원받지 못할 가능성이 있다손 치더라도 산 예수를 갖다 바치고 싶었다. '더 라면의 시대'로 돌아가고 싶지 않다.

"그런데 뭔가 이상하지 않은가? 사람이야 그렇다 치더라도 역사는 기억하고 있거든. 나도 겪어본 전염병이지만 스페인 독감이나 격년을 두고 창궐하며 지방 전체를 쓸어버리던 호열자 시대에도 세상 분위기는 이렇지 않았지. 발발 떠는 공포와 발악으로 오히려 삶에 집착한 사람들의 집념은 무쇠를 뚫는 듯했는데, 그저 독한 감기에 지나지 않는 이딴 바이러스에 사람들은 무언가에 원격조정되어 집단 패닉에 휩싸인 거야. 전염병 창궐 중 연례적으로 나타나는 살기가 보이지 않아. 이 나라에만, 왜? 혁명이 일어나지 않지? 유럽에는 노인들과 병자가, 미국에는 가난한 흑인과 약자가 죽어 나가면서 폭동이 일어났잖아? 그래야 왕이 백성을 무서워하지! 왜 이 나라에서는 공격이 아니라 공포냐구!"

정혁은 알 바 아니라 생각했다. 빌어먹을 똘마니가 무엇을 얼마나 알 것이며 안다 해도 치밀한 사회구조에 무슨 영향력이 있단 말인가. 오히려 사내 궁금증에 신경질 났다. 정혁은 아랑곳하지 않고 밍밍하게 말했다.

"다음 일거리는 오늘이죠? 저는 그저 충직한 집사일 뿐입니다. 대화 상대로는 부족하죠. 제 소원은 악착같이 선생님 곁에 남아 배부른 돼지처럼 살고 싶을 뿐입니다."

사내가 손뼉을 치며 벌떡 일어났다. 방금 흡혈을 해서인지 움직임은 유연하게 공간을 휘젓고 다녔다. 앵두 같은 입술이 사람을 설레게 했다. 문득 사내의 능력이, 화폐를 맛본 갈급함으로 눈이 뒤집힐 정도로 부러웠다. 나도 뱀파이어였으면! 그러자 어느새 정혁의 마음을 읽은 사내가,

"신중하게 결정하라고. 무언가 되면 돌이킬 수 없어. 넌 내가 좋아 보이나? 예전엔 내가 지상에서 제일 불쌍한 존재라고 생각했어. 성욕에 대한 감정이 없으니 사랑이 없고, 사랑의 감정이 사라지니까 긴긴밤을 미치게 했던 사월이가 시큰둥해지는 거야. 더 좋은 건, 세상이 악해지면서 권력욕이 한심하게 느껴지니 국회의원이 등신 같고 일반 백성처럼 천박하게 살지 않아도 돼서 선민의식이 생겼지. 게다가 춥고 덥고를 느끼지 못하는 게 얼마나 위대한 능력인지 한국전쟁 때 수십만 방위군이 총 한 방 쏴보지 못하고 길에서 얼어 죽은 걸 보고 깨달았어. 이제 앞으로 이마저도 어려워질 거 같아. 왜 그런 줄 알아? 산천만 오염된 게 아니야. 사람들 피가 거북할 정도로 더러워졌거든. 사람들은 자신의 기대 수명이 늘어난 것에 희희낙락이던데 그게 얼마나 고통스럽고 기회비용이 들어가는지 짐작도 못 하고 있어. 벽에 똥칠하며 수용시설에 갇혀 있는 기간이 늘어났을 뿐인데 말이야. 물론 부자는 빼고. 나 지금 티베트나 쿠바로 이주를 고려하고 있어. 이곳 인간들 피는 더럽고 자존심 상해서 못 먹겠어. 물론 부르주아처럼 유기농을 고집하는 건 아니야. 적어도 먹는 것에 생명존중 사상이 들어가 있어야 하는 건 아닐까? 넌 코로나가 사람들을 죽였다고 믿니? 서양은 햄버거이고 동양에는 라면이 주범이야."

정혁은 소스라치게 놀랐다. 이제 간신히 먹고살 만 해졌는데 다시 실직당한다면, 더구나 밖은 코로나로 위험천만이다. 정혁은 사내 바짓가랑이를 잡았다. 그리고 절망에 빠진 사도가 신에게 갈구하듯이 애걸했다. 예수란 불쌍

한 사내처럼.

“그럼 선생님, 저를 후계자로 삼아 주십시오. 저를 뱀파이어로 만들어 주지 않으시겠습니까?”

사내는 냉정하게 고개를 흔들었다.

“그건 안 돼. 나는 뱀파이어가 되고 싶지 않았지만, 하멜이 내 목에 구멍을 내기 전 이런 말을 하더군. 저항하지 못하면서 복날 직전까지 살아남아야 하겠다는 맹목적인 의지를 가진 사람이 바로 악마이다. 나는 하멜의 말을 삼백오십 년 동안 즉 이 땅의 숱한 독재자가 사람들을 마구 죽이는 이승만 시대까지 화두로 삼아 고민했지. 드디어 깨달았어. 바로 살기 위해 무슨 짓이라도 하겠다는 불굴의 의지가 코로나바이러스 발병 원인과 같은 거라. 어쨌든 이런 버러지의 표준모델인 당신 같은 놈은 뱀파이어 자격이 없어. 미친놈에게 총을 쥐여주면 세상이 어떻게 되겠냐고?”

정혁은 뱀파이어 능력을 함부로 사용하지 않겠다고 맹세했다. 선서라도 하라면 선서를 하겠다고 말했다. 나는 착한 사람입니다. 바늘조차 훔친 적이 없습니다. 사내 웃음소리가 요란했다.

“바로 그 점이 문제라니까. 착하면서 권력에 맹종하고 대항은 좃만큼도 못하는데 살려는 의지는 부글부글 끓고 있지. 그런 특성이 약자의 선이라면 약자는 정권을 쥔 놈에게는 영양 공급원일 뿐이지. 너는 이 사실을 평생 깨닫지 못할 거다.”

사내가 정혁에게 확 다가왔다. 잭크 나이프처럼 불쑥 솟아난 송곳니를 정혁의 경동맥에 꽂았다. 정혁은 즉시 마비가 와 전신에 퍼져있는 혈관의 피가 이동되는 떨림 이외 손끝조차 움직이지 못했다. 사내는 하얗게 탈색된 정혁의 시체에 대고 속삭였다.

“너를 진작 먹고 싶었어. 근데 말이야. 그때는 네가 심각한 영양실조였거든. 가난한 사람의 피는 구정물에 빨간 색소를 탄 맛이야. 그래서 널 잘 먹여야 했지."

뱀파이어는 정혁의 마지막 희망을 살랐다. 그는 미래를 위해 모아 두었던 화폐를 모두 꺼내 사회단체에 기부하지 않고 재래식 화장실을 힘들게 찾아 모두 넣어 버렸다. 그다음 날도 코로나바이러스가 인간 세상 곳곳을 누비고 다녔지만, 어리석은 대중은 마스크가 막아 줄 거라고 굳게 믿었다. 나만 아니면 되니까. 뱀파이어는 그날 자정 유기농 나라 쿠바행 배에 올랐다.

아내를 빌려 드립니다 06

시퍼런 하늘에 구름이 총총한 어느 가을날, 점심을 먹고 나자 목청 좋은 땡추의 나른한 염불을 듣고 있는 것처럼 기분 좋은 졸음이 둥둥 떠다녔다. 앞으로 그냥저냥 살다 갈지, 아니면 여기서 더 뒷걸음쳐 끼니 걱정을 하며 살진 모르겠지만, 지금껏 이 곰만 한 덩치에 조이는 불안으로 편한 낮잠을 자 본 적이 없다. 정신을 차리려 흐리멍덩한 눈을 치켜떠 내 성을 둘러 본다. 다섯 평 남짓한 이 가게는 서른아홉 해 동안 쌓아 올린 모든 것이다.

도둑질까지 섞어 안 해본 게 없다. 말보다 주먹이 빠른 아버지 말에 의하면 어머니는 부산 자갈 마당에서 바람으로 호가난 유부녀였다. 그런 불쌍한 년을 데리고 야반도주해 살아왔다며 영양실조로 졸고 있는 내 대갈통을 갈겼다. 그렇다고 어머니가 양갓집 규수였다거나 아니면 빼어난 미모를 갖춘 것도 아니었다. 사연은 궁금하지 않았다. 늘 다급한 위가 비어있었으니까. 어쨌든 그들은 늘 지지고 볶고 싸웠고, 없는 살림조차 고주망태가 된 아버지에 의해 연실 박살이 났다.

밤이면 우리 형제들은 거리로 내동댕이쳐졌고 그 습관은 자연스레 잦은 가출로 이어졌다. 어차피 우리는 거리가 편했다. 산동네 아이들로부터 삥 뜯는 요령을 터득하자 집은 점점 멀어졌다. 그런 생활이 중학교 졸업할 때까지 계속됐다. 그 시절 만약 형이 짭새에게 쫓기다 차에 치여 죽지 않았더라면 나머지 형제 둘은 개잡놈이 되었을 것이다. 지금도 형의 피 묻은 시신을 부여잡고 목 놓아 우는 어머니 통곡이 들린다.

중학교를 졸업하기 전부터 공장을 전전하며 다녀야 했다. 나 보다 몇 살

많은 공돌이는 절대 말로 일을 시키지 않았다. 내가 받은 월급은 아버지의 열흘 치 술값으로 닳아졌다. 최선을 다해 먹었다. 많이 먹어야 힘이 나오고 힘을 써야 맞지 않았다. 지금도 무엇이든 입에 넣은 건 뱉지 않는다. 힘이야 항상 뻗치지만, 스무 살 적에는 구덩이에 빠진 소형차를 들어 올릴 만큼 좋았다. 그 시절 바로 독립했다. 다행히 성질은 어머니를 닮아 처와 자식들이 삶의 전부다.

아버지의 거대한 성기에 휘말려 환상적인 삶을 구가할 줄 알았던 어머니가, 간암으로 지레 죽을지 예상했던 아버지보다 먼저 죽자 우리 형제들은 기대할 것도, 정도 없는 아버지를 태어날 때부터 계획한 듯이 버리고 각자의 삶을 챙겼다. 아버지는 지옥이 뭔지 몸으로 깨닫게 한 괴물과 같은 존재였다.

좌우지간, 돈이 피와 똑같다는 진리를 배운 다음 아무도 모르게 입대했다. 세상에 이런 곳이 있다니, 남들은 군 생활에 몸서리쳤으나 날마다 얻어터지는 것만 빼면 군대는 천국이었다. 예전 삶에 비하면 세 끼 먹는 것부터 자는 곳까지 호화로운 별장이었다. 아침에 일어나면 국가에 대한 충성심이 절로 일었다. 말년에는 어디서 이런 칙사 대접을 받을까 싶어 아예 말뚝 박을 생각으로 제대를 망설였다. 철조망 너머인 이쪽과 저쪽의 공기가 다르긴 해도 생각 없이 살기만 하면, 적어도 군에서 끼니 걱정은 없었다.

꺾어진 오십을 막 맞이했을 즈음 아내를 만났다. 끓는 청춘의 허기를 메울 부드러운 암컷이 필요했는데 고를 기회가 없었다. 내 처지에 무엇을 바랄까마는 아무리 생각해도 천생연분은 아니지 싶다. 같이 산지 십 사 년이나 됐는데 여태 식을 못 올려 똥 싸고 뒤 안 닦은 것처럼 께름칙하다. 애를 셋이나 떨구고 나서야 자리가 잡히기 시작했다. 뭐, 돈이 막 쏟아졌다는 말이 아니다. 하도 세상에 처맞다 보니 굳은살이 박이고 그나마 내성이 생겨 나도 남들처럼 죽은 박정희에게 감사하며 덩달아 산단 말이다.

지금 세상살이가 얼마나 힘든지 신문이 아무리 떠들어도 나에게 통하는 말은 아니다. 버는 돈이 연평균 국민 소득에 훨씬 못 미치지만, 한국에 살면서 방글라데시 수준은 넘는다. 아내와 아이들은 동물의 왕국에 나오는 아프리카 들개처럼 사납고 장이 튼튼하다. 가난한 자가 가장 조심해야 할 주의할 사항은 있는 놈과 비교하지 않는 일이다. 무서운 놈이 보이면 무조건 바짝 엎드리란 말이다.

아무리 스스로 괜찮다고 세뇌를 해도 실제로 사는 게 사는 거 같지 않다. 영역은 갈수록 좁아지고, 누군가에 알게 모르게 피를 빨리는, 눈으로 알 수 없으나 몸으로 느껴지는 이 헛헛한 느낌은 도대체 무엇이란 말인가.

요즘 배에 기름이 꼈는지, 아내는 건방지게 까탈을 부리고, 아이들은 하지 않던 불평을 내비친다. 빌어먹을 TV 탓이다. 우리는, 아무리 날고 기어봐야 결코 벗어날 수 없는 테두리가 있음을 알려주고 싶지만 조리 있게 말할 자신이 없다. 가게 안을 벽면과 통로 두 줄에 페인트 통으로 꽉 채웠다. 한 통을 팔면 두 통을 채웠는데도 텅 빈 내 뱃속처럼 허전하다.

의자에 앉아 살짝 졸고 있는데 심상치 않게 생긴 여자 손님이 들어왔다. 분홍색 정장에 흰색 줄무늬가 잘 어울리는 여자였다. 그냥 척 보기에 교양이 철철 넘쳤고 단아해 보였다. 가게에 들어온 여자는 한동안 끈끈이에 붙은 쥐처럼 한 걸음을 떼어 놓지 않았고, 시선은 아무 데도 닿지 않았다. 실망이 컸다. 경험상 뭘 사러 온 여자는 아니었다. 길을 묻거나 사람을 찾는 것이다. 여자에게 용건을 묻자, 여자가 주뼛거리며 사진 뭉치를 내밀었다.

시각도 마비가 되는 걸까. 사진은 진짜인지 그림인지 믿기지 않았다. 하나하나의 장면이 눈의 홍채 안으로 빨리듯 들어왔고 뇌는 그것을 단호히 거부했다.

안개가 걷힌 후 드러난 사물 한가운데 벌거벗은 남자 옆에 누운, 내가 잘 아는 거대한 여자가 보였다. 각각 포즈가 달랐지만 느낌은 한결같았다. 벌거벗은 분홍색 몸뚱이 여자와 벌거벗은 작고 말랐으나 배가 볼록한 남자가 그저 즐거워하고 있다. 서로 마주 본 상태에서 아내는 아이 셋을 낳은 큰 가슴을 서슴없이 드러낸 채 손바닥을 마주하고 있고 입은 찢어질 듯했다. 사내를 업었고 그 상태로 서로 마주 보고 있는데 입이 찢어질 듯했다. 벌거벗은 남자와 여자가 마주 앉아 러브 샷이란 짓을 하고 있는데 아내가 너무 웃고 있어 맥주가 입가로 흘러내리고 있다. 아내는 사내를 애완동물을 안은 듯 보듬고 있고, 남자는 아내 배 위에 양팔을 쫙 벌리고 있는데 무슨 비행기 놀이를 하는 듯 보였다. 역시 아내 입은 찢어질 듯했다. 남자와 아내 얼굴을 아이들 모습으로 바꿔놓으면 영락없는 천연덕스러운 물놀이 사진이었다. 아무리 봐도 포르노 사진으로 보이지 않는다. 그런데 이 여편네가 왜 이러고 있는 걸까. 애들은 어디다 놔두고, 밥은 어떻게 하고 저기서 저러고 있는 것일까?

여자는 사진 속 주인공을 아느냐고 첫 어투는 소심하게 그리고 억양 끝은 잘 벼린 날을 세워 물었다. 어투에 묻어나는 감정에서 여자 의도를 읽을 눈치가 있는 놈인데 딱 붙은 입이 불수의근처럼 의지와 달리 떼어지질 않았다.

사진 속 주인공으로 등장한 여자가 누구냐고? 몰라서 묻는 게 아닌 줄 알지만 해명할 순 있다. 아이 셋을 평균 십 분 만에 쑥쑥 낳아 동네 조산원 할머니를 놀라게 한 적이 있던 아내는 너무 그악스러워 웬만한 사내와 맞장을 떠 지지 않을 배짱과 체력을 고루 다지어 나조차 감당이 안 되는 여자다. 힘이 겁나게 센 여자다. 체력으로나 성깔로나 고분고분하지 않은 아내는 돈 이외에 무서운 것이 없어 늘 천하무적이었고, 잔소리보다 먼저 나가는 아내 손놀림으로 막내를 뺀 두 아이 눈치가 구단이다. 그렇다 하여도 건망증이 심한 것은 항상 어른보다 아이들이므로 비명이 일주일에 두 번쯤 울렸다. 아이들은 아야, 아야 하며 울지 않고, 곤장을 맞듯이 아이고 아이고 하며 울었다. 나는 그럴 때마다 문밖으로 나와 아동학대 원흉이 내가 아님을 이웃에게 밝혔다. 저 사람을 데리고 살 놈은 대한민국에서 나 이외 없다. 그런데, 씨발,

저 사진의 반증은 뭐지!

"내 마누라입니다만, 이 사진은 뭡니까?"

내가 생각해도 한심한 질문이었으나 적확한 말이 골라지질 않았다. 상상이 안 가는 일이 현실에서 일어났다. 여자는 가뜩이나 좁은 가게 안을 빙빙 돌아다니며 심란하게 했다. 여자도 다음 말을 위한 알맞은 단어을 고르는 중이리라. 성격 급한 내가 소리를 버럭 질렀다.

"당신 뭐야?"

높아진 내 언성은 꺼져가는 장작에 휘발유를 끼얹은 것처럼 타올랐다.

"그 사진 속 남자가 내 남편이에요."

저 사진 속 치와와처럼 생긴 불쌍한 눈의 사내가 당신 남편이라고, 그 남자가 위험하게 왜 내 마누라와 함께 있는 거지. 여자가 말을 쏟아냈다. 상대 허점을 파고드는데 타고난 권투선수가, 그로기에 빠진 상대 몸통에 쏟아붓는 펀치를 무자비한 말로 바꾸어 우르르 쏟아냈다. 이상한 것은 화가 난 것이 분명한 여자 표정은 갖가지 의문부호로 애매해 보였다. 경험상 느낌이 다르다.

여자 작은 손은 아기 때의 형태를 그대로 간직하고 있어 아내의 우악스러운 손과 전혀 달랐다. 푸르스름한 핏줄이 피부에 묻혀 실물인지 바늘로 콕 찔러보고 싶었다. 색칠하지 않아도 연분홍빛이 도는 상판과 나잇살은 다 어디로 처먹었는지, 저 나이에 아내의 풍만한 배와 다르게 밋밋한 건 눈앞에서 처음 봤다. 빛이 투과하지 않는 심해에 살고 있다는 인어란 년이 둔갑한 것은 아닐까? 무슨 말을 어떻게 들었는지 정신이 없어 모르겠다. 다만 대충 기억나는 것은 이러했다.

아저씨 아내와 내 남편이 현재 팔 개월째 바람을 피우는 중이다. 확실한 횟수는 더러워 세어보지 못했지만, 일주일에 한두 번꼴로 여기 이 모텔에서 그 짓을 해왔다. 이 사진은 흥신소 직원을 고용해 찍었고 벗은 것만 골라 갖고 왔다. 그런데 딸이 올가을에 결혼할 것 같다. 내가 고소하면 남세스러울 것 같으니 당신이 대신 불륜죄로 고소해주면 한다. 변호사에 드는 비용은 내가 빌려주겠다. 아저씨도 나와 같은 처지가 아니냐! 여기 연놈이 뒹굴고 있는 사진을 보아라. 이 사진이 여기까지 놓이는데 얼마나 많은 피와 땀을 흘렸는지 상상할 수 없을 거다. 근데 도무지 이해가 안 가요. 어떻게? 왜?

여자는 화를 우아하게 냈다. 다만 내 아내와 자신의 남편이 무려 팔 개월 동안 평균 주 2회 갇힌 공간에 있었고, 계속 그렇게 될 가능성이 있어 이렇게나마 제도할 수밖에 없는 부분에 교양 없게 언성을 조금 높였을 뿐이다.

여자는 여기까지 말해놓고 뚱해진 나를 쳐다보았다. 여자는 내가 충격과 아둔함이 겹쳐 있을 거라 단정하고 내 아내와 자신의 남편이 우리 둘을 얼마나 능멸했는지 되풀이했다. 다시 듣는 것이 베인 상처에 고춧가루를 뿌리는 듯해 괴롭고 짜증이 났다.

"무슨 말인지 알아들었어요. 내 마누라가 당신 서방과 바람이 났단 말 아닙니까?"

여자의 눈이 커졌다. 여자는 바람이란 평에 수치심을 보였다. 여자가 어처구니없다며 말했다.

"다시 말하지만, 이게 말이 돼요? 사진 속 여자를 무시하는 건 아니지만, 코끼리만 한 몸뚱이에다 또 바가지를 연상케 하는 얼굴과 어울리는 남편을 어떻게 제정신으로 이해할 수 있겠어요. 내 남편이 고상해서 미적 감각이 뛰어나거든요. 우습기도 하고 화가 나는데 이상하게 질투는 나지 않더군요. 내 남편과 아저씨 아내를 어떻게 하면 좋죠?"

그걸 나도 모르겠다. 어떻게 해야 하나.

여자는 나를 위아래로 훑어보다가 오히려 그런 아내와 함께 사는 나를 불쌍해하고 있다. 그러고 보니 여자는 내 마누라를 무지막지한 동물로 비하했다. 편들 상황이 아니라는 건 알고 있다. 네 심정을 이해하지만, 아내 시각으로 보면 네 서방같이 비쩍 마르고 작은 놈팡이는 백만금을 줘도 아내 취향이 아니다.

내 아내는 무식해 감정 표현이 서툴고, 돈은 알아도 돈이 물과 다르게 높은 곳으로만 흐르는 생리에 대해 이해하지 못한다. 그저 그런 것은 내버려 두고 세상 벽을 향해 저돌적인 멧돼지처럼 성실하게 구덩이만 파는 것이다. 지금껏 아내와 비슷한 여자를 본 적이 없다. 아내와 가끔 하는 섹스는 늘 격렬한 싸움이었다. 꼭꼭 묻어둔 세상에 대한 선망과 분노의 분출이었다. 이것은 주기적으로 해소돼야 했다. 나를 어떻게 좀 해 줘. 힘을 더 내라고, 아내의 이런 폭력에 가까운 요구를 어떤 사내가 들어준단 말인가? 사진에 박힌 뚜렷한 증거가 몰고 올 파문이 무서웠다. 나에게 이런 일이 생길 줄은 꿈에도 몰랐다. 함께 살기 전, 지나 내나 남의 살에 대한 경험은 있었다. 맛난 음식을 사 먹을 돈이나 거리를 활보할 시간도 영화나 음악, 책 따위에 관심을 쏟을 만한 글발이 없었기에 그저 몸과 몸이 닿는 게 유일한 소통인 줄 알았다. 같이 살기 시작한 후 돈이 없어 다른 여자 몸을 건사해 본 적이 없다. 아내 또한 마찬가지라 믿는다. 먹고 살기 힘든데 시간은 어디서 나겠는가.

요즘 아내 행동이 조신하긴 했다. 또 임신한 줄 알았지 이런 일을 벌일 거라고 상상을 못 했다. 팔자가 이런데 여자가 시키는 대로 경찰서를 찾아가 굳이 괄시받기는 싫다.

"어떻게 하긴 뭘 어떻게 해요? 당장 잡아다가 두 연놈을 회 뜨면 되지."

내 처방에 무식과 단순함을 알아챈 여자는 오히려 나를 진정시키려 들었다. 여자는 사진을 카드놀이 하듯 오열 종대로 늘어놓았다. 법치국가에서 그러는 거 아니에요! 세금은 왜 냈는데, 이런 연놈들을 잡아 가두라고 경찰이 있는 거 아니냐. 분하고 억울한 심정을 법에 호소하는 일만이 사회 정의를 실현하는 일이다, 라고.

여자는 시간이 갈수록 교양을 벗겨냈다. 한 시간 전 보았던 참신하고 우아

한 여자가 아니었다. 그냥 어디서나 볼 수 있는 전형적인 부르주아 쌍년이 생각보다 말을 빨리할 수 있는 신기함을 드러냈다.

여자는, 현재 남편의 뻔뻔한 행동과 동향을 자세히 설명한 다음 나에게 마이크를 돌렸다. 당신 아내는 어땠죠. 평상시와 똑같았습니다. 평소 성관계는요? 평상시 그대로죠. 일주일에 두 번. 세상에, 그럼 일주일에 네 번이나 했단 말이에요? 여자는 눈을 동그랗게 말고, 세상에나! 그러면서 앙큼하게 내 남편이랑 뒹굴다니, 했다.

헛기침한 다음, 다시 교양을 찾은 여자는 원만하고 평화롭게 이 사건을 해결해야 한다고 부드럽게 타일렀다. 폭력으로는 아무것도 해결될 수 없으며 오히려 사태를 악화시킬 뿐이라고 말썽꾸러기 아이에 잔소리하듯 충고했다.

여자가 살짝 빠져나간 자리에 정적이 대신 앉았다. 열심히 살아봤자 골병으로 나중에 의사 호강만 시키지 나아질 건 쥐좆만큼도 없다는 이치를 얻기 전까지 정말 앞만 보고 살았다. 이십층 꼭대기에서 페인트칠하다 죽을 고비도 여러 번 넘겼다. 일만 있으면 밤낮은 물론이고 지방 원정도 마다하지 않았다. 혹 몇 푼 더 얹어주면 아내와 아이 입에 걸릴 고기가 떠올랐다. 흥, 일만 뼈 빠지게 하면 무슨 소용인가. 그동안 떼인 돈을 모아 놓으면 이자 빼고 지금 사는 전셋값이 넘는다. 가난한 이에게 법은 멀고 피를 말렸다. 노가다 잡부에게 사기 친 돈이 부자들에게는 어떤 용도로 쓰일지 나는 모른다. 신은 십계명 일 순위에 살인보다 더한, 가난한 자의 돈을 등치지 마라! 라고 경고했어야 했다.

십 육 년 동안 갖은 지랄을 했어도, 내 집은커녕 아들놈 입에 삼겹살을 넣는 것도 세 번은 고민해야 했다. 살면 살수록 암담하다. 나이는 점점 들고 오히려 일거리는 줄고 있다. 모아둔 돈마저 녹고 있는데 뭘 더 어쩌란 말이냐. 무슨 뾰족한 수가 있겠는가. 우리 생활 철칙은 그저 덜 먹고 덜 쓰고 학원 못 보내는 것이다. 이 땅에서 지금까지 우리 미래는 한심하고 불행하겠지만 아무리 그래도 길바닥에 서식하는 노숙자보다 나을 거라는 위안을 하며 살아왔다.

그럼 아내 바람이 가난 탓이지 않을까. 주로 가난이 매춘의 동인이 되긴 한다. 하지만 누가 내 아내를 돈으로 사겠는가? 대체 누가 고릴라와 멧돼지 유전자로 뭉쳐진 아내한테 변태가 아니고서야 성을 노래할 수 있단 말인가. 나조차 가끔 발기되지 않는데, 어떤 놈이 그것도 팔 개월 동안 줄기차게 내 아내와 그 짓을 할 수 있단 말인가? 하여간 이 문제를 해결해야 한다. 어떻게? 돌기 직전이다.

그 여자의 말대로 좀 더 이성적일 필요가 있을지 몰라도 원래 나란 놈은 그게 함량 미달이다. 아니 지금까지 생각이 있는 놈이면 일해 놓고 돈을 떼이지 않았을 것이며 이런 더러운 세상을 열 번은 더 뒤집어야 했다. 상상은 처음 생각과 나중 생각이 극과 극을 넘나들었다. 일단 사진 속 사내를 만나 어떻게 된 판국인지 알아야겠다. 아무리 두들겨 패도 세상으로부터 다져진 맷집으로 아내는 입을 열지 않을 것이다.

무선 전화기와 가게 키를 간판 일을 하는 옆집 장판석에게 맡겼다. 먹고사는 문제는 항상 우선이니까. 판석이는 늦은 점심으로 국물이 넉넉한 라면을 끓이는 중이었다. 판석이에게 마누라 단속에 주의를 환기시켜주고 싶었지만 내 코가 석 자여서 그럴 마음의 여유가 없었다.

여자 말에 의하면 그들 부부는 약사였다. 남편과 결혼은 우리처럼 본능이 아닌 이상을 가장한 현실에 맞추다 보니 연결되었다고 했다. 서로 애틋한 건 없지만 불편한 것도 없었고 오히려 밍밍한 게 편해 결혼 이십 오 년 동안 단 한 차례 말다툼도 없었다고 했다. 그러다가 재작년에 둘이 하던 약국 옆에 길이 새로 뚫리어 시나브로 손님이 줄었고, 딸 혼인으로 돈이 더 필요해 남편이 시내에 있는 큰 약국에 취직했다. 그러려니 했다. 언젠가부터 별 시답지 않은 남편과 분기별로 행해왔던 잠자리가 그나마 뚝 끊겼음이 생각났고 그것마저 서로 익숙하다 보니 그런가 싶었다. 친구들에게 물으니 자기들은 이미 그런다고 해서 대수롭지 않게 여겼다. 어느 날부터 남편이 괜히 이상했다. 노상 생기가 있고 들떠 보였다. 그다음 날부터 배운 년의 육감으로 팔 개월 동안 남편을 추적했다는 것이다.

같은 경로라면 내 아내도 무슨 조짐을 보였어야 마땅하지 않은가. 우리는 늘 똑같았다. 나와 아이는 아내 잔소리를 피해 이 구석에서 저 구석으로 몰려다녀야 했고, 가끔 아내가 아이들을 향해 휘두르는 빗자루를 뺐다가 손을 다치곤 했다. 오늘 아침 역시 세 아이는 토끼였고 아내는 알뜰했으며 나는 그들 눈치를 살폈다. 예수쟁이는 아니지만 이렇게나마 사는 것을 범사에 감사하고 있다. 변한 건 없었다. 그런데 뻔뻔하게 아내는 내가 아닌 사내와 무려 팔 개월 동안 바람이 피우고 있었다. 어떻게 낌새를 못 챘을까. 그 곰 같은 아내가 무슨 수로 나를 속였을까. 우리 아이들의 지능지수를 보면 역으로 아는 일이지만 나와 아내는 똑똑한 편이 못됐다. 거짓말을 하려도 앞뒤가 맞지 않았고 누구를 속이려 해도 두 번만 되풀이하면 시작과 끝이 뒤범벅됐다. 속기만 했지 속일 수 없는 타고난 두 자릿수 지능지수로 서로 믿음은 팔자였다. 그런데 지금 내 앞에 얄궂은 사진이 펼쳐져 있다. 아내는 나를 속였고 나는 그 사실을 모른다.

여자가 알려준 약국 앞에 도착해 사진을 꺼냈다. 어처구니없어 웃음이 나왔다. 사진 속 얼굴은 놈이 분명했지만, 실제 와보니 학교 체육관 뒤편 그늘에서 자라난 풀처럼 사내는 가냘프고 창백했다. 쥐조차 깔볼 것 같은 사내인상과 몸싸움이든 말싸움이든 한 번도 져본 적이 없는 아내와 어울림이 가당키나 한 것인가! 옳은 비유인지 모르겠지만 이론과 실제 차이를 보는 거와 비슷했다.

아니다. 뭔가 잘못됐다. 아무리 따져도 저놈은 아내의 호적수가 될 수 없을뿐더러 사내 또한 아내에게 장난이면 몰라도 사진으로 봤던 장면은 현실성이 없다. 연출됐거나 합성 사진이 아닐까? 부글부글 끓어올랐던 화가 저절로 식었다. 여기엔 분명 다른 의도가 있다. 심심풀이 여자는 얼마든지 구할 수 있을 텐데 굳이 내 아내를 골라잡은 이유는 무엇일까. 하여간 복잡한 건 질색이다.

내 식대로 하기에는 날이 너무 밝았다. 두통약을 사려고 약국 문을 열었다. 사내 키는 내 목 언저리에 닿았다. 사내는 아스피린이 위장장애 부작용이 있어 타이레놀을 권하고 싶다고 했다. 위는 타고났으니 싼 거로 달라고 했다. 목소리가 야들야들했다. 만약, 아니, 가능성이 있을지 모르겠지만, 아내가 사내를 선호했다면 저 교양 있는 목소리에 반해 그랬을 것이다. 자기는 항상 왕왕거리면서 타인이 내는 굵은 음성은 무식한 티가 물씬 난다며 몸서리를 쳤다. 아니다, 아니야. 아무리 아내 성감대가 사내 목소리에 있다 한들 취향대로 고를 수 있는 처지가 아니다. 답답했다.

기다리는 데 미립이 났다. 주머니가 빈 인간에게 기다림은 물려받은 천성이다. 어디를 가도 기다려야 했다. 일한 대가를 기다리며 받아야 했고 일을 하기 위해 기다려야 한다. 하다못해 밥 먹는 것마저 차례를 기다려야 했다. 두 시간이 익숙하게 지나갔다. 사내가 나왔다. 운이 다했는지 건물 위층으로 올라가는 것이 눈에 띄었다. 화장실을 따라갔다. 오줌을 누며 힐끗 본 사내 자지는 내 둘째 아들 것만 했다. 참, 이해가 안 간다. 저것이 아내의 속을 들락거렸다니, 선점한 자로서 울화통이 터진다. 작은 성기의 사내에게 자기 마누라한테 받았던 식으로 사진을 건넸다. 사진을 넘기며 안색이 누렇게 바뀌었다. 사색이 된 사내 목소리가 노래하듯 떨렸다.

"이게 뭡니까?"

당황했는지 작은 사내는 자신의 아내로부터 사진을 받았을 때 내가 했던 말을 그대로 했다. 당신 위에 있는 사진 속 여자가 내 마누라라고 했다. 두어 걸음 물러선 사내는 암담한 표정으로 나를 보았다. 바지 깃이 오줌에 젖었다. 사내는 조금만 기다려 줄 수 있냐고 물었고 나는 악덕 채권업자 표정으로 고개를 끄덕였다.

사내는 가운만 벗고 바로 나왔다. 후회하고 있을까? 이렇게 될 줄 몰랐을 것이다. 흔적을 깔끔하게 지우고 시간 배열을 치밀하게 늘어놓았다고 확신했겠지만, 사람이 하는 일은 언제나 신의 조롱에 담겨있는 변수를 계산하지 못한다.

사내는 커피숍 구석에 자리를 잡고는 일거리를 주는 주인에게 하듯 공손하게 손을 모으며 내가 앉기를 기다렸다. 그리고 다짜고짜 무릎부터 꿇었다. 차라리 될 대로 되란 식으로 나오는 게 현명할 텐데 사내는 그러질 못했다. 이걸 죽여. 애들을 생각하면 막 나갈 수 없었다. 나는 군에서 말고 배운 놈을 다뤄본 경험이 없다. 말이 성질상 엉겼다.

내 아내와 무슨 짓을 한 거냐. 어떻게 만났냐. 왜 하필이면 세상의 많은 년 가운데 내 마누라냐. 그 곰탱이와 얼마나 했냐. 죽고 싶냐. 어떻게 죽여주랴. 앞으로 내 마누라를 어떻게 할 작정이냐. 다 뱉어놓고 나니 또 한심한 물음이었다. 정작 해야 할 말들은 세포 깊숙이 숨어 버렸다.

어떤 대가든 치르겠습니다. 죽여주십시오. 사내는 내가 무슨 말을 하든 같은 말만 되풀이했다. 하긴 그 말 이외는 생각이 나질 않을 것이다. 그런데 무슨 대가를 치르겠단 말인가? 피 흘리지 않고 잘라내야 할 살덩어리를 말하는 것인가. 아니면 뭐? 맨숭맨숭 시간이 흐르자 내가 자기를 어떻게 찾았는지 궁금해할까 봐 여자가 찾아와서 했던 말들을 고스란히 늘어놓았다.

"당신 마누라 말대로 당신과 내 마누라를 불륜으로 고소하면 이 일이 없어지나?"

사내는 배운 놈답게 법률상담가처럼 차분하게 말했다.

"내 그럴 줄 알았습니다. 우리 둘 다 감옥에 가겠지요. 아내는 당당하게 이혼을 청구할 테고, 아주머니를 꺼내려면 아내의 불합리한 요구를 다 들어줘야 할 겁니다. 예전부터 아내와 이혼을 생각하고 있었습니다. 다만 우리는---"

나도 모르게 손이 살짝 올라갔다. 우리라니, 우리가 지칭하는 의미는 무엇인가!

"우리라니, 당신과 나야 아니면 내 마누라와 너야?"

사내가 서둘러 말을 고쳤다.

"죄송합니다. 선생님 부인과 제가 감옥에 간다는 것이지요. 한 삼 개월에서 육 개월쯤 살겠죠. 아마."

"그럼 우리는 어떡해? 아니, 내 식구는 어떻게 되는 건데?"

"선생님께서 제 아내 방식으로 요구하시면 이혼하실 수 있습니다. 그러면 선생님 부인은 제 꼴이 나겠지요. 책임지겠습니다."

사내는 나를 막다른 골목으로 밀어 넣었다. 그는 내 아내를 책임지겠다고 말한다. 어떻게? 무엇으로. 상상이 번지자 끔찍했다. 내 아내를 책임지겠다고, 저 푸른 초원 위에 그림 같이 살겠다고. 손이 생각과 동시에 움직였다. 아까보다 세기를 조금 높였을 뿐인데 사내는 깃털처럼 날아갔다.

"책임을 지겠다니. 그럼 내 마누라와 살겠다는 거야 뭐야?"

"뭐든지 시키는 대로 하겠습니다. 선생님!"

내가 맞아봐서 잘 아는데, 맞아보지 못한 놈은 폭력의 공포에 휩싸이게 되면 자신이 무슨 말을 하는지 모른다. 얼결에 말은 하면서 진실인지 자기가 말을 하는 것인지 노래를 하는 것인지조차 모른다. 첫 경험일수록, 말이 개구리처럼 사방으로 튀어 오른다. 시키는 대로 하겠다니 내가 뭘 시킬 줄 알고. 사내와 사내 아내가 헤어지고, 이놈 말대로 나와 아내가 헤어진 다음 내 아내와 사내가 살면 그 둘의 죄는 면책되고 모든 것이 잘 마무리되는 걸까? 그럼 나는 어떻게 되고. 이건 해결책이 아니다. 지금까지 별 무리 없었는데, 책임진다며 내 아내를 데리고 간다면 나와 아이 셋은 어쩌란 말이냐. 그럴 수 없다. 책임지려는 방법이 틀렸다. 아내는 남아야 한다. 아, 그럼 저 사진은 어떻게 해야 하는가? 그냥 파투난 셈 치자고? 만일 그게 유일한 해결책이라면!

뭔가 잘못됐다. 시간이 지날수록 작은 사내는 담대하고 당당한 책임감으로 나를 궁지에 몰아넣었다. 사내는 자신이 저지른 짓이 단순한 치정이 아님에 따옴표를 쳤다. 사랑? 그 얼어 죽을 놈의 사랑을 빙자하여 아내를 뺏긴다면, 앞으로 삶이 얼마나 팍팍할지 훤히 보였다. 저놈은 내게 남은 알량한 마누라마저 갈취하려 한다. 맹렬한 살의가 타올랐다. 이제까지 살며 숱하게 빼앗기기만 했다. 손에 무엇을 쥐면 주위 눈초리가 곱지 않았다. 내가 열심히 번 것임에도 항상 불안했다. 아내마저 빼앗길 수 없는 일이다.

아내와 새끼 낳고 살면서 힘들었을 때가 한두 번이 아니다. 늘 불행했단 말은 아니다. 다행히 우리 가족 모두는 동네 전속 머슴처럼 튼튼했다. 감기 정도야 어쩌다 앓았지만 우리는 단 한 번도 병원에 가본 적이 없다. 먹는 것도 그렇다. 이 풍요로운 시대에 짠지와 밥으로 아이들과 아내는 식탐을 보였다. 비록 공부와 담은 쌓았으나 아이들은 황소처럼 건강하다. 더구나 이 험악한 교육환경에 맞고 오는 일도 없고 힘이 있어도 누구를 때리지 않는 심성이 있다. 아이들은 우리 삶의 보람이며 원천이었다. 거기서 주춧돌인 마누라를 빼낸다면 나는 어쩌란 말이냐. 눈앞이 캄캄했다. 아, 막았어야 했다. 어느 천년에 집을 사고, 대형 마트에서 삼천 원이면 닭 한 마리를 사는데 그것조차 제대로 먹이지 못하면 단체로 마포대교에 가자고 소리를 버럭 질렀을 때, 둘은 몰라도 싹수 있는 막내만은 학원에 보내야 한다며 보험 설계사를 하겠다고 했을 적에 철들었다고 손뼉 칠 일이 아니라 닥치라고 귀싸대기를 갈겼어야 했다.

사내 침묵이 나를 더 화나게 했다. 화내면 진다. 항아리는 살짝 금만 갔을 뿐이다. 어떻게 해서든 이 일을 수습해야 했다.

이 일은 없던 일이다. 길 가다 똥 밟았다. 그냥 넘어가자. 어느 소설가 말대로 자본주의에서 일부일처제는 환상이다. 없는 놈은 일과 이 분의 일 처, 더 약하면 일과 오 분의 일 처쯤이 대수이고 있는 놈은 일부 십 처쯤은 다반사인 것이다. 원래 아내는 반만 내 것이었다. 나만 당하는 건 아니다. 아니 타고나기를 쌍방울뿐인 인간은 모두 이런 은밀한 결정을 해야 한다. 그런 다짐을 하고 사내에게 말을 낮게 깔았다.

"만약 내가 이 일을 조용히 넘어가면 당신은 어떻게 마무리 짓겠소?"

사내의 답은 시간을 두고 이어졌다.

"지금 아내와 이혼은 예정된 수순입니다. 제 아내는 부인과 비교하면 심성이 아주 나쁜 여자입니다. 돈이 전부죠. 제가 무조건 항복을 하면 제 아내는 부인과 선생님을 괴롭히지 않을 겁니다. 다시 한번 사죄 말씀을 드립니다. 부인을 다신 만나지 않겠습니다. 다만 선생님과 부인께 정신적인 피해를 준 것에 어떤 식으로 보상을 치러야 할지 이 입으로 말씀드리기가 어렵군요. 그것은 아내와 정성껏 상의해보겠습니다. 다만 선생님께서 아셔야 할 것은 당시 제 행동이 죽을죄임은 알지만, 쾌락을 주목적으로 하는 바람과는 구분해 달라는 것입니다. 저는 선생님 부인을 소중히 여겼습니다."

사내는 여운으로 맞지 않아도 될 매를 자초했다. 작은 사내는 단 한주먹으로 의자를 타고 넘어갔다. 그렇다고 체증마저 해소된 것은 아니다. 사내에게 마지막 경고를 하고 커피숍을 도망치듯 빠져나왔다. 이것으로 끝낼 수 있다면 다행이다. 비겁하고 창피한 내 꼴이 너무 슬펐다. 그 여자 말대로 조용히 해결하지는 못했지만, 나름 최선을 다한 셈이다.

그날 밤 아내에게 아무 말도 하지 않았다. 무슨 말을 하겠는가. 위로든 위협이든 그 어떤 짓도 자칫 무덤을 팔 수 있지 않은가. 언제나 그렇지만 침묵이 상책이다. 또 말에 분칠한다고 우리 사이가 다시 견고해지지도 않을 것이다. 그럴 재주가 없다. 아내가 잠들고 쥐들마저 잠들기를 기다린 후 집을 나왔다. 주머니에 있는 돈으론 포장마차조차 갈 수 없었다. 소주 세 병과 단무지를 사 들고 가게로 향했다.

햇빛이 시끄럽게 쏟아지자 판석이 나를 흔들어 깨웠다. 방송에서 봄이라고 호들갑인데 사지를 조여오는 추위로 오들오들 떨렸다. 꿈결에서 들려오는 판석의 목소리에 걱정이 묻어 있었다. 위로받을 상대가 보이자 저절로 울음이 펑펑 터져 나왔다. 왜 이리 내 인생은 꼬이는가. 지금껏 속고 당한 사례를 늘어놓으면 십 리는 간다. 그것도 모자라 이제는 아내까지 그 모양이니 어찌 살아야 할지 눈앞이 깜깜하다. 생이 계속 순탄하지 않을 줄 예상은 했지만 이런 꼴까지 볼 줄 몰랐다. 마누라여? 당신의 사랑을 찾기 전에 나와 자식들을 한 번쯤 돌아다봤으면 그놈과 뒹굴 수는 없었을 것이다. 아, 나는 원망할 대상이 없구나.

유리란 유리는 깡그리 깨져 가게 안은 철거 직전 빈집처럼 을씨년스러웠다. 두 주먹은 피투성이로 성한 곳이 없었다. 그 와중에 유리값이 걱정됐다. 태생이 나와 비슷한 판석이가 말없이 청소를 도왔다.

며칠 후 아내는 눈에 띄게 침울해져 갔다. 모르는 척하는 연기가 무척 힘들었다. 아내는 사내로부터 헤어질 결심을 통보받은 거 같다. 집안 분위기는 어항 속 풍경으로 꽉 찼으며 그 속을 아이들이 소리 없이 유영했다. 열도 없고 쑤시는 곳이 없는데 아픈 아내는 말기 암 환자처럼 말라갔다. 아들놈이 나이 탓일 거라고 조롱했을 때 쓴웃음으로 동조했다. 조용필 노래처럼 웃고 있어도 웃는 게 아니다.

아내는 꼬박 삼일 밤낮을 이불 속에 있었다. 그런 아내를 원망과 불안으로 지켜봤다. 며칠 후 불행이 닥치면 늘 하던 식으로, 아내는 병아리가 알을 깨고 나오듯 이불을 박차고 나와 머리끈을 이마에 동여맸다. 밀린 설거지를 하며 아이들을 구박했다. 아내가 돌아왔다. 다음으로 보험 설계사 일을 그만두었다. 더는 친척이나 아는 인간이 없다는 게 핑계였는데 그 배면에 숨겨진 이유를 물어볼 필요는 없었다. 바깥일은 더 하지 마. 배추벌레처럼 조금만 먹고사는 거야.

아내는 이미 생화학적으로 바뀌었다. 성질과 몸까지 포함해 예전 아내가 아니다. 그런 아내를 복원시키기 위해 일전을 각오해야 한다. 아이들을 쫓아내자 아내는 주기적인 행사로 생각했을 것이다.

나는 물러설 곳이 없는 처절한 전사였다. 자지는 그냥 수컷의 생식기가 아닌 마지막 남은 성을 지키기 위한 창이었고, 머슴일망정 연안이씨(延安李氏)의 면면(綿綿)한 쇠기둥이었다. 아내는 또 다른 나를 보았고 아내의 신천지를 발견했다.

일상이 시작됐다. 일거리는 가끔 얻어걸렸고 페인트는 최저 생계비만큼 팔렸다. 봄인지 여름인지 분간이 안 되던 날 그 여자가 다시 나타났다. 간이 툭 떨어졌다. 거칠게 밀어내자 여자는 말없이 종이가방을 놓고 갔다. 잠시 묘한 생각이 들었다. 나도 먹고사는데 풍족했더라면 이혼을 선택하지 않았을까? 종이가방에 담긴 것이 무엇인지 알았지만 거절하지 못했다.

평화가 다시 찾아왔다. 완벽하지 않았고, 생각보다 많이 변형됐지만 어쨌든 안정은 됐다. 벌이는 여전히 시원치 않았다. 그러나 아내는 경기가 호전된 줄 안다. 공치는 날에는 종이가방에서 하루 치 일당을 빼서 받쳤으니까. 아내 잔소리가 줄어든 것이 다소 걱정된다. 나는 연기력이 무척 늘었다. 미련한 줄 알았던 아내는 내가 자신과 사내의 바람을 알고 있을지 모른다. 아니 내가 그 사실을 알면서도 아슬아슬한 줄을 놓지 않으려 애쓰고 있다는 사실마저 알고 있을지 모른다.

상관없다. 내가 죽기 전까지 명심할 것은 끝까지 모르는 척해야 한다는 것이다. 아내보다 가족의 평온을 위해 감쪽같이 덮어야 한다. 같잖은 종족의 전통이나 성 풍속, 도덕 따위가 두려운 것은 아니다. 문화라는 이름으로 변질된 성 풍속 탓이라 돌리고 싶지도 않다. 그저 내가 낳은 아이들이 무탈하게 성년이 되기만 하면 누가 나를 거세한다고 하더라도 참을 참이다.

아내 일탈이 있은 지 삼 개월쯤 지나 사내가 일하던 약국 앞을 지나게 됐다. 만나고 싶었던 것은 아니었지만 그 눈빛이 궁금했다. 바카스 한 병을 사면서 사내 행방을 묻자 대구로 옮겼다고 했다.

사내는 자신이 내 아내를 소중히 여겼다는 그 끝말이 나를 벼랑 끝으로 몰아넣었는지 모를 것이다. 그 후유증인지 요즘 문제가 생겼다. 그게 풀이 죽은 것이다. 세상에서 제일 염치없고 버릇없던 놈이 갖은 노력 없이 일어서지 않으려 생떼를 부리고 있다. 곧 나아질 것으로 믿는다. 가난한 자의 몸은 자연 복원력이 강한 편이니까.

이 도시에 희망이라는 흉측한 괴물이 배회하고 있다. 판도라 상자에 남아 있어야 할 희망이 누군가의 부주의로 풀려난 것이다. 당신도 주의해야 한다. 당신 아내가 사랑이라는 막연한 감정에 휩싸이게 된다면 아이들은 울부짖을 것이며 당신은 보잘것없는 사내로 전락할 것이다.

특히 당신보다 더 당신 아내를 소중히 여기는 사내를 주의하라. 가난한 아내가 선녀 옷을 되찾으면 언제든지 날아가리라.

입에서 입으로 07

간절한 소원을 담아 보낸 이력서를 빼고, 졸업 후 이 년 동안 확률로나마 약 300여 통의 서류를 방방곡곡에 있는 지사에까지 제출했다. 푸념과 절망으로 속이 푹푹 썩어가고 있을 무렵 국민이 밥을 먹는지 죽을 끓이는지 신경 쓰지 않는 싸가지없는 정부를 죽창 대신 세월호의 간절한 소망으로 국민이 촛불을 들어 순시리 일당을 내쫓은 다음, 무늬만 민주인 정부가 득세한 시대에 이제 좀 펴지 않을까 하는 생각으로 새로운 계획을 세우고 있는데 하필 희한한 돌림병이 창궐했다. 늘 어마지두 했다.

느닷없는 코로나바이러스가 안 그래도 아슬아슬한 제방을 무너뜨렸다. 코로나 발생 후 펜데믹까지 겨우 4개월이 걸렸다. 세상은 적응 기간 없이 확 바뀌었다. 어쩌면 단 한 번도 반응이 없었지만, 이력서라도 내 자기 위안을 받았던 때가 좋은 시절이었을지 모른다.

창창한 미래가 포문을 열고 기다리고 있을 줄 알았던 비싼 대학을, 학자금 대출을 받아가며 간신히 졸업했는데 정혁을 맞이한 곳은 편의점 알바였다. 그곳에서 받는 시급으론 하루조차 버티기가 간당간당했다. 언젠가 형 도움을 받아 노가다를 딱 하루 뛴 적이 있었다. 온몸 근육을 골고루 사용하는 건축일은 정혁이 세상에 얼마나 무용한지를 깨닫게 했다. 그날 일당은 열흘 치 약값도 충당하지 못했다. 그래도 대한민국 군인으로 이 년을 복무했는데 그 정도 노동환경조차 적응하지 못하다니, 빌어먹을 체력의 한계는 또 다른 절망의 벽이었다.

정혁은 연대를 나와 편의점에서 일했다. 잠시 쉬는 시간에 뒤를 돌아보면,

부자이거나 고관대작 연줄이 없는 친구들 사정은 모두 정혁과 비슷했다. 가난의 형평성이겠지만 비슷한 처지의 친구 중 정혁의 사정은 유독 최악이었다. 정혁은 그날 알바를 끝내고 친구에 얹혀 술을 퍼마시던 중 전화를 받았다.

취기가 최고점에 이른 정혁은 통화 기능만 팽팽하게 살아있는 구형 핸드폰 수화기를 열었다. 가난한 놈 전화는 낚시 역할을 하고 있어 똥 누는 순간에도 반드시 대기 상태여야 했다.

엄마였다. 말하는 사람이나 듣는 놈이나 주위가 워낙 시끄러웠고, 뇌는 알코올에 젖어 알아듣기 힘들었다. 다만 몇 마디 말이 단어 퍼즐을 적듯 맞추어지자 완성된 단어가 믿기지 않았다.

'정수가 죽었다.'

잘못된 답이다. 예상질문을 재빨리 뒤섞고 정혁은 다시 엄마에게 물었다. 엄마는 옳지 않은 답만 되풀이하고 있었기에 메아리와 대화하는 기분이었다. 반쯤 빠져나간 넋이 간신히 돌아왔다. 정혁은 수화기에 대고 악을 썼다.

"도대체 누가 죽었다고? 내가 죽었다고?"

엄마는 말을 알아듣지 못했는지, 아니면 인지장애가 있는지, 금붕어가 일정한 간격을 두고 입을 뻐끔거리듯 같은 말만 되풀이했다.

"정혁아, 우리 아들이 죽었댄다. 이 일을 어떻게 해."

엄마 말이 채 끝나기 전에 누군가 수화기를 가로채 통역을 했다.

"여기 용인 병원 영안실입니다. 지금 막 고인이 된 박정수 씨가 이곳에 있습니다. 사고 관계자들은 다 도망가고 유족만 있으니 매우 난감하네요. 게다가, 어머니께서 충격을 많이 받은 상태죠. 어서 오셔서 어머님 진정 시켜 드리고 연락할 곳을 찾아 일을 진행하시죠. 빨리 오세요. 지금 큰일 나게 생겼습니다."

정혁은 오히려 사내 말이 일목요연하게 들려 믿기 어려웠다. 형이 죽었다고, 어떻게? 그럴 리가 없다. 정혁이 얼어붙자 낌새를 알아챈 친구 호석이가 상황을 파악해 설명했다. 이차 술자리는 그대로 장례식장으로 옮겨졌다.

장례식장은 비 오는 날 오후 장터의 파장 분위기였다. 그마저도 마스크를 쓴 사람들은 서로 대면을 꺼렸고, 서로 쳐다볼 때마다 바이러스에 옮은 듯 움찔거렸다. 체면이나 인연으로 억지로 이곳을 찾는 이에게 죽음에 대한 예의는 눈곱만큼도 찾을 수가 없었다. 괜히 온 것 같고, 오긴 왔는데 용무를 잊은 사람이기도 하고, 이곳에 모인 사람들은 조용하나 엄숙하지 않았다.

산 자와 죽은 자의 대기실이자 환승장인 장소. 입고된 가난한 자 영혼이 잠시 머무는 곳. 정혁이 그곳에 들어서자 죽은 형이 미리 와 바보스레 그를 반겼다. 아무리 환영이지만 사양하고 싶었다. 형은, 정혁이 대학을 졸업하고 시나브로 한심해지자 사형수가 목사 설교로 새사람이나 된 듯이 괜히 회개하는 태도로 친해지려는 게 무엇보다 싫었다.

엄마의 호곡은 장례식장 어두운 공기와 섞여 쩍쩍 달라붙었다. 엄마는 마음껏 울어도 허락되는 실내에 퍼질러 앉아 벌써 쉰 목소리로 정형률의 호곡을 했다. 아, 저 울음. 들어 본 적이 있다. 세상에 아무도 없고 오직 두 사람만 살아있는데, 오장육부의 일부였던 이가 사라지자 피고름을 흘리던 울음. 엄마는 그런 울음을 쏟아냈다.

아버지는 그런 엄마 옆을 충직하게 지키는 늙은 개처럼 시무룩이 고개를 무릎에 묻고 앉았다가 무연히 천장 무늬를 세었다.

정혁은 겨우 삼십 분이 지나지 않았음에도 세포 속속들이 박히는 엄마 울음에 거의 미칠 지경이 됐다. 무슨 놈의 인생이 굴곡 없이 내처 가시밭길이란 말인가. 머리카락을 움켜쥔 정혁을 발견한 엄마가 오래 묵은 걱정덩어리를 향해 비척거리며 다가왔다.

그 와중에 정혁의 입에서 썩은 내를 맡은 엄마가 인상을 찌푸렸다. 원귀의 음산한 울음에서 잠시 현실로 돌아와 책망하는 눈짓의 대비는 엉뚱한 배우

연기를 떠올리게 했다. 엄마가 정혁의 손을 잡고 빈 영정 앞으로 끌고 갔다. 엄마 손은 신열이 있는지 불안하게 뜨거웠다. 눈물은 나오지 않았다. 얼결이어서가 아니라, 이렇게 죽을 인간으로 믿기지 않았다. 정혁이 앉아 잠시 벽에 기댔는데 그 새를 못 참고 잠이 왔다.

엄마는 중음의 경계에 퍼질러 앉아 늪에 잠겨있는 혼령을 애끓는 곡으로 건져 올렸다. 정혁은 술에 취해 한 시간 남짓 숨은 자신에 심한 자괴감을 느꼈다. 눈을 뜨니 시침이 곧장 자신의 뻔뻔함을 수치로 가리켰다. 미경이 일 미터쯤에서 멈췄다.

"미쳤어. 술은 또 어디서 펐어? 대체 큰 오빠가 어떻게 죽었다는 거야. 난 오빠가 죽었다고 해서 넌 줄 알았어. 제발 속 시원하게 말해 봐!"

이런, 우라질 년. 내가 죽은 줄 알았다고. 나도 내가 죽었는지 알았다. 지금도 믿기질 않는다. 너도 이해가 안 가는구나. 아무리 공사장 산재 사고라도, 내가 아는 형에게 적용되는 함정이 아니다. 믿기지 않을뿐더러 설혹 마른하늘 날벼락에 맞아 죽는다고 하더라도, 나라면 몰라, 형은 아니다. 반지빠른 미경은 이야기 해봤자 나올 게 없는 정혁 곁에 멀찍이 떨어져 앉았다. 그 간격은 형제간 거리였다.

가느다란 거미줄에 매달려 끈질기게 이어지는 엄마 울음에 질려 뭐라도 해야겠다는 생각이 들 즈음에 기구하게 생긴 사내가 다가왔다. 형 동료라면 괄시 꽤나 받았을 것이다. 대뜸 반말이었다.

"정수 동생이지. 십 리 밖에서 봐도 알아보겠네. 내가 정수보다 세 살 위여. 정수와 내가 형 동생 하믄서 찰떡궁합이었지. 꼬우면 밥그릇 차 불고, 서로 맞으면 소줏잔이나 먹는 거지. 말 놔도 되지?"

닮았다고? 노가다 원칙이 그렇다면 안 될 건 또 뭔가? 다만 전작이 있어 귀찮고 힘들었다. 주위를 둘러보니 남은 친구가 없었다.

"정수가 승질은 좆같았어도 일머리 하나는 똑소리 났지. 정수와 한 조만 되면 이 개좆같은 세상에 먹고 살 걱정은 안 해도 돼야. 아니 뭐 그롷다고 내가 돈을 많이 벌었다는 거슨 아녀, 오늘 새벽 일 분위기가 안 좋았어. 아시바에 물기나 마르고 올라가자고 정수가 그랬는데, 신임 소장이 좆두 모르는 씹색끼가 보통이어야지. 갸가 공수부대 출신이랴. 어쨌든 일이 밀리긴 밀렸거든. 근데 정수가 자네 자랑을 음청하더군. 연대 나왔데매?"

괜히 부끄러웠다. 자괴지만 이런 먹이 경쟁 시대에 연대를 나오면 뭐하겠는가. 백수인데. 잘 팔리는 과도 아니고, 강남에 땅 한 자락 있는 집안도 아니었다. 이런 집구석이 그렇듯 그 흔한 줄도 없었다. 진작 방향전환이 빠른 친구처럼 처음부터 현실 가능성이 있는 공무원을 노렸어야 했다. 그랬어도 모든 이의 선망인 공무원 루트도 만만한 능선은 아니었다. 끈질기게 물고 늘어지고 오기로 매달릴 나이도 돈도 장비도 없다. 해마다 20만 명 지원자들이 시험을 보고 그만큼의 수가 대기표를 뽑고 칼을 갈며 고군분투 중이다. 들리는 말에 의하면 서울대 나온 놈도 9급 취준생에 합류했다고 들었다. 정혁은 한숨을 내쉬었다.

"형이 제 자랑을 하던가요?"

다시 봐도 정이 안 붙게 생긴 사내가 펄쩍 뛰며 대답했다.

"정수가 수백 번 말했지만, 그럼, 그 학교가 그냥 학교냐? 내 씨발 더러워서, 아, 참. 내가 이럼 안 되지. 만약 정수가 살아있었다면 난 죽었네. 미안하네. 어쨌든 자넬 대통령보다 자랑스러워하더라고. 아니 똑똑한 동생 두지 못한 놈 서러워 살갔냐구. 참고로 내 잘난 동생은 폭력 전과 육 범이고, 지금은 빵에 있지. 씨발, 대한민국 법이 너무 물러. 형 때리는 놈은 무기징역에 처해야 한다고."

정혁은 헛웃음이 나왔다. 그런 인간이 어렸을 적부터 나를 죽도록 팼단 말인가. 지금도 남과 싸우는 데는 실전 경험이 많아 자신이 있다. 형처럼 요리조리 치고 빠지다가 상대에게 결정적인 한 방을 먹일 수 있는 게 아니라 하도 형에게 맞다 보니 후천적 맷집이 생겨나 나 또한 전략은 다르지만, 결정적인 한 방을 노릴 수 있다는 뜻이다.

술이 어느 정도 들어가긴 했으나 사내가 누군가에게 보여주기 위한 동작으로 벌떡 일어나 주위 누구에게 들으라는 듯 소리를 질렀다. 장례식 분위기에 딱 어울리는 고함이었다.

"이번 산재 사고 보상에 에누리하자고 덤비는 놈을 내가 가만둘 줄 알아? 오함마로 대가리를 부숴 놓을 테니까. 우리 아우님은 내가 어떻게 하나 가만히 보고나 있어."

고문을 당하다 쓰러진 사람에게 얼음물을 끼얹은 것처럼 자지가 오그라들고 정신이 번쩍 들었다. 보상에 대한 건을 완전히 잊은 것은 아니지만 차마 내 입으로는 꺼낼 수 없고, 혹시 누가 눈치 없이 나서 상자 안에 있는 든 것을 쏟아내기 전까지는 무엇을 물어도 모르는 척해야 하는 염치없는 보따리를 사내가 나서서 풀어 놓은 것이다. 아, 맞어. 형 죽음에 사은품이 걸려 있었군. 가난해서 불운이 일상인 자의 주위를 돌아보면, 많이들 죽는다. 살기 위해 일하는데 죽기 위해 일하자는 것처럼 이놈의 나라에서는 많이들 죽는 것이다. 형의 죽음은 그런 일상일 뿐이다.

하여간 자본주의 영업상 그냥 말 수는 없을 것이다. 등급을 정해야 할 것이고, 협정 가격을 매길 것이다. 정혁이 알게 모르게 미소를 짓자 그걸 발견한 미경이 눈에 불꽃이 튀겼다. 정혁은 묵시적 공헌을 한 사내를 위해 술상을 차리라 호기 있게 주문했다.

사내가 길고 장황하게 그러면서 용케도 형 죽음을 슬픔이 아닌 상품으로 연결하여 설명했지만, 그때는 사내가 무식하게 작전을 짜서 주의 깊게 듣지 않았다. 얄망스레 생긴 사내는 사고 목격자이자 중요한 증인이었다. 사내는 형이 떨어지는 순간을 취기가 오름에 따라 수십 번이나 되풀이해서, 정혁은 사고 순간 옆에 있는 착각을 받았다. 아시바에 클립 볼트를 채우고 조이는 순간 물기에 미끄러져 떨어진다. 정수는 비명을 지르지 않았다.

사내 눈물은 술버릇으로 보였다. 정혁과 사내 자리에 귀를 기울이는 또 다른 사내가 있었다. 까만 양복과 하얀 와이셔츠 가운데를 조이는 검은 넥타이가 일상복처럼 잘 어울리는 사내였다. 정혁의 뛰어난 기억에 없는 것으로 보아 친척이나 지인은 아니었다. 사내가 무작정 다가와 명함을 꺼내 앞에 놓았다.

뜻밖에 사내는 정혁이 내심 기대하는 회사 사람은 아니었다. 사내는 생명보험 회사 사고처리 담당 팀장이었다. 의도치 않은 사내와 대면에 느낌이 싸늘해졌다. 정혁은 막연하게나마 산업재해와 연관을 지으려고 억지로 연결은 했다. 정혁이 의아한 눈으로 보자 상대 역시 같은 눈길로 맞이했다. 날을 세워 정혁이 물었다.

"무슨 일입니까?"

누구에게나 깍듯할 필요는 없다. 어떻게 된 놈의 사회가 허름한 차림으로 공손하면 밟아도 꿈틀거리기만 하는 지렁이로 안다. 사내가 오히려 궁금한 눈길로 대답했다.

"아니 제가 삼신생명에서 왔단 말입니다. 그럼 제가 무슨 일로 여기에 왔겠습니까? 물론 경황이 없으신데 저 같은 불청객이 기분 나쁘시겠지요. 하지만 이런 경우 보험금 처리 건은 화급을 다투는 일입니다."

화급을 다투다니? 정혁은 응수타진을 하려 억지를 쓰기로 했다.

"누울 자리를 보고 발을 뻗어야지. 그럼 이 상중에 보험이라도 들라는 말이오?"

사내가 정색을 하며 되물었다.

"아니, 제가 무슨 일로 왔는지 모르신단 말입니까? 수혜자가 되셔서 어떻게 모르는지 이해가 가지 않습니다. 그럼 제가 차근차근히 말씀드리죠. 고인이신 정수 씨가 칠 개월 전 방문하여 직접 생명보험에 들었습니다. 본인이 직접 계약을 체결하셨단 말입니다. 드문 일입니다. 수혜자는 법적 혈육이신 박정혁 씨입니다. 그런데 제가 놀라는 것은 수혜자인 박정혁 씨가 형인 정수 씨가 보험에 든 사실을 몰랐단 거죠. 내가 이 회사에서 이십 년 근무했습니다만 피보험자가 모르는 경우는 왕왕 있어도 수혜자가 모르는 껀은 처음이거든요."

아니, 이게 대체 무슨 말인가? 형이 부모님을 생각해 보험을 든 게 아니라 너무 튼튼해 주기적으로 매혈을 해야 할 정도의 인간이 자신을 위해 생명보험에 들었다고? 왜? 코로나든 전쟁이든 어떤 재앙에도 살아남을 준비가 되어 있는 이기적인 형이 자신이 죽을지 알았단 말인가?

"이상해! 이게 본인 서명이 맞죠. 그것도 자그마치 오억이나 되는데?"

정혁은 오억이란 뇌쇄적인 황금 망치에 한 대 맞은 아찔한 충격을 받았다. 오억이라니. 미경이 무슨 일이냐며 다가왔고 정혁이 일어섰다. 침착해야 한다.

정혁은 재해 보상금 이외 더 큰 덩어리가 있다는 사실을 알자 애증이 얽힌 형 죽음의 수면에서 쉽게 빠져나올 수 있었다. 이제부터 형 죽음은 비즈니스이다. 정혁은 심호흡을 길게 했다. 라마즈 호흡이 아이를 낳는 데 도움이 되기도 했지만 정신을 차리는데도 같은 효과가 있었다.

산재보상이나 보험에 든 사실을 모르고 형이 개죽음을 당한 줄 아는 엄마의 애끊는 호곡은 이야기 도중 단 한 번도 끊기지 않았다. 정혁은 철이 든 이후 엄마의 끈적끈적한 품이 지긋지긋했다. 세상없어도 남의 집 자식은 개똥이고 내 자식만 최고의 선인 엄마의 자식 사랑은 소도(蘇塗)이기도 했다. 형이 누구 대가리를 깨건, 지갑을 훔쳐 달아나도 무슨 방법을 쓰든지 재깍 엄마 품 안으로 뛰어들기만 하면 내 새끼들 죄는 얼마든지 용서 가능 범위 안으로 들어온다. 자기 아들을 욕하는 동네 아줌마 머리채를 마치 맹수처럼 달려들어 순식간에 움켜쥐는 손아귀에 울끈불끈 솟아오른 정맥은 그대로 산맥의 줄기가 됐다. 엄마는 정수의 앞에 펼쳐져 있는 비빌 언덕이었다.

정혁은 엄마의 애간장을 찢는 울음과 저승에 걸린 형을 붙잡고 늘어지는 안간힘으로 거의 미칠 지경이었다. 아마, 여기 붙박이로 있는 귀신들도 죽은 자 세계에 편입하지 못하고 중음의 안개 속에서 헤맨다면 그건 순전히 엄마 울음 탓이다. 정혁은 이러는 엄마 귀에 이렇게 속삭이고 싶었다.

'뭔 일인지 모르겠지만 형이 자기 죽음을 예견하고 오억짜리 보험에 들었데. 인제 그만 당신 신세 한탄을 빙자한 울음은 그쳐. 당신 큰아들은 이제 퇴장해야 해. 제발 좀 울지 마!'

그러면 엄마가 사탕을 쥐여 준 착한 아이처럼 울음을 뚝 그치지 않을까. 반면, 당장 죽어도 이상할 게 없는 이 상황에서 마스크를 굳게 쓰고 코로나에 질려 있는 아버지에게 보상금 말고 영화에서만 볼 수 있었던 상상의 금액이 우리에게 배정되어 있다고 말하면 아버지는 바로 거리로 뛰쳐나가 거리를 쏘다니는 여자들을 마구 겁탈할지도 모른다.

술이 더는 위로되지 않았다. 정혁은 다시 시간을 더듬었다.

조금 전까지 있었던 친구와 무료한 술자리에서 형이 죽었다는 믿기 어려운 비보를 들었을 때만 하더라도 보상금이 떠오른 건 아니었다. 문득 든 생각이 선수를 빼앗겼다는 느낌이 전부였다. 사고이기는 했지만, 저 수는 내가 먼저 뒀어야 했다. 형은 어렸을 적부터 항상 한발 먼저 빨랐다. 발견은 정혁이 했어도 목표물은 정수가 늘 차지했다.

이런 판국에, 있는지 없는지 염두에 두지 않았던 집주인이 한 달 전 나타나 집을 비우라고 했다. 집이 없으면 가족이 단체로 마포대교 아래 용궁으로 입주하라는 무언의 압박이었다. 집주인은 교양이 없는 의사가 돈에 쫓기는 환자에게 시한부를 통보하듯이 아무렇지 않게 앞으로 삼 개월 남았다며 기한을 던져 주었다.

맞아야 생각하는 사람. 나는 호모사피엔스와 다른 종이었다. 형의 구타는 일정한 패턴이 없었다. 저항하면 죽도록 때렸다. 형이 심심하면 경고등이 켜졌다. 비가 오거나 날씨가 흐리면 빈대떡이 생각나는 게 아니라 누구를 못 견디게 죽이고 싶은 모양이었다. 그렇다고 동네 아이들을 가만 놔두는 것도 아니었다. 형의 말썽으로 엄마는 동네 대부분 다른 엄마와 머리끄덩이를 잡으며 일전을 불사해야 했다. 엄마의 싸움 기술이 날로 늘어 영양 상태가 무지 좋은 젊은 년도 일 라운드 안에 때려눕혔다. 아, 옆에서 손뼉을 치던 형의 괴기스러운 웃음. 불안한 날이 계속되던 날 정혁은 항아리 뚜껑으로 자는 정수의 대가리를 깼다.

그런 형이 죽었다. 엄청난 보험금과 보상금을 남겨 삼 개월 시한에 대한 부담감을 말끔히 철거한 것이다. 정혁은 그렇게 생각했다.

두 번째 새날이 걸렸다. 정혁은 어제와 다른 몸가짐을 했다. 검은 상복에 묻은 먼지를 털고 바짓단 주름을 잡았다. 정혁은 묵은 감정을 씻어내자며 정수 초상 앞에 향불을 피우고 앉았다. 엄마의 끈질긴 울음은 향불의 실오라기 연기와 비슷했다. 아버지는 엄마 옆에 바투 앉아 배가 고프면 고집스러운 아이가 되어 천장 무늬를 다시 세기 시작했다.

건설 상호 잠바를 입은 세 사내가 뜸을 들여가며 문상을 했다. 정혁은 호흡을 가다듬었다. 그들은 잘 훈련이 된 격투기 선수였다. 사내가 대뜸 서류를 내밀었다. 고소장 양식이었다.

"예상과 달리 본사 관계자들은 오지 않을 겁니다. 그들에게 인간적인 관계를 기대하지 않는 게 냉정해지는 데 도움이 될 겁니다. 인제 와서 이런 말을 하는 게 죄송합니다만, 같은 편이라 생각하십시오. 항상 일이 벌어지면 회사는 능란하게 표변해 유족의 진을 빼지요. 유족이 자발적으로 보상 문제를 서두르지 않음을 잘 알기 때문입니다."

그런데? 각자도생이 기본인 세상에 공짜 점심은 없다. 정혁은 세 사내의 호의보다 용건에 주력했다.

"제가 유족분의 화를 돋우자는 것은 아니니 해량해 들어주십시오. 회사 차원에서 정수 씨 사망은 기업 살인이 아니라 손절매 비용일 뿐입니다. 상대쪽 배경이 약하면 개값을 치르는 거고, 우리가 세게 나가야 그나마 인간으로 봐 줄 겁니다. 경험상 보면, 정수 씨는 오천부터 시작될 거고, 일억이 붙으면 소송으로 몰고 갈 겁니다. 일용직은 고시가격이 아주 낮죠. 지루하고 피 말리는 진흙 판 싸움이 시작되는 거죠."

다음은 자기 차례란 듯 오른쪽 사내가 나섰다.

"그래서, 일단 우리는 산재에 전혀 관심이 없다며 사업주의 안전시설 설치 불이행 건으로 죄질을 묻는 겁니다. 전력도 있고, 앞으로 지구가 멸망해도 안전시설은 설치하지 않을 거니까 회사 측에서는 협상 대상으로 쇠파이프를 든 놈보다 찬찬히 따져 드는 먹물을 꺼림칙하게 여기죠. 회사는 정수 씨의 동생분이 연대 나온 걸 알고 있습니다. 알려고만 들면 족보에 배경까지 파악하지요. 물론 우리 또한 인도적인 차원에서 돕는 건 아닙니다. 실비는 받습니다. 친한 사이가 아니면서 왜 나서는지 의심이 가겠지만, 전례로 남으면 우리 미래도 불리하거든요."

사내가 소주를 권했으나 정혁은 부드럽게 거절했다. 비즈니스에 무슨 술이란 말인가. 아무리 그래도 나는 너희들도 믿지 않는다.

"우리가 고발하면 경찰서에서 처리하는 게 아니라 회사 관리부로 고지가 뜰 겁니다. 일제 강점기부터 있어온 관행이죠. 그럼 딜이 시작되는 거죠. 위로금 조로 합의 예상 금액은 최대인 일억 오천으로 합니다. 그 금액이 억울할지 몰라도 협정요금보다 많은 겁니다. 여기서 우리가 더 쥐어짜면 관례를 남기지 않기 위해 공탁을 걸고 소송으로 시간을 한없이 늘릴 겁니다. 자, 동생분이 결정하시지요."

정혁은 이런 합의에 풍부한 선수들의 경험에 이의를 달지 않고 동의했다. 미경이 무슨 일이냐며 따졌고 협의 내용을 말하자 큰오빠 주검이 식기도 전에 무슨 짓이냐고 펄쩍 뛰었다.

"아니, 큰오빠가 그것뿐이 안 돼? 고작 차 한 대 값으로 퉁 치느냐고?"

그렇게 비싼 차도 있던가? 아무튼, 설명은 해야 했다. 만약의 경우를 덧붙이지 않고 요즘 산재로 인한 사망 사고에 대한 보상과 위로금 조로 나오는 회사의 관례를 읽어주었다. 미경은 막무가내로 울고불고 따졌다. 그래 네 말이 맞는다. 인간의 가치는 차 한 대 값이다, 그것도 잘 쳐서. 다음으로 미경에게 형이 그거 말고도 막대한 보험에 든 사실을 덧붙이자 눈조리개가 점점 커졌다. 미경이 입을 닫았다.

장례식장 분위기는 엄마 호곡만 빼면 진부한 일상이었다. 이상하다. 어제까지만 해도 늘 보던 형이 죽었는데 그렇게까지 슬프지 않고 가슴이 두근거리는 걸까? 자꾸 미래에 대한 계획이 떠오른다.

정수가 형 위세를 턱없이 부풀리는 데 다소 억지가 섞인 이유로 나이를 들먹였다. 그렇다고 해도 차이는 고작 13개월이었다. 형은 개월 수로 치지 않고 두 살이란 치사한 계급과 허울 위주의 위상으로 윽박질렀고 정혁은 그 정도 차이는 사회 친구라고 앙탈 부렸다. 형에게 먹히지 않는 항변이었다. 형은 어디서 들었는지 장유유서와 격에 맞지 않는 삼종지덕을 정혁에게 적용시켰다. 옳지 않다고 설명하면 무조건 반항으로 인식했다. 공부를 유일한 탈출구로 믿는 정혁에게 가족의 무식은 다른 의미에서 넘기 어려운 허들이었다. 가난한 집 똑똑이가 다들 그렇지만 정혁은 굽히지 않았고 태어나길 악동으로 선점한 정수는 관용을 몰랐다.

고3 이후 존속살인이 일어날 뻔한 사건이 있고 난 뒤에야 정수 폭력이 멈췄다. 서로 시선이 부딪히는 경우가 드물었지만, 가끔 정수는 비열한 웃음을 흘리며 주머니에서 잡히는 대로 돈을 꺼내 주었다. 이런 관계가 완전히 역전된 것은 정혁이 졸업하면서였다. 오히려 정수가 정혁 눈치를 보기 시작했다.

정혁은 그저 정수와 형제 관계가 아닌 전생의 원수가 외나무다리 비슷한 엄마를 빌어 재수 없게 같은 배를 탔을 뿐이라 포기했다.

반면, 가운데 낀 여동생이 묘한 역학 구도를 그렸다. 미경은 동생이 아닌 여왕으로 군림했다. 동생 눈에는 둘 다 사람 구실을 못 하는 화상이었지만 기울기는 정수에게 좀 더 향했다. 정혁이 그들에게 가면 둘 대화가 뚝 그치고 아버지처럼 멀뚱히 천정만 봤다. 가끔 집안 소란이 나면 모든 분란 원인을 정혁에게 몰아갔고, 화를 제어하지 못해 미경이 따귀를 때리자 정수가 버러지 같은 놈은 상대할 가치가 없다며 분을 못 참는 미경을 데리고 나갔다. 직업 없음이 길어지자 정혁은 가족 누구에게도 기대지 못했다. 지금 새로운 패가 나누어졌다.

정수의 사고사 처리는 휴지통을 털어내듯 쉽게 비워졌다. 정직원이라 하더라도 서울 집값에 정비례해 계속 떨어지는 사람 가치를 염두에 두면, 일억 오천만 원은 요즘 시세에 만만치 않은 액수였고 임시 고용직 신분인 사자에게는 황감한 최고가였다.

경매가가 여러 번 불리워지고 최종 낙찰 망치가 두드려지자 정혁은 주체할 수 없이 쏟아지는 눈물에 내심 당황했다. 그리고 정혁은 낙찰가 10%를 수수료 조로 세 사내에게 주었다. 보험 사고 담당 조사원은 사흘 내내 장례식장 주변에 상가의 개처럼 쭈뼛거렸다. 이 모든 과정을 지켜보는 기분 나쁘게 생긴 보험회사 직원은 정혁의 시선을 거부하지도 피하지도 않았다.

형이 죽고 나자 계절이 바뀌었다. 코로나란 인류의 자충수가 두어졌고, 여러 벌 껴입어도 발가벗은 노숙자의 겨울이 시작됐지만, 정혁에게는 처음 겪어보는 따뜻한 절기였다. 분명 어제와 다를 게 없는 형편이었지만 눈을 감으면 곧 통장으로 굴러올 노란 덩어리가 보였다. 엄마가 하는 일은 몸으로 때워 얻는 이익보다 앞으로 터질 예상 손실액이 턱없이 높았으므로 그만두는 게 가족을 위해 나은 선택이었다. 무엇보다도 미경이는 정혁이가 환해졌다고 말했지만, 정혁이 보기에 미경이 또한 해맑아졌다. 미경이 부엌을 차지했으므로 엄마는 수줍게 물러앉아 생기는 대로 식구를 불린 순둥이 아버지 옆에 누워 가장 행복한 표정으로 TV를 봤다. 아버지는 가끔 헛기침했고, 그럴 때마다 엄마는 김치 빈대떡과 막걸리를 대령했다. 단 한 번도 좋은 적이 없었던 묘한 평화였다. 미경과 정혁은 셋집을 구하려 다녔다.

그렇게 행복을 만끽하던 중 보험 조사관으로부터 만나자는 전화를 받았다. 정혁은 아무리 따져봐도 자신이 관여된 바가 없으므로 무슨 문제가 또 있냐고 이유를 묻자, 조사관은 이미 마무리됐다며 부담 없이 그것도 허심탄회하게 나오라며 농지거리를 했다. 정혁은 사내가 수고비 조로 돈을 요구하면 얼마쯤은 줄 생각을 했다. 하느님도 털면 먼지가 나오기 마련이다.

거리는 비밀스러운 음모라도 꾸미는지 한산했다.

여자한테만 돈이 최상의 최음제(催淫劑)는 아니다. 빈털터리 정혁에게도 같은 메커니즘을 보였다. 정혁은 둥둥 떠다녔다. 거리 사람들은 획일적인 마스크로 무장했고 무형의 압력으로 비틀거렸다. 인터넷으로 본 지구 어느 나라에도 중국을 제외하고 대한민국 국민처럼 겁에 질려 마스크를 충실히 쓰는 사람은 없었다. 사람들을 압박하지 않아도 알아서 수그리는 매스게임에 공포의 그림자가 드리워졌다. 정혁은 약속 시각에 딱 맞춰 술집에 들어갔다. 사내가 손을 들어 반가움을 표시했다. 인사 후 사내가 대뜸 반말로 포문을 열었다.

"오늘 동문회 한다고 생각하슈. 나도 연대 나왔어, 그것도 법대. 술은 잘 마신다며?"

머릿속 경광등을 켰다. 교활한 인간의 꿍꿍이는 상상을 불허하는 법이다. 사내가 정혁의 표정을 보고,

"아, 이 사람, 집행 결정 났다니까. 내가 힘 좀 썼어. 그렇다고 대가를 요구

하는 건 아니야. 오히려 오늘 내가 일차에서 삼차까지 쏜다니까. 동문회 한다고 생각해."

사내는 자신의 이름과 한때 고등학교만 나오고 감히 대통령이 된 상대로 검사가 빈정거리듯 학번을 댔다. 전공한 법학이 지금 자신이 하는 일과 이가 맞지 않았지만, 그 과를 나왔다고 다 판검사가 되는 건 아니며, 운명의 수레바퀴가 진창으로 굴렀다며 한탄했다. 빽없는 놈의 목구멍은 무시무시한 포도청이지. 창현은 처음부터 맥주에 소주를 말았다. 이상하게도 형 사망 이후 술이 받지 않았다. 그래도 술이다.

그들은 한동안, 졸업한 학교와 당시 선봉에 섰다가 이른 꽃송이로 떨어져간 학우들 외침과 뒷짐을 지고 아가리로만 민주를 외쳤던 변절 정치인의 변함없는 비리와 현재를 비교했다가 다시 학교 주변 막걸릿집에 맡긴 학생증을 아직도 안 찾고 있다는 과거형으로 돌아갔다. 정권이 바뀌었으니 좀 나아져야 하는 거 아닐까 하는 물음에 프레임이 바뀐 건 아니니까, 라는 대답으로 첫 대화를 마무리 지었다.

정혁은 으슥한 골목에다가 오랜만에 마신 술 대부분을 토해냈다. 잠시 정신을 차린 후 아쉬움으로 자리를 옮겼다. 주머니에 여동생이 준 돈 십만 원이 만져졌다. 정혁은 취하지 않았다.

창현이 정혁의 등을 정겹게 두들겼다. 정혁은 사내의 어루만짐에 형 정수를 떠올렸다.

"내가, 씨발, 이래 봬도 연대 법대를 나온 놈이야. 초등학교부터 고등학교를 졸업할 때까지 단 한 번도 전교 일 등을 놓친 적이 없지. 야, 정혁아, 내 꿈이 뭐였던지 알아? 개한민국 판검사였어. 그런데 아이엠에프가 터진 거야. 나보다 못한 새끼들이 지금 판검사로 세상을 호령하고 있지. 그런데 내가 왜 보험사에서 사기꾼 뒤치다꺼리나 하는 거지?"

정혁은 창현의 울분에 동조했다. 개 같은 운명이죠.

"독수리가 시대를 잘못 타면 동네 수탉만도 못하지. 그냥 신세가 좆같은거지."

창현이 정혁을 안았다.

"글쎄, 씨발, 연대 나오면 뭐하냐고 돈이 있어야 고시 공부를 더 하지. 나 하나에 쏟아부었던 돈은 말라가고 식구들 목구멍이 타들어 가는데. 내가 장손이거든. 근데 세월을 잡아먹는 그걸 그만두니까 갈 곳이 없는 거야. 우습게 봤던 삼성이나 현대는 유학파와 서울대로 꽉 차 있는 거야. 끝내 쫓기듯이 회사로 왔지. 나 이제 어떻게 해야 하니! 내질러 놓은 새끼들 뒷돈 대다 보니 좆또 이십 년이 지난 거야. 근데 너? 내가 요즘 거래하는 세무 회사가 있거든 내가 거기에 심어줄 수 있는데!"

술김이었으나 놓칠 말이 아니었다.

"정말입니까? 선배님!"

"물론이지. 정수가 부탁하더군."

일순 공간 전체가 얼어붙었다. 갑작스러운 공격에 허를 찔린 기분이었다. 아니, 이 새끼가 끈질기게.

"좆같은 소리하지 마슈. 자살이라면 그 새끼가 아니라 내가 할 판이었지. 그런데 운명의 장난인지 몰라도 형이 사고를 당한 거요."

정혁은 이전까지 죽거나 죽이고 싶거나 누구에 대한 살의인지 분명치 않아도 뇌가 늘 들끓었다. 더 버틸 힘도 없고 살아 굴욕을 당하는 것도 지긋지긋했다. 대체 지금 내 꼴이 뭐냐고, 어디에다 하소연하고 싶은데 그것마저 대상이 마땅치 않았다. 그저 떠오르는 것은 대부분 인간은 개같이 산다는 점이다. 창현이 연결고리를 찾았다는 듯이 손뼉을 쳤다.

"바로 그거야. 정수는 너를 대신해 죽은 거지. 인류애나 형제애가 무슨 차이가 있어? 같은 치졸한 감정이라구. 비싼 연대를 졸업했는데, 코로나로 오라는 직장이 없지. 허구한 날 술에 꼴아 집구석에 들어오는 박 씨 집 등불이었던 동생을 보고 정수는 무슨 결심을 했을까?"

정혁이 술상을 엎었다. 창현이 덤덤하게 어질러진 자리를 주섬주섬 치웠다.

"당신이 학교 선배라고 무슨 말을 해도 괜찮은 건 아니야. 한 번만 더 지껄이면 아구창을 날릴 거야. 당신이 내 형에 대해 뭘 안다고 그래?"

창현이 고개를 숙인 채로 흔들거나 끄덕였다.

"알아, 잘 알아. 어떤 시각으로는 너보다 정수를 잘 알아. 내가 가난한 집 구석의 너였으니까! 잘 좀 생각해봐라. 정수가 언제부터 순해졌는지. 네가 조금씩 녹슬기 시작했을 때부터였어. 아, 한만 남은 엄마, 착하고 순해 이리저리 차이기만 하는 아버지, 그러다 여동생이 무슨 일을 하는지 아는 순간 결정한 거야. 네가 더 망가지기 전에 생각하고 계획한 거지. 아니, 피도 눈물도 없는 냉혈한인 정수가 기획한 작품이지. 익사 직전 너에게 입에서 입으로 인공호흡을 한 거야."

정혁이 벌떡 일어나서 주먹으로 을러댔다.

"그런데, 내 동생이 뭘? 형이 그리고 뭘 어떻게 했다는 거야?"

"내가 이 부분에서 많이 갈등했어. 너 같이 똑똑하기만 한 밴댕이 소갈딱지가 알아봤자 이해하지 못할 거라고. 너, 네 동생 미경이가 마사지 시술소에 다니는 거 몰랐지. 넌 바람이 들어 술집에 나가는 거로 어림짐작했을 거야. 어쨌든 상상은 했을 거 아냐? 왜 모르는 척했지? 네 형은 그걸 다 이해했어. 여동생이 당신 등록금 융자받은 거 그 짓으로 꺼나가고 있었던 거지. 네 동생이 그걸 꺼나가고 있었다고. 넌 왜 모르는지 알아? 개새끼니까!"

주먹을 날린 것까지는 기억이 났다. 경찰 유치장에서 차 선배가 코를 너무 심하게 곯아 머리가 다 흔들렸다. 부끄러웠다. 하지만 당신이 틀렸다. 청원경찰이 양동이를 가져다주었다. 차 선배가 정혁의 등을 다정하게 두들겼다.

"바로 내 문제가 술이야. 어저께도 말했지만, 보험금 집행은 결정이 났어.

의심은 단순해. 정수가 노가다를 다니며 월 칠십만 원씩 수혜자가 아닌 본인이 직접 납부해왔어. 그런데 정황을 보면 사기가 아닌 사고인 거지. 목격자도 있고 안전장치에 대한 정수 불만도 확인됐어. 어쨌든 개인적인 궁금증은 다 풀렸어. 흐흐, 사고지, 사고야. 정혁아, 내가 회사 알아보는 대로 연락할게. 어제는 미안했다."

정수 사망 보험금을 건드리지 않고도 정혁의 가족 넷은 좀 더 나은 환경으로 이사할 전셋집을 잡았다. 정혁은 대학 선배인 창현의 주선으로 세무 회사 총무부에 입사했다. 앞으로 모가지가 어떻게 될지 모르겠으나 월급은 복지부동 공무원 초봉의 두 배 반이나 받았다.

이사가 결정된 어느 일요일, 이삿짐을 꾸리기 위해 짐을 정리하던 중 형이 즐겨보던 포르노 잡지를 발견했다. 허튼 웃음이 나왔다. 고딩 시절 형은 정혁이 보는데도 앞에서 보란 듯이 성기를 문질렀다. 정혁이 신경질을 내며 문을 열고 나가자 들리던 정수의 기괴한 웃음소리가 기억에서 얼음장 깨지는 소리로 들렸다.

차 선배 말이 떠올랐다. 형 죽음이 기획 자살이라는 단정에 코웃음이 나왔다. 그 얄궂은 잡지를 쓰레기통에 던지니 흰 메모지가 툭 떨어졌다.

'난 정혁이가 이 지랄 같은 세상을 악착같이 살아줘 고맙다.'

개 새 끼.

長城에서 08

5년 전 노가다꾼인 주식의 도움을 받아 서울에서 장성으로 삶의 터를 옮겼다. 결과로만 따져보면 철이 든 후 무언가 결정한 중 제일 잘한 짓이었다. 불알 두 쪽만 남은 놈에게 도시에서 삶이란, 호화로운 격투기장과 같다. 승자와 패자는 등장하는 순간 임의로 결정되어 있고, 한 땀 한 땀 십 년에 걸쳐 쌓아 올린 성은 탐욕에 걸신들린 자의 콧김에 아무렇지 않게 날아가 버리는 것이다. 이 거지 같은 도시에 나에게 남은 무기는 오기뿐이고 겨루어야 할 적은 도끼로 무장되어 있다. 나는 날마다 피를 흘렸다. 살거나 이기거나가 아닌 오직 치욕적인 죽음만이 놓여 있었다. 선택하라. 죽을 거냐 아님, 이리 터지고 저리 터지며 살아갈 것이냐는 햄릿만의 문제가 아니었다. 도시에 사는 젊은이에게는 개처럼 살아갈 것이냐 아니면 돼지처럼 죽을 것이냐의 선택지가 남아 있었다. 나의 분노 게이지는 폐활량이 좋은 잠수부가 불어놓은 풍선처럼 위태로웠다.

하루하루를 연명하는 중 장성 출신의 김주식을 알게 됐다. 일하고 임금을 못 받는 일이 빈번했는데 그 문제로 촌놈을 도와준 게 전기가 됐다. 그날 술자리에서 서로 파스를 붙여주며 의기가 투합됐고 마치 태어나서 쭉 함께 자라온 사이처럼 간담을 상조하게 됐다. 농사에 지치고 빚에 떠밀려 나온 주제에 숨겨놓은 금두꺼비라도 가진 듯 주식이 호기 있게 말했다. 아, 씨발, 어디든 좋았다.

"야, 빌어먹더라도 내 고향으로 돌아가자!"

친구의 이 외침은 루소의 절규에 버금갔다. 나야 늘 막장이었으므로 서슴

없이 잔을 부딪쳤다. 처음에는 일단 벗어나야 한다는 도피였다가 한 달이 흐르자, 외로우나 먹을 것이 풍성한 무인도에 상륙한 느낌이었다.

장성, 벌이는 그렇다 치더라도 신기하게 몸이 적응했고 마음이 따라 다녔다.

서른여덟을 처먹도록 결혼 생각을 안 한 것은 아니지만, 상처뿐인 세월을 되새기거나 세상 돌아가는 꼴을 보니 여자에 관한 흥미가 아예 없어졌다. 주식이 말대로 그저 심심하고 외로우니 약간 흠이 있어도 아무 여자나 꿰차라는 이야기를 들었지만, 술김이어도 거부 반응이 강하게 일었다. 주식 아내의 눈총과 염려로 여자 몇 명을 만나긴 했다. 여자가 드물어서 그런지 최소한 주식 처 정도 되는 관상을 장성에서 단 한 명도 보질 못했다. 흠이 문제가 아니었다. 여자들의 미래에 대한 설계가 사람을 황당하게 했다. 시작하기 전 여자는 항상 편파적인 조항을 요구했다. 내 손에 물 한 방울 묻히지 않겠다고 약속해! 이 전쟁통에 그걸 약속하라고? 서로에게 도피처가 되거나 안달해서 품에 날아들었다가 지난한 세월이 흐르면 비슷한 처지와 함께하는 삶이야말로 지옥임을 깨닫게 된다.

매년 여름이 지나온 여름보다 혹독했지만, 이번 여름은 격이 달랐다. 밭에 나간 노인이 익어 죽었고 안골 시설이 열악한 농장의 임신한 한우가 더위로 죽어 나갔다. 오 년 동안 단 한 번도 경험하지 못한 여름이었다. 방송에서는 곱게 차려입은 시인이 품격있는 목소리로 가이아 반란이 시작됐다고 경고했다. 무식한 년. 주인이 어떻게 반란을 한단 말인가.

꼴 난 사무실에 에어컨이 없는 건 아니지만 죽자사자 덤벼드는 염수(炎獸)를 선풍기 하나로 버텨볼 각오를 했다. 서울과 다르게 참을만했다. 열어 놓은 사무실 밖 버스 정류장에 눈길을 주니 희한한 광경이 들어왔다.

37℃를 넘기는 뙤약볕에 노란 양산을 쓴 여자가 열기에 무자비하게 노출된 채로 정류장에 서 있었다. 말이 37℃지 팬티 속 불알은 생으로 익어가는

중이다. 버스가 도착할 시간이 30분이나 남았고, 온다고 하더라도 소리치면 기다려주기에 이곳 주민들은 모두 그늘에 있는 형편이었다. 그런데 저러고 있다. 게다가 입성도 유행에 맞지 않았다. 아무리 촌구석이라 하더라도 노란 물방울무늬 투피스는 80년대 구석의 냄새를 물씬 풍겼다. 내가 주식의 아내에게 물었다.

아, 더운데 왜 저러고 있을까요? 이십 분은 넘은 거 같은데.

"얼레? 한 시간 넘었슈. 인내력 테스트도 아니고, 우리 착한 정혁 오라버님 신경 쓰이게 말이야. 어쨌든 반정부 시위는 아니니께 신경끄슈. 저 여자 나 아는데 소개 시켜드릴까유? 키키키"

웃음만으로 알조였다. 반면 그런 뜻이 아니란 걸 알면서 그런 의도로 묻는 게 궁금했다. 내가 말을 잇기 전에,

"재작년에 광주에서 왔슈. 시장에서 양품점을 하는데, 시상에, 거길 누가 가겠냐고요. 옷을 잘 짓기를 하나, 아무리 촌구석이래도 유행에 맞기를 하나. 하다못해 친절하기라도 하면 내가 불쌍해서 이이 몰래 옷 한 벌 빼려고 그랬는데, 아예 싸가지가 없으요. 밥은 워치케 먹고 사는지 몰러. 하긴 혼자 몸땡이니께 살기야 살것지!"

이런저런 이야기를 하던 중 버스가 왔다. 비지땀을 눈물처럼 흘리는 여인이 버스를 타지 않았다. 무심한 눈으로 양떼구름을 보는 모양새가 누구를 기다리는 것도 아니었다. 고집스럽게 한 십분 더 서 있다가 갔으니까.

다음 날이 서둘러 열렸다.

날이 선선할 적에 움직여야 했다. 아침 5시부터 10시까지 세 군데 수정을 했으나 확신이 든 곳은 한군데뿐이었다. 한 방에 삼만 원이어서 남들이 보기에는 괜찮은 벌이라 하겠지만, 수정이 안 되면 한 번 더 공짜로 해야 하고 출장비는 따로 붙지 않는다. 따라서 벌이는 먹고 살만큼이다.

거리가 다시 불판으로 변했다. 순이 할매가 살다 살다 이런 더위는 처음이

라 엉너리를 쳤다. 사무실로 돌아오는데 예의 흔들림 없는 자세로 서 있는 그 여인이 보였다. 노란색은 보기만 해도 뜨거웠다. 이 더운 여름에 차림이 그 옷 한 벌 뿐인지 노란색 물방울무늬 투피스였다.

야, 저, 여자 왜 그런데? 주식이에게 묻자 순이가 대신 대답했다.

"뭘러유. 밤에 봤으면 다들 귀신이라 할거요. 저걸 어쩐대나! 당신이 가서 좀 데리고 와요. 저러다 푹 데쳐 자빠지면 맥없이 당신 인정머리 없다구 흉 보니께! 아님 불쾌지수가 마빡을 치는데 야밤에 질벅거리지 말고 데리고 가 에어컨 빵빵한 여관에 가서 육보시나 하고 오던지. 키키키."

주식이 소 웃음을 지으며 일어섰다. 주식이 여인에게 멀찍이 떨어져 뭐라 뭐라 하는 걸 봤는데, 예상과 달리 여인이 주식의 뒤를 순순히 따라왔다.

"야, 날이 죽인다 죽여! 이런 날 수금하러 댕기면 맞아 죽을규. 근디 아가씨라 해야 하나, 아줌씨로 불러야 하나. 어느 게 낫겄슈?"

여인은 웃지 않았다. 뜻밖에 서울말이 튀어 나왔다.

"나, 그렇게 많지 않아요. 시집은 가 본 적도 없구요."

주식이 냉장고에서 미리 타 놓은 달기만 한 커피를 따라주자 그것도 순순히 마셨다. 수줍어할 거로 예상한 내 선입견이 어긋난 것이다. 주식의 아내가 예상 질문지에서 골라 물었다.

"버스도 타지 않을검서, 그럼 누구를 기다리는 거유!"

고생에 전 얼굴이다. 피부 또한 곱지 않았다. 안색도 건강한 편이 아니었다. 소라면 단번에 퇴짜를 맞을 상이었다. 자세히 보니 노란 옷이 몸에서 한 바퀴 돌 만큼 말라 있다. 여인이 대답했다.

"뭐 좀 생각하느라고."

아니, 이 뙤약볕 정중앙에서? 여인의 뒤통수를 치는 대답으로 다들 상황을 파악했다. 멀쩡한 여자는 아닌 거야. 다들 웃어야 할지 말아야 할지 애매한 표정을 짓는데도 여인은 아무렇지 않게 사무실을 둘러보며 견학 나온 유치원생처럼 이것저것 물었다. 특히 얄궂게 정액 주입기에 대해 스스럼없이 물었다. 주식은 여인이 묻는 대로 궁금증을 풀어 주었고 그의 아내는 주식의 그런 진지한 얼굴을 한심하게 쳐다봤다. 그날은 그렇게 갔다.

이곳 장성은 도시와 다르게 스물네 시간이 엄격하게 흘렀다. 모두 일찍 일어났고 오후 아홉 시가 되면 잠이 들었다. 밤 고양이만 돌아다녔다.

그날은 비교적 술을 많이 마신 날이었다. 안골 노인네 개가 밥 주는 할머니를 물었고, 울화통이 터진 노인이 주식에게 전화를 걸어 잡아먹으라고 했다. 때아닌 복달임이 주식 아내 주도로 동네잔치가 벌어졌다. 오랜만에 폭식했다. 소주를 대 여섯 병은 마신 거 같은데 다른 때와 달리 속이 편했다. 사무실에 도착하자마자 씻지도 않고 잠에 떨어졌다.

악착같이 울어대는 전화벨에 가까스로 눈이 떠졌다. 시계를 보니 꽤 늦은 열 한시였다. 밥벌이니 받아야 했다.

예, 장성 수정소입니다. 어디시죠? 수화기에 말이 나오지 않았다. 욕을 하며 끊으려고 하자 비명 비슷한 목소리가 화들짝 나왔다.

”저, 정말 죄송한데요. 궁금한 게 있어서 그렇거든요. 뭐 좀 물어봐도 되나요?“

버스 정류장에 꼿꼿이 서 있던 노란색 물방울무늬 치마가 떠올랐다. 바싹 마르고 맑은 날에도 초췌해 보였던 여자 얼굴이 가물가물했다. 아, 씨발. 밝은 날 하면 안 됩니까?

”죄송합니다. 제가 궁금한 게 있으면 잠을 못 자거든요.!“

아, 그렇다고 잡자는 사람을 깨우는 건 무슨 심보요. 급하면 오거나 내일 전화하슈. 끊으려고 하니 다급한 목소리가 다시 쏟아졌다.

”저, 사람도 되나요?“

점입가경이다. 미친년 아닌가? 사람도 되냐니! 내가 지금까지 눈치로 굴러먹은 놈인데 구르는 소리만 들어도 호박인지 수박인지 그걸 모르겠는가. 말이 엉켜 답을 못했다. 그렇다고 묻는 말에 일일이 대답할 정신 상태 또한 아니었다. 안 돼요. 난 소 전문이요. 그리곤 끊었다. 여인의 고집스러운 모습이 떠올라 전화 코드를 뽑고 휴대전화는 무음으로 놓았다. 늦자 잠이 새초롬히 달아났다. 나는 그날 밤 뜬눈으로 새웠다. 이른 아침에야 말똥말똥했던 눈이 정전되듯이 감겼다. 주식이 허둥대며 들어왔다.

”정혁아, 무슨 일이 있는 거야? 너 왜 전화 안 받는 거야. 상전리 한우 농장 있잖아. 거기서 전화 왔었어. 네가 하도 전화를 안 받으니까 나한테까지 한 거로 봐서 꽤 급한 거 같은데. 어서 다녀오시게. 일곱 시 전까지 오라더군. 빨리 일어나!“

이상한 꿈을 꾸었다. 소 직장에서 똥을 긁어내고 자궁 경부를 잡은 후 정액 주입기를 찌르는 순간 대상이 소에서 엉덩이가 튼실한 여자로 바뀌는 것이다. 하여간 그 여인은 아니었지만, 기분이 더러웠다. 간신히 상전리에 갔다 왔다. 재수 없는 꿈을 꾼 거치고는 시작이 좋았다. 대를 물려 한우 농장을 지키던 아들이 빚 좋은 개살구인 걸 알고부터 적성에 안 맞는다며 대전에 있는 휴대전화 가게로 가버렸다. 빚은 계속 쌓일 거지만 농협 경매로 손을 털 때까지는 번식을 계속해야 하는 것은 도시나 여기나 매일반이었고 그런 상태치고 이 농장은 주인의 정성 어린 관리로 수태율이 90%가 넘었다. 그런 암소가 40마리다.

주식과 같은 사무실을 반으로 갈라 쓰면서, 나중이라도 알면 기분 나쁠 일이어서 어제 있었던 일을 말할까 하다가 괜히 문제를 만들 이유가 있나 싶어 그만두었다. 주식의 아내가 해장국을 내왔지만 먹는 둥 마는 둥 했다. 속이 안 좋다는 변명을 해도 주식 아내 표정이 싸늘했다.

종일 바빴다. 주식이 집짓기 사업에 끼어들었기 때문에 나도 덩달아 인공수정과 집짓기 잡부 일을 했다. 그렇다고 주식이 돈을 크게 버는 일이 아니어서 가타부타 말하기에 신경이 쓰였다. 이년 전 수리를 해주고도 돈을 못 받는 일이 여러 건 있었다. 거길 함께 따라갔다가 말썽을 저질렀다. 거의 일 년이나 지났는데 집주인이 일 처리가 미흡하다며 대금을 반이나 깎는 것이었다. 오른 자재비도 못 되는 돈을 일 년 만에 주며 갖은 험담을 늘어놓았다. 도시물 먹은 귀촌 노인이었다. 더는 참지 못했다. 그래서 오함마를 들고 수리해 놓은 방과 창을 원상태로 돌려놓았다. 나는 그 일로 해서 주식과 관계가 끝나는 줄 알았다. 우리는 그날 늦은 저녁까지 술판을 벌였다. 순이가 눈물을 글썽이며 말했다.

"씨발 조또. 내 속이 다 씨언하네. 시애미 죽고 이런 기분 처음이랑께. 오라비나 되니께 저렇게 할 수 있지. 덩치만 산만해가지고 밴댕이 소갈딱지 같은 내 서방은 절대 못 햐. 우리가 왜 이따구로 사는데. 야, 김주식! 박정혁이 십 분의 일만 닮아. 서울 늠이 무섭긴 무섭다니께."

역효과를 낼 줄 알았던 그 일이 오히려 선전됐다. 수금은 예상 이상으로 잘 됐고 집 짓는 일조차 바람이 일었다. 그렇다고 부자가 될 만큼 번 것은 아니었다. 이것저것 제하고 나니 한 달에 삼 백 정도는 된 거 같다. 나도 인공수정 일을 겸하니 그 정도는 됐다.

항상 좋은 날이 없듯이 나쁜 날도 없는 법이다. 지랄 맞은 세상에 앙탈 부리지 않으면 떨거지들도 조역으로나마 살게끔 되어 있다. 우리 끼리끼리 모여 사는 곳으로 장성은 그만이었다. 술 약을 사러 간다며 거리로 나왔다.

넓고 황량하기까지 한 시장 귀퉁이에 순이가 말한 양품점이 보였다. 간판을 달지 않았다 하더라도 양품점이라고 불리기에는 좀 부끄러운 곳에 그녀가 낮 귀신처럼 앉아 재봉에 몰두하고 있었다. 손님도 없다면서 무엇을 만들고 있을까, 하는 궁금증이 일었지만 가 보고 싶지 않았다. 지금 내 심정을 알 수 없었다. 성욕을 품은 것도 아니고 괜한 호기심도 아니었다. 그럼 이 끌림을 뭐라 불러야 할 것인가. 모른다. 여인은 허수아비처럼 말라 있다.

소화제를 먹고 주식이 일하는 공사 현장에 서둘러 갔다. 이곳 일은 융통성이 있어 할만했다. 가장 뜨거운 시간인 1시부터 3시까지는 낮잠을 자고 일은 7시까지 끝내면 되었다. 간간이 들어오는 인공수정 일은 주식이 아내가 전화를 받는 대로 알려 주었다. 아, 내 나머지 삶은 이 상태로만 흘러라.

나이를 먹어가는데, 오히려 서울에 있을 적보다 건강은 더 좋아지고 있다. 지방이 쌓인 게 아니라 근육이 장딴지와 어깨에 붙었다. 세상일에 아쉬울 것이 없었다.

기다려도 비는 오지 않았다. 전염병 창궐에 가까운 더위가 품은 살의로, 이러다 세상이 망하는 거 아닐까 하는 조바심마저 들었다.

여러 가지 이유로 계곡을 찾는 이가 줄었다. 빚으로 산 과일이 생각대로 팔리지 않자 참외를 전문으로 하는 윤 씨가 술 처 마시고 시장에서 깽판을 쳤다. 오지랖 넓은 주식이 말리다 스무 바늘이나 꿰매는 중상을 입었다. 그런 남편 등짝을 콩콩 때리며 마음 약한 순이가 눈물을 질질 흘렸다. 주식의 부상으로 인해 당분간 바빠질 모양이다.

힘들고 바쁘면 통각이 예민해질 때로 예민해져 날이 추운지 더운지 느끼지 못한다. 팔봉산 자락으로 해 뜨는 장엄한 광경도 심상에 찍히지 않는다. 그저 하루가 시작됐을 뿐이다. 집 짓는 일을 하는 인부는 주식을 포함한 네 명인데 그나마 주식이 빠지는 바람에 일인 다역을 해야 했다. 공사장에 흘러든 대부분 일용직은 높아진 노동 강도에 불만을 내뿜었다. 어쩌면 가난한 원인의 반은 자신의 책임일지 모르는 일이다. 주식이 아내까지 시멘트 비비는 일에 동원되어야 했다. 불만은 없다 오히려 힘이 샘솟았다. 주식은 병원에서 일주일도 채우지 않고 붕대를 감은 채 일하러 나왔다. 메뚜기도 한철이어서 말릴 수 없었다.

정해 놓은 일을 마치고 숙소이자 사무실로 돌아오면 마치 자발적으로 감옥에 갇힌 기분이었다. 이 느낌을 아는 주식의 아내가 매번 장가가길 권하지만, 결혼이야말로 없는 놈에게는 일륜지 대사이고, 가족은 운명선의 변수였다.

내 생각에 전화벨이 울렸던 거 같았다. 눈을 뜨니 창밖으로 고운 달빛이 내려앉았다. 그제야 벨이 울렸다. 전화기가 울기 전에 전화가 올 걸 알다니 신기한 일이었다. 그녀일 거라는 느낌이 왔다.

또 뭔데요?

"죄송해요. 이러지 말아야 하는데 제가 도저히 견딜 수가 없어 전화했네요. 양해 부탁드려요."

여인은 주눅 들지 않은 목소리로 당당하게 강요했다. 여인은 첫인상으로 받은 짓밟히기만 하는 존재가 아니었다. 말씀하시죠.

"제가 정말 절박해요. 외람되지만 전화로 사정하는 것보다는 직접 뵙고 말씀드리는 게 날 듯해서, 저를 잠깐 만나주시겠어요?"

아닌 밤중에 홍두깨는 싫지만, 심심하기도 하고, 명색이 가슴이 물컹한 여자가 만나자는데 거부할 이유도 마땅치 않았다. 이렇게 해서 그 여인을 만나게 됐다. 모기약을 가지고 천변으로 갔다.

아, 또. 저 노란색 땡땡이무늬는, 공부는 지지리 못하면서 유독 도덕 점수만 높은 학생의 교복이라도 된단 말인가. 장사도 안되는 양품점을 하니 스스로 맞춰 입어도 되지 않는지. 어쩌면 여인의 전형적인 노란색 옷은 정체성이자 뒤치다꺼리만 하는 자의 조심스런 저항일지 모른다. 천변이 시원했다. 더위가 곧 물러갈 기세였다.

여인은 재촉하기 전까지 아무 말 하지 않았다. 그저 엄마 품에 떨어진 아이처럼 주변만 둘레둘레 살폈다. 야심해서 그런지 여자 목소리가 듣기 좋았다.

"더 늦기 전에 임신하고 싶어요. 남북통일만큼 간절한 소원이에요……."

첫마디에서 친근한 느낌이 사라지고 온정신이 돌아왔다. 아, 이 여자는 미친 년이지. 여인은 말하고 풀벌레가 화답했다. 가끔 주위에 모기약을 배려

차원으로 뿌리며 여자 말에 갈피를 잡았다.

그녀가 한 삼십 분 이상을 쉬지 않고 성소에서 고백하듯이 이야기했으므로 들으면 들을수록 슬프면서 애달프고 길고 긴 내용을 이 지면에 다 담을 수는 없다. 제대로 전달할지 모르겠지만, 간추려보면 다음과 같다.

여인의 나이는 무려 마흔세 살이었다. 서른여덟인 나와 얼굴로 견주면 다들 비슷하게 봤을 것이다. 제주도 여자였다. 아버지의 주사와 폭력 그리고 없는 돈으로 중학교도 채 나오지 못하고 친척의 알음알음으로 경기도 광주에 있는 봉제 공장에 첫걸음을 내디뎠단다. 공장 주인은 예전 분신한 전태일과 함께 일했던 적이 있는 전직 청계천 미싱사였는데 말로는 너희들 심정을 다 안다고 하고선 모질게 부려먹었다고 했다. 내가 악랄한 시어머니 밑에 모진 며느리가 나오는 거 아니냐고 맞장구쳤다. 거기서 육 년이나 있었으니 돈이 모일 법한데 현실은 그렇지 않았다.

나이 스물을 먹고 나서야 여인은 돈이 가진 악마성을 깨달았다. 월급이 여타 공장과 오천 원만 차이가 나도 보따리를 쌌다. 자기가 생각하기에 적어도 스무 군데는 옮긴 거 같다고 말했다. 먹고 살기로만 한다면 어려울 것이 없다는 확신이 섰다.

세월이 흐르자 각박한 삶을 살아 그런지 마음 한구석이 허전해졌다. 거친 음식이 목구멍에 적응되자 참을 수 없는 외로움은 문풍지를 뚫고 들어오는 바람처럼 사람을 가없이 괴롭혔다. 미경은 스물셋에 눈이 뒤집혀 편직기 수리 기사와 첫 동거를 했다. 요모조모를 잘 살피고 한 결정이었는데, 사내의 결함은 한 달 만에 드러나고 말았다. 술을 마셨으면 어디로 마셨는지, 아무도 말리지 못했다. 허구한 날 경찰서 신세를 졌다. 헤어질 결심을 털어놓으면 울며불며 매달렸다. 반성이 반복되자 오히려 그는 감히 자기를 떠날 생각을 했다며 모진 폭행을 가했다. 오지게 맞는 날이면 발가벗겨져 비 오는 날 집 밖으로 내쫓겼다. 왜 하필 비만 오면 지랄병이 도지는지 그 와중에도 이유가 궁금했다.

그런 지옥을 경험했음에도 몇 년이 지나자 무슨 조화인지 해마다 찾아오는 겨울을 넘기기 힘들었다. 종일 재봉틀에 앉아 있어 눕기만 하면 잠이 올 거 같은데 등을 요에 대는 순간 눈알이 말똥말똥 해졌다.

두 번째 사내를 만나기 전 다른 놈을 심심풀이로 만나지 않은 것은 아니었다. 사내자식만 섹스 후 허무함을 느끼는 건 아니다. 잘하고 못하고의 문제가 아니다. 내 가슴 심연 한가운데에 도사리고 있는 분노와 울분을 다독이며 소슬함을 재워 줄 절실한 반쪽이 필요했다. 만약 이번에 만나는 놈이 확률상 정답이라면 딱 맞는 신발 같은 짝을 찾고 싶었다. 그렇게 신중히 처리했는데 이번에도 꽝이었다.

두 번째는 사내와 결혼을 전제로 동거부터 시작했다. 진드기 같은 아버지가 아직 정정했으므로 나는 돈주머니였고, 제주에 남아 천형처럼 시달리는 엄마는 볼모였다.

세월이 바삐 흘렀고, 드디어 삼십 대 초반에 아버지가 죽었다. 장례는 뜻밖의 태풍으로 가 보지 못했다. 소원이 이루어졌는데 미운 정으로 괴로웠다. 내 인생 절반의 불행은 아버지에게 책임이 있었다.

이번엔 남산골샌님이었다. 술은 쓴약을 먹듯이 했고 남과 어울리는 것도 수줍어해 친구가 별로 없는 내게 꼭 맞는 짝이었다. 그런 남자 성품을 착하다고 착각했다. 아버지가 죽자 준비된 듯이 아이를 갖고 싶었다. 그 소망을 이야기하자, 남자는 허물을 벗어내듯 콘돔을 벗기다 말고 얼굴이 하얘지며 단호하게 말했다.

"그건 안 돼! 난 나도 지겨워."

그 후 소 잡아먹은 귀신도 아니면서 일언반구 변명도 하지 않았다. 이유를 물으면 차갑게 돌아섰다. 그 후 그는 나를 멀리했다.

의류 생산 시설이 중국과 동남아 각지로 흩어지자 내가 하는 일이 바닥을 드러냈다. 괌에도 있어 보고 필리핀에서도 삼 년을 살았다. 아이들 목소리가 나를 띄웠다.

전라도 광주 시내에 살며 하룻밤도 제대로 잔 적이 없다. 길을 걷다 보면 아이들이 눈에 밟혔고 창문을 닫아도 아이들 웃음과 울음이 채워졌다. 쓸데없이 내 속을 채웠던 정액, 이제 남자는 지긋지긋하다.

불면을 참을 수 없어 병원에 갔다. 시술에서 임신까지 평균 비용이 최소이 천만 원이랬다. 세상에, 약 삼십 년을 일했는데 내게 저축된 돈은 그 두 배가 채 되지 않았다. 그래도 하기로 했다. 문제가 생겼다. 아무리 나이를 먹었어도 나는 법적인 처녀였다. 대한민국에서 처녀는 미성년자나 마찬가지로 자기 결정권이 주어지지 않아 의지만으로 아기를 가질 수 없었다. 그래도 해주세요! 하자, 젊은 의사가 표정을 바꾸고 악을 썼다.

”내 면허 날아가는 거 보려고 그래! 불법이라구, 아줌씨, 정신병원부터 먼저 들리슈!“

편한 도시였지만, 광주에서는 아이들이 지저귀는 소리로 도무지 살 수 없었다. 그러다 주저앉은 곳이 장성이었다. 장성은 마을마다 거리마다 노인들이 좌판의 곶감처럼 깔렸고, 아이들을 발견하는 일이 쉽지 않은, 나른함이 끓어 넘치는 동네였다. 잊은 줄 알았다. 인공수정 간판이 상상력을 자극하기 전에는.

”소나 사람이 구조상 다를 게 뭐가 있어요? 소가 되면 나도 되지 않겠어요?“

미경은 자신의 말이 억지임을 모르는 듯했다. 자꾸 정상인과 헷갈렸다. 반쯤 미친 것과 제대로 미친 것의 차이를 알지 못했다. 일단 논리로 설득해야 했다. 그러니까 나보고 그걸 해달라고? 정액은 어디서 구합니까? 하고 물었다.

”남자들도 가끔 자위행위를 한다더군요. 그걸 모아서 저에게 주세요.“

기가 막혀 웃음이 안 나왔다. 나는 미경을 버려두고 뛰어서 사무실로 돌아왔다. 잠이 올 리가 있겠는가. 올가미에 된통 걸린 기분이었다. 그날 밤부터 잠을 자도 잔 거 같지 않았고 뭘 먹어도 입으로 들어가는지 몰랐다. 쉬 물러갈 여자가 아니었다. 확실한 거절 방법을 생각할 때마다 뙤약볕에 얼굴을 익히면서도 자세 하나 바꾸지 않는 미경의 모습이 떠올라 진저리를 쳤다. 이런 나에게 주식과 순이가 걱정스레 물었다.

"더위 먹은겨? 잉, 뭔일이 있구먼. 서울 집에서 안 좋은 소식이라도 온 겨? 부모님은 아닐 터이고 그럼 누나들 중 하난감?"

아니라고 해도 계속 꼬치꼬치 묻자, 신경질을 내고 밖으로 나가니 멀리서 노란 옷이 보였다. 불면증이 생겨 사무실 전화는 밤 여덟 시 이후로 코드 채 뽑아놓겠다고 주식에게 말했다.

8월 달력이 뜯겼다. 그렇다고 여름 복병이 퇴진한 것은 아니었지만 찬물 목욕이 싫어질 정도는 됐다. 전화기를 노려보다가 스르륵 잠이 들었다.

글쎄 이걸 예감이라고 할 수 있을까? 미경을 만나기 전에는 기찻길 옆 오두막집에서 깊은 잠을 잘 정도로 잠귀가 어두운 편이었다. 아득한 잠 늪에 있는데, 잔잔한 수면에 미세한 찌가 흔들리듯 누군가 창문을 두들겼다. 나는 바람이라고, 사람이면 구원 신호를 보내듯 두들기지 않을 거라고 계속 부정하다가 치솟는 화를 못 참고 벌떡 일어났다. 창밖에 귀신이 나타났다.

모딜리아니의 '슬픈 연인'처럼 목이 긴 귀신이 그림과 똑같은 표정으로 나를 보고 있다. 불을 켜니 그것도 자정이 넘은 새벽 한 시였다. 아, 이년이 정말 미쳤구나. 미경이 울고 있었다. 욕이나 귀싸대기를 한 대만 갈길 작정이 저절로 수그러들었다. 뭡니까?

"아저씨, 차나 한 잔 주세요."

이 밤 중에 차? 차가 용건은 아닐 것이다. 사무실로 미경을 데리고 들어왔다. 말을 안 하는 게 버릇인지 아니면 침묵으로 기선을 제압하려 하는 것인지 못된 습관임에 틀림이 없다. 나도 끝까지 버텼다.

”저, 내일 죽으려고요. 저한테 전세 빼고 약 삼천만 원쯤 있어요. 그걸로 조촐한 장례를 치러 주시면 감사하겠어요. 나머진 수고비예요.“

미경은 심각한 표정으로 나를 웃겼다. 진심이라기에는 나잇값을 못 하는 것이고 그저 한 말이라면 유형 기간에 깨달은 점이 없다. 내가 전생에 무슨 잘못을 지었기에 이런 여인한테 학을 뗀단 말인지. 무슨 이유인 짐작은 갔지만, 확실히 하기 위해서 물었다. 자살하려고? 조금만 더 살면 통일이 될지도 모르는데.

미경은 습관적으로 침묵했다. 사는데 이유가 있어 사는 게 아니다. 알지 못할 무형의 힘에 원격조정 당하듯 개돼지처럼 사는 것이고, TV에 노상 쏟아내는 먹방 조연처럼 처먹기 위해 사는 것이고, 하루 벌어 하루를 겨우 살면서도 자기와 비슷한 무리를 시기하는 재미로 그러다 남이 구렁텅이에 떨어지면 속이 시원해지는 것이다. 사람들은 남이 잘되면 배가 아프고 망해야 보기 좋으니까. 그런데 네가 이 모든 재미를 무시하고 죽는다고? 고작 아기 때문에?

이상하게도 미경의 억지를 듣는 도중 내게 감정 변화가 생기는 것을 느껴졌다. 나보다 다섯 살이나 많은 바싹 마르고 고집스러운 여인에게 감정의 경사각이 생기다니. 왜?

”물론 아저씨 말이 하나도 틀리지 않아요. 이 험난한 시대에 그것도 아버지 없이 아이를 갖고 싶냐고요? 아마, 수태고지를 받은 성모 마리아 심정과 같을 거예요. 그리고 그 욕망은 시대가 악하면 악할수록 등천하고 있어요. 당신은 이 악의 시대에 진정한 자기편이 있나요?“

피보다 진한 주식과 그의 아내 순이를 떠올렸고, 고개를 끄덕였다.

“틀렸어요. 남은 진정한 내 편이 아니에요. 고문을 하지 않아도 심문 분위기만으로 하지도 않은 조상의 죄까지 털어낼 사람들이죠.”

미경은, 일곱을 낳아 본 경험이 있는 느긋한 엄마로서 말을 했다. 나는 미경의 경쾌한 이분법에 반박했다.

자식이 삶의 의미라면, 그럼 당신은 수단이요? 당신이란 존재가 고작 아이를 낳기 위한 이유요? 세상을 둘러 보라구. 사람 품에 있다가 버림받은 들개처럼 거리를 돌아다니는 사나운 아이들이 힘없는 노인들을 구타하고 서로 때려죽이며 도시에 어둠을 구축했소. 본능이 저지른 무책임한 죄악이지. 지금이라도 제대로 키우지 못할 바에야 지구가 더 더럽혀지기 전에 정부는 19세기에 폐쇄한 부서를 복원하여 대대적으로 거세 위원회를 재설치해야 할 거요. 아니 아이들 밑구멍에 들어가는 교육비 반만 줄여 가난과 질병 퇴치에 쓴다면 지구는 벌써 낙원이 됐을 거요.

미경은 코웃음을 쳤다. 고집스러움은 당당함으로 바뀌었다.

"옳아요. 낳는 것이 능사가 아니죠. 하지만 지금 꼴은 형태만 달라졌지 과거 역사를 보더라도 같은 결과치예요. 아이들 잘못이 아니죠. 반면 당신이 말한 국방비를 초월한 엄청난 교육비는 자본주의 비만이자 관료들이 나눠먹기 판이에요. 그런데 왜 아이를 엄마와 동네에서 돌보지 않고 기성 교육감옥에 보내야 하는가요? 고작 취직하려고, 드물게는 악질 판 검사나 엉덩이에 뿔 난 의사로 만들기 위해 아이 뇌에서 인성을 제거해야 하는 거죠?"

미경의 말에 나는 넘어졌다. 더는 내 퇴행적 사고 관할이 아니었다. 이 정도로 준비됐다면 아이를 가질 권리가 있는 거 아닌가. 미경은 악마적인 번식본능이 아닌 인류애에 대한 책임을 묻고 있는지 모른다. 미경은 그냥 여성이 아니다. 아니 때가 되어 임신하고 싶어서 한심한 수컷을 끌어들였던, 애새끼를 마구 낳아 모성이라는 미명에 죽어간 예전 엄마가 아니다. 미경의 머리에 광채가 났다. 이후 미경과 더 좋은 이야기를 나누었으나 과감하게 생략하기로 한다. 좋습니다. 시술해 드리지요. 그럼 생리는 언제 했습니까?

"그게 바로 내가 하루빨리 서둘러야 하는 이유예요. 멀었다고 생각했는데 먹고 사느라 관리를 못 한 탓인지 제게 그것이 불규칙해요. 한 번도 이런 적이 없었거든요. 인터넷을 찾아보니 갱년기 초기 증상이라 하더군요. 괴로워 밋치겠어요. 만약 경도가 끊긴다면 그야말로 모든 희망이 사라지는 거예요."

소도 영양장애면 그럴 경우가 흔하죠. 내가 사람은 몰라도 소에 대해서는 박사죠. 소도 영양 상태가 좋지 않으면 발정이 끊기거든요. 그럼 이렇게 하시죠. 오늘부터 잘 먹고 꾸준히 운동하세요. 빨치산 정신으로.

"빨치산 정신이요?"

예. 악착같이 먹기, 잘 수 있을 때 자기, 끊임없이 움직이기. 알았습니까? 그리고 적기 하루 전에 전화주세요. 시술해 드리겠다고 약속했으니 오늘은 그만 가시죠. 우리 같은 하루살이 인생은 잘 자고 잘 먹는 게 의무입니다.

나를 괴롭혔던 번민과 세상의 악 그리고 약한 것들의 잔인한 보복은 어제부로 끝났다. 허물을 벗어 던진 기분이었다. 나 스스로 몇 가지 약속을 했다. 술과 담배는 당분간 끊는다. 몸에 해롭고 금기시되는 음식은 먹지 않는다. 매일 아침 한 시간쯤 달린다. 한 시간을 달리고 사무실로 돌아오니 나를 바라보는 주식과 순이의 눈이 휘둥그레졌다.

"아니, 어찌 된 일이야. 어제만 해도 소박맞은 며느리 꼴을 하고 있더니 오늘은 시어미 장사 치르고 온 못된 며느리네!"

굳이 비밀은 아니지만, 말하는 순간 부정이 탈 제의(祭儀)였다. 그저 웃음으로 때웠다. 사랑하는 여자가 생겼단다. 나는 속으로 말했다. 순이의 직감이 예리했다.

"여자가 생겼나벼? 그런데 노상 옆에 있는 우리가 어째 몰랐을 거나! 누굴까."

짜임새 있게 시간을 쪼개다 보니 몹시 바빴다. 간혹 농장을 다니다 생고기를 얻어오면 반을 뚝 잘라 미경의 양품점 앞에 놓았다. 개고기는 부정 탈까 봐 쳐다보지 않았다. 나는 노련한 낚시꾼처럼 수면 위에 드리운 찌를 바라보며 미경이 오기를 기다렸다.

9월이 마지못해 넘어가고 10월이 시작되자 안달하던 늦여름이 몰락하고. 이어 가을이 꽹과리를 치며 다가섰다. 수익은 예전보다 10% 늘었다. 통장 무게가 두둑했다. 그리고 수면의 찌가 급속히 사라지자 낚싯대를 챘다.

미경이었다. 그녀는 사무실에서 100m 안에 있지만 까마득한 곳에서 말하듯 전화 목소리를 낮추었다.

"저, 미경이예요."

안다. 나는 전화벨이 울리기 전에 너인 줄 알았다. 오늘이 그날인가요.

"정혁 씨가 주신 고기는 잘 먹었어요. 내 병은 고기 탓이더군요. 몸이 젊어졌어요. 아까 목욕 후 몸무게를 달아보니 무려 오 킬로그램이 늘었더군요. 이제 어떻게 하죠. 오늘이 그 날이거든요."

안다. 빈곤한 자에게 고기는 명약이다. 내 컨디션이 최상입니다. 준비는 다 되었습니다. 기다리고 있겠습니다.

마음이 진정되지 않는다. 이미 깨끗하게 치운 사무실과 방을 점검했는데 여러 가지가 빠져 있었다. 하다못해 반 고흐의 모작이라도 걸렸어야 했다.

한 시간이 지나도 미경이 오지 않았다. 거리는 오후 일곱 시를 지나면서 서둘러 철시를 해 길고양이들의 회합이 시작되고 있었다. 미경은 피해망상에 가깝게 주변을 의식했다. 아, 세상에는 아무도 너를 신경 쓰지 않는단다. 너와 나 단 둘뿐이지.

또, 노란색 땡땡이 옷이군. 미경이 보이자 사무실 문을 열어 희망을 끌어들였다. 미경은 내가 잡은 손이 부끄러운지 고개를 숙이며 깊은 한숨을 내쉬었다.

아이고, 마흔을 넘긴 여자가 뭐 그리 부끄러울 게 있다고, 아니지 당신이 성모 마리아 화신인 걸 내가 잊었군. 오늘은 역사적인 날 아닙니까? 미래를 꽃피울 아이를 심는 날이죠. 그렇지 않습니까? 미경은 내 말에 살포시 웃었다.

미경은 사무실에서 뭔가를 찾았다. 그럴 필요 없습니다. 감히 쇠붙이를 당신 몸에 갖다 델 수 있겠습니까. 불경스러운 일이지요. 제가 직접 하겠습니다.

"안 돼요!"

미경의 단호한 고함이 메아리로 울렸다. 물론 단번에 승낙할 것으로 생각하지 않았다. 나는 몇 번이고 연습해서 준비한 말을 꺼내 놓았다. 당신의 소망을 듣고 깊은 생각에 빠졌습니다. 내가 서울에서 나고 자랐지만, 이곳으로 오기 전까지 단 한 번도 평온한 삶을 살지 못했습니다. 이리 치이고 저리 치이면서 근근이 살아 있다는 사실 하나만으로 감사해야 하는 삶이 사람을 얼마나 비참하게 만드는지 미경씨도 잘 알고 있더군요. 당신을 지키고 싶습니다.

"그래도 안 돼요. 남자는 다 괴물이에요. 말은 그렇게 하지만 시작과 끝이 다르죠."

그럼 배를 갈라 내 속에 무엇이 들었는지 보여드릴까요? 술 마시고 결정한 게 아닙니다. 자, 이리 오세요. 김영랑 시를 읊고 싶었다. 그러나 지금은 산문도 아니고 시마저 사라진 시대다. 전략게임이 뇌를 잠식하고 있지!

미경은 강력한 자력을 뿌리치지 못하고 끌려왔다. 나는 잘 익은 복숭아를 벗기듯 그녀의 갑옷인 노란색 물방울무늬 옷을 손으로 지웠다. 미경은 옷 안에 또 분홍색 속치마를 입었다. 웃으면 안 되는데 웃음이 나왔다. 미경은 정신이 없는지 아니 구름 위를 처음 걷는 선녀처럼 휘청거렸다.

역사가 이루어졌다. 미경이 기쁨의 눈물을 흘렸고 나 또한 미경을 으스러지라 안으며 소리죽여 울었다.

탑 쌓기를 끝낸 후 미경이 옷을 주섬주섬 입었다. 나는 미경의 행동을 멈추게 했다. 가지 마, 당분간 여기가 당신 집이야. 당신이 그곳으로 가면 나도 따라갈 거야. 우리는 다시 안았다. 무려 네 번이나 했다. 피곤하기는커녕 퇴화한 날개가 겨드랑이에서 솟아 날아갈 지경이었다.

중 · 단편소설 - 구름에 달가듯이

1판 1쇄 발행 2024년 6월 14일

지은이 이종희

편집 문서아 김다인 이새희
마케팅 · 지원 김혜지

펴낸곳 (주)하움출판사 펴낸이 문현광

이메일 haum1000@naver.com 홈페이지 haum.kr
블로그 blog.naver.com/haum1000 인스타 @haum1007

ISBN 979-11-6440-609-8(03810)

좋은 책을 만들겠습니다.
하움출판사는 독자 여러분의 의견에 항상 귀 기울이고 있습니다.
파본은 구입처에서 교환해 드립니다.